Lecciones de amor

IRENE FRANCO

Lecciones de amor

Grijalbo

Papel certificado por el Forest Stewardship Council®

MIXTO
Papel | Apoyando la silvicultura responsable
FSC® C117695

Penguin Random House Grupo Editorial

Primera edición: febrero de 2024

Printed in Spain – Impreso en España

ISBN: 978-84-253-6680-2
Depósito legal: B-21.352-2023

Compuesto en Llibresimes

Impreso en Rodesa
Villatuerta (Navarra)

GR 6 6 8 0 2

Para quienes se refugian en las estrellas

Prólogo

15 años antes

Suena el timbre y todos recogen sus cosas en tiempo récord. Es la hora del recreo, por lo que la mayoría de la clase sale disparada por la puerta en apenas treinta segundos mientras que yo sigo rebuscando en mi mochila. Abro todos los bolsillos, miro entre los libros..., pero nada.

Suelto un suspiro; a papá se le ha vuelto a olvidar meterme el almuerzo.

—¿Qué buscas?

Alzo la cabeza y observo a la niña que tengo frente a mí.

Soy nueva en el colegio y hace tan solo unos días que empezaron las clases, aunque ya reconozco su vestimenta rosa y sus trenzas sujetas con coleteros coloridos. Sus ojos oscuros me miran con curiosidad, así que le respondo:

—Mi bocadillo.

—¿Se te ha olvidado?

Vuelvo a registrar el interior de la mochila esperando que, por arte de magia, aparezca el sándwich que mamá deja preparado en la cocina todas las mañanas antes de irse a trabajar.

—Algo así —termino por contestar.

La niña se queda unos segundos callada. Mira alternativamente el paquete de galletas que lleva en la mano y a mí. De repente, lo abre y me ofrece una de ellas.

—Ven conmigo, sé quién puede ayudarnos —me dice en tono confidencial.

Un poco confundida, la sigo.

Bajamos la escalera corriendo sin hacer caso de las quejas de los profesores que oímos a nuestra espalda.

—¡Por cierto! Me llamo Vega —me dice con voz cantarina.

—Yo soy Nuri.

Sonríe mientras me toma del brazo y tira de mí.

El patio está repleto de niños riéndose y disfrutando de la media hora libre que tenemos. Algunos juegan al fútbol, otros saltan a la comba, incluso veo a unos intercambiando cromos de Pokémon en una de las esquinas.

Pero Vega no me dirige hacia ninguno de ellos. En cambio, llegamos hasta un grupo de chicos que habla animadamente en *los bancos*, esos que, en apenas tres días, he aprendido que están asignados a los «populares».

—¡Iván! —grita la morena mientras nos acercamos.

El más alto de todos, un niño con el pelo rubio rizado a la altura de las orejas, se vuelve en cuanto la escucha.

—¡Necesitamos tu ayuda! —le informa una vez estamos frente a él.

—¿Qué has hecho ya, vendedora de chuches?

—Te he dicho mil veces que no me llames así —refunfuña ella molesta.

El niño se ríe, pero asiente.

—Dime.

Entonces Vega me señala y él clava los ojos en mí. Son de un verde muy claro, tanto que no creo que pudiera dibujarlo con los rotuladores que me regaló mamá por mi cumpleaños. Lo miro con curiosidad, lleva puesta una camiseta gris con el dibujo de una tortuga justo en medio.

—Ella es Nuri. Necesitamos que te cueles en el comedor y cojas unos bocadillos. ¡De esos con queso fundido!

—¿En serio? —Bufa.

—Pero ¡si ya lo hiciste el otro día!

—¡Chisss! —le pide Iván mientras nos separa un poco más del grupo—. Como alguien se entere, se va a chivar. No quiero que me castiguen.

Boquiabierta por lo que acabo de escuchar, le pregunto:

—¿Cómo lo robaste?

Las pocas veces que he ido al comedor estos días me he dado cuenta de que, si no estás en esa lista en la que los padres te apuntan cuando empieza el curso, poco puedes hacer para que te den uno. A Marga, la cocinera, no se le escapa una y tiene todos y cada uno de los bocadillos contados.

El rubio vuelve a fijar su mirada en mí, aunque esta vez con un brillo de sospecha.

—No voy a desvelar mi truco contigo, no te conozco.

Me encojo de hombros.

—Vale. —Me vuelvo hacia la morena—. Podemos intentarlo nosotras.

Vega tiene los ojos como platos.

—¿Estás loca? ¡Nos van a pillar seguro!

—Si a él —digo mientras lo señalo con un movimiento de la cabeza— no lo cogieron, ¿por qué a nosotras sí?

El rubio me observa algo sorprendido, como si no se hubiera esperado mi valentía.

—Porque yo soy más rápido que vosotras —responde con voz burlona—. Y porque sé por dónde entrar para que no te vea Marga.

Frunzo un poco el ceño, pero entonces Vega suelta:

—A lo mejor podemos entrar por la puerta de la cocina, a estas horas tiene que estar vacía.

La cara de Iván lo dice todo: la morena ha dado en el clavo.

—¡Pues vamos! —propongo animada.

No esperamos ni un segundo, corremos al interior del edificio eufóricas por lo que estamos a punto de hacer, como si se tratara de la misión más importante de nuestras vidas y fuéramos a hacer algo superincreíble y no a robar un simple bocadillo.

—Tu hermano es un poco desconfiado —le digo a Vega.

La morena suelta una carcajada.

—Iván no es mi hermano, ¡es mi mejor amigo! —me explica—. Es supervaliente, ¡el año pasado le vi salvar a un gatito del ataque de un perro así de grande!

Alza la mano todo lo que su brazo le permite.

Entonces, cuando casi estamos frente a la supuesta puerta de la cocina, Iván nos detiene con un grito.

—¿Te apuntas? —le pregunta Vega emocionada cuando llega corriendo a nuestra altura.

El rubio se encoge de hombros.

—Como te pillen y tu madre se entere de que te han castigado, te va a matar. Pero como la mía sepa que podría haberte ayudado y no lo he hecho, voy a estar sin salir un mes —resopla con una media sonrisa.

Iván se acerca con sigilo a la única puerta blanca del pasillo en el que nos encontramos y la abre con cuidado.

Una vez se asegura de que no hay nadie dentro, nos hace una señal igualita a las que salen en esas películas militares que ven los mayores y, tratando de ser silenciosas, Vega y yo le seguimos hacia el final de la sala. Todo está repleto de fogones, cajas llenas de ingredientes y utensilios de cocina.

En el aire flota el olor del menú de hoy y automáticamente pongo cara de asco.

Odio las comidas del comedor.

—¿Se supone que los bocadillos deben de estar aquí? —susurro.

Iván me dirige una mirada reprobatoria, molesto porque haya hablado. Aun así, en un tono de voz tan bajo que al principio me cuesta escucharlo, me explica:

—Esa es la puerta que lleva al comedor.

Sigo su dedo y compruebo que tiene razón; hay otra entrada.

El rubio entorna la puerta con cuidado y, a diferencia de antes, ahora se escuchan muchos de los gritos y conversaciones que mantienen los alumnos al otro lado. Por encima de todos ellos sobresale la de Marga:

—¡Marchando un bocadillo de jamón!

Vega me mira un poco nerviosa, así que me adelanto y me pongo junto a Iván, que observa a través del pequeño hueco entreabierto.

—¿Cómo lo vamos a hacer?

Fija sus ojos en mí y, sin saber por qué, noto una especie de cosquilleo en la tripa.

Puede que sea el hambre; las tres galletas que me ha dado Vega no han conseguido llenarme.

—Cuando Marga esté atendiendo, entraré corriendo, me esconderé detrás de ese cubo de la basura. —Me lo señala—. Y cuando se vuelva a girar, me lanzaré a por la bandeja. Cuando los tenga, vengo aquí pitando y nos vamos.

Es un buen plan, aunque un poco arriesgado. Todo el mundo estará mirando lo que pasa detrás de Marga, ¿y si alguien se chiva?

Iván debe de leer mis pensamientos porque añade:

—Nadie va a decir nada.

No sé por qué, pero le creo.

El rubio se adelanta un paso. Yo me preparo para seguirle cuando me detiene con una mano.

—¿Qué haces?

—Lo mismo que tú —digo en tono evidente.

Retrocede lo que hemos avanzado cuando Marga se da la vuelta y casi nos descubre mirando por la rendija.

—No vas a venir conmigo.

—¿Por qué?

—Porque vas a hacer que nos pillen.

Lo miro molesta.

—Eso no es verdad.

Sus ojos me estudian con curiosidad y, tras unos segundos, se limita a decir:

—Quédate aquí.

Lo veo colarse por la puerta cuando Marga está distraída y, como él mismo había dicho, se pone tras el cubo, quedando totalmente oculto a ojos de la mujer.

Será tonto, ¡yo puedo ayudarle! Soy más pequeña que él y es más difícil que me vean.

Miro por la rendija, enfurruñada.

El rubio intenta salir varias veces de su escondite para lanzarse a por la bandeja, que está a unos diez metros de donde se encuentra, pero siempre que lo intenta Marga se interpone en su camino porque va de un lado para otro sin parar.

Resoplo, inquieta. Alguien tiene que vigilar desde allí y avisarle de cuál es el momento adecuado.

Prueba otra vez, pero la mujer se gira de nuevo y él apenas da un paso cuando tiene que volver a esconderse corriendo.

Inspiro hondo mientras la observo discutir con unos niños porque no quedan bolsas de patatas.

—Voy a ir —le digo a Vega—. ¿Te quedas aquí?

La morena asiente y tras susurrarme «Ten cuidado» realmente preocupada, encuentro el momento adecuado y me lanzo a la carrera tan rápido como las piernas me lo permiten.

—¿Qué haces aquí? —susurra enfadado cuando llego a su lado—. ¡Te he dicho que no vengas!

Pongo los ojos en blanco.

—Necesitabas ayuda y yo puedo ir más rápido.

Resopla.

Resoplo.

—Vale, a ver... —empieza más calmado—. Vamos los dos juntos y tan pronto los tengamos, salimos pitando, ¿entendido?

—¿No es más fácil que tú vigiles desde aquí y vaya yo?

—No.

—¿Por qué?

—Porque no dejaré que lo hagas sola.

Le miro estupefacta, ¿por eso quería ir él solo? ¿Para que, en el caso de que nos pillen, únicamente le castiguen a él?

Vaya, nunca había conocido a alguien así. En mi clase del año pasado un compañero se dedicaba a robar rotuladores y a echarme la culpa a mí.

—Vale —acepto.

El rubio asiente y se asoma un poco por el lateral para saber el momento exacto en el que podemos salir.

Yo me distraigo un instante mirando alrededor; desde aquí se ve el interior de la barra repleto de neveras con botellas de agua, zumos, batidos de chocolate... Incluso estoy tentada de salir de nuestro escondite para alcanzar una palmera de chocolate que sobresale de uno de los platos.

Sigo sopesando esa idea cuando me encuentro unos ojos saltones asomados por el borde de la encimera.

Y están clavados en nosotros.

—¿Qué hacéis? —pregunta la niña. Lleva el pelo más largo que he visto jamás recogido en una trenza gruesa. Parece Rapunzel, pero en pelirroja.

Me pongo las manos alrededor de la boca.

—Conseguir comida —confieso.

—Eso está mal. Mi madre dice que no hay que robar —contesta en voz baja.

—No tengo almuerzo —le explico—, y no he traído dinero.

La pelirroja parece pensarlo durante unos segundos, unos en los que me pongo realmente nerviosa. A lo mejor debería haber mantenido la boca cerrada y no decir nada. Pero entonces sonríe y susurra:

—¡Mucha suerte!

Le sonrío a mi vez y me centro de nuevo en Iván.

—¿Lista?

Marga se da la vuelta para atender a un grupo grande.

Pongo el pulgar hacia arriba en señal afirmativa.

—¡Vamos! —murmura.

En un parpadeo me agarra de la mano, causándome un hormigueo extraño que me recorre todo el brazo, y me conduce corriendo hacia la mesa repleta de bocadillos. Me apresuro y agarro dos tan rápido como puedo y, cuando nos damos la vuelta para salir pitando, ambos nos quedamos petrificados al ver que Marga empieza a volverse.

No nos va a dar tiempo a salir sin que nos vea.

Iván me aprieta la mano y, aunque no tengo ni idea de por qué, eso me reconforta.

Cierro los ojos, esperando a que la señora nos eche la bronca de nuestras vidas al habernos pillado, pero una voz dulce llama mi atención.

—¡Marga, Marga!

La niña pelirroja nos echa un vistazo rápido antes de acercarse deprisa a la parte de la barra en la que se encuentra la mujer y empezar a decirle cosas sin sentido.

La está distrayendo.

—¡Corre!

El rubio tira de mí y nos dirigimos a la puerta desde la que Vega nos observa asustada. En cuanto la traspasamos, ambos nos tiramos al suelo.

Suelto un suspiro de alivio.

—¡Casi os pillan! —dice alarmada.

Me llevo la mano al pecho, tratando de controlar mi respiración.

—Eso ha sido... —empiezo a decir.

—Increíble —termina Iván a mi lado.

Nos miramos y, de manera instantánea, sonreímos.

—Venga, ¡vámonos de aquí! —nos apremia Vega.

El rubio me ayuda a ponerme en pie y salimos de la cocina pitando.

—Toma.

Le tiendo a Vega el bocadillo que le he cogido cuando llegamos al patio de nuevo. Prácticamente me ha dado la mitad de su almuerzo y debe de haberse quedado con hambre.

Le doy un mordisco al mío, está delicioso.

—Gracias por habernos ayudado —le dice la morena a su mejor amigo.

El rubio se encoge de hombros y dirige sus ojos hacia mí.

—Bueno, no lo he hecho solo.

Me parece notar que el color sube a mis mejillas al ver un brillo en sus ojos.

Una timidez tonta que nunca antes había sentido se instala en mi estómago y hace que miles de mariposas revoloteen en su interior.

Mamá siempre dice que cuando alguien te gusta sientes como si te doliese la tripa y se te erizase se la piel, igual que un escalofrío. ¿Es eso lo que estoy sintiendo? Iván se rasca la cabeza sin dejar de mirarme y una pequeña sonrisa asoma a sus labios.

Me pone un poco nerviosa, así que decido actuar con naturalidad.

—La verdad es que ha estado muy bien —empiezo a decir—. Gracias, idiota.

Él me mira confuso y yo me quedo callada esperando su respuesta.

—Pero ¿de qué vas?

Iván parece molesto. No lo entiendo. Normalmente cuando mi madre llama así a mi padre, él se acerca y la abraza. Se quieren mucho, como todos los padres del mundo..., así que no entiendo qué mosca le ha picado a él.

—¿De qué voy? ¡Te acabo de dar las gracias!

—Me has llamado idiota.

—¿Y...?

Espero que me diga algo bonito, pero en cambio, responde:

—Pues que si yo soy idiota, tú eres tonta.

Abro la boca, enfadada.

—¿Tonta? ¡Te he ayudado a conseguir los bocadillos!

—Me has estorbado, ¡podía solo!

Me cruzo de brazos y todo lo que sentí antes se esfuma de golpe.

—Pues para poder solo estabas tardando una eternidad.

Suelta un resoplido.

—Estaba asegurándome de que no me pillaran, tú has tardado tanto que casi nos cogen por tu culpa.

—Eso es mentira, he sido superrápida.

—Ya, claro.

Bufo, molesta.

—Niñato.

—Incordio.

—Bueno, ya está bien —trata de mediar Vega—. ¡Tenemos nuestros bocadillos! Eso es lo importante.

Pero Iván no contesta, se limita a darse la vuelta y volver con sus amigos.

Yo me limito a darle otro mordisco a mi bocadillo, enfadada.

Paseamos un rato por el patio mientras nos comemos nuestro almuerzo. Vega habla mucho, al igual que yo, así que mi humor va mejorando.

Pasamos por delante de los columpios cuando veo a la niña pelirroja de antes.

—¡Eh!

Le hago un gesto a Vega y nos acercamos a ella corriendo.

—¡Habéis conseguido los bocadillos! —Se alegra cuando nos ve.

—Sí, muchas gracias por habernos ayudado.

Noto que se sonroja un poco.

—No ha sido nada.

—¿Cómo te llamas?

—Carola.

—Yo soy Nuri.

—¡Y yo Vega! —exclama la morena—. Qué guay, nuestra primera misión ha sido todo un éxito. ¡Si no fuera por ti, ahora mismo estaríamos castigadas!

—Somos como las Supernenas —digo convencida.

—¿Quiénes? —pregunta Carola.

—¡¿No has visto *Las Supernenas*?! —se alarma Vega.

—No.

Como si fuera la mayor de las tragedias, enreda su brazo con el de Carola y le dice:

—Tranquila, le podemos poner solución ¡Os invito a mi casa esta tarde!

—¿En serio?

—Claro, ¡mis padres seguro que nos dejan!

Las tres nos miramos, emocionadas.

1

Septiembre

Dejar al azar tu vida es algo muy bonito.

En los libros, al menos.

En la vida real... las cosas son un poquito más complicadas.

Según mis amigas siempre he sido una persona espontánea, alocada y rebelde. De hecho, estoy cien por cien segura de que si le preguntara a Carola diría sin pestañear que soy una imprudente de manual.

Pero la realidad es que eso no es cierto.

Bueno, no del todo.

Sí, me gusta dejarme llevar, hacer alguna tontería de vez en cuando y decir las cosas tal y como las pienso, aunque eso no significa que sea de esas a las que cualquier cosa les da igual. Tras la fachada de «paso de todo» y «que sea lo que Dios quiera» se esconde una Nuri que cree fervientemente en el destino.

La gente suele confundirlo con el azar, pero no tienen nada que ver. El azar es aquello que no se puede controlar, es imprevisible y no te guía hacia ningún punto en concreto. Tiras un dado y te sale un dos, pero si lo repites probablemente saques otro número. En cambio, el destino es aquello que ya está escrito; todas esas cosas que no tienes ni idea de por qué pasan tienen algo que ver con él y te llevarán a un lugar, estado o momento concreto. Hay un final, aunque tú no sepas cuál es.

Cuando era pequeña solía pasar muchas noches embobada mirando las estrellas. Sacaba la cabeza por la ventana y me quedaba tanto tiempo con los ojos puestos en el cielo que, para cuando me quería dar cuenta, el sol empezaba a asomar por el horizonte y mi cuello se quejaba, resentido por haber pasado tantas horas en la misma posición.

Comenzó siendo una vía de escape, sobre todo cuando a mi padre le daba por reaparecer.

Cuando tienes tres años y tu padre se marcha por primera vez, tu cabeza no es lo suficientemente madura para asimilar lo que está pasando, así que solo sigues con tu día a día, un poco extrañada por no verle cada mañana intentando prepararte un desayuno decente y sin entender del todo por qué tu madre está más agobiada de lo normal.

Cuando volvió, yo ya tenía cuatro años y medio y estaba en la escuela infantil. Recuerdo haberlo visto aparecer una noche en casa y que mi madre me obligara a quedarme en mi cuarto. La realidad es que puedes intentar que un niño no presencie la discusión de sus padres, pero es inevitable que en una casa con dos habitaciones y un baño lo acabe escuchando.

Esa fue la primera vez que descubrí el poder de las estrellas.

Por aquel entonces simplemente contemplé aquellos puntitos brillantes que llenaban ese fondo oscuro. Pero me daban paz y eso me gustaba.

Mi padre volvió a marcharse a los tres meses.

Recuerdo a la perfección la noche que mi madre me llevó al hospital, preocupada porque tenía treinta y nueve de fiebre y no dejaba de toser. Resultó que solo tenía una gripe que había ido a peor, pero me dejaron en observación por si acaso.

Para cuando llegamos a casa, él ya se había ido.

Se convirtió en una especie de rutina. Yo no me daba cuenta del todo. Mi madre solía hacerme creer que papá pasaba tanto tiempo fuera por temas de trabajo, pero el ambiente tenso que había cada vez que volvía no me pasaba desapercibido. Empecé a entender su *modus operandi*: volvía a casa, decía que quería que fuésemos una familia y que lo iba a intentar, pero después pasaba algo y se agobiaba porque no tenía la madurez necesaria, así que se iba y vuelta a empezar.

Claro, eres lo bastante adulto para, con diecinueve años, dejar embarazada a tu novia de diecisiete, pero no tienes huevos para hacerte cargo de la situación.

Para cuando cumplí los trece años, ya había entendido que eso de «los viajes por trabajo» era una pantomima. Empezó a ser una molestia que mi padre volviera, aunque cada vez lo hiciera con menos frecuencia. Supongo que hasta él mismo se dio cuenta de lo cansinas que eran sus actitudes.

Y así fue como empecé a creer en el destino.

Necesitaba buscarle una explicación a todo eso, saber que la inestabilidad de mi padre tenía un motivo que iba más allá de su incapacidad para ser responsable, y ahí es cuando la frase «todo pasa por algo» caló en mí de verdad.

Me di cuenta de que si la vida me había puesto a un padre como él era por un motivo muy simple: era un aviso, una especie de preparación; no podía dejar mi corazón al descubierto para que me lo rompieran a la primera de cambio. No debía confiar de forma romántica en cualquiera, debía centrarme en lo fraternal: mi madre y mis amigas, aquellas que me habían demostrado su apoyo incondicional una y otra vez.

Empecé a confiar fervientemente en lo que las estrellas me decían. Mirar el horóscopo era algo que me tranquilizaba porque era una constante en mi vida, una especie de guía que me advertía y me ayudaba cuando me encontraba perdida.

Y eso es lo que me ha traído hasta aquí.

Una y otra vez me han demostrado que todas esas predicciones son ciertas y no una pantomima, como mis amigas me dicen siempre entre risas. Justo ellas son la demostración de que el destino y su relación con las estrellas es totalmente real: Vega vino a Madrid y empezó una carrera que no le gustaba. ¿Cuál era el objetivo del destino? Hacer que se reencontrara con Nico, y el resto es historia. En cuanto a Carola, ¿se va de Erasmus por un arrebato y justo allí conoce al chico perfecto para ella? Otra señal de que es lo que estaba escrito para ella.

Así que por eso, mientras salgo corriendo de la universidad, busco mi aplicación de confianza en el móvil y abro, como todas las mañanas, mi horóscopo del día.

Hoy se te presentan algunas dificultades, pero no desesperes, aries, con paciencia y actitud todo sale mejor.

Suspiro.

Entre que a las cinco de la mañana me han despertado los gemidos de mi compañera de piso y que mi tutor del TFG me ha tenido media hora de más en el aula dándome la turra para que elija un dichoso tema, digamos que mi humor no es el adecuado para afrontar lo que queda de día con una actitud positiva.

Al menos esta mañana estaba inspirada y he decidido ponerme mi vestido vaquero favorito y maquillarme con ese *eyeliner* azul que hace juego con mis ojos. Además, para rematar el *outfit,* me he recogido mi pelo corto rubio en dos moños altos y ahora mismo me siento la protagonista de una serie de televisión de los 2000 con los auriculares puestos mientras ando por la calle.

Porque todas sabemos que un día malo lo es menos con un buen conjunto y mucha actitud.

Sobre todo si vas de camino a comer con tus mejores amigas.

Aunque posiblemente me maten porque llego un pelín tarde:

Yo
Llego en 15 minutos! Pedidme un bocadillo de calamares o algo

Vega
Yo igual! Me he tenido que quedar un poco más a arreglar un par de detalles de mi proyecto

Carola
En serio soy la única puntual?

Yo
Lo sientoooooo

Carola
Os voy a matar

Al final tardo más de quince minutos en llegar al bar. Se nota que es hora punta; el metro está hasta arriba, por lo que acabo yendo todo el trayecto de pie y tragándome el fabuloso aroma del sobaco del hombre que tengo al lado, que para colmo no deja de sonreírme como si con eso pudiera hacer más ameno mi sufrimiento.

—Por fin... —Suspiro mientras me desplomo sobre la silla que me han dejado libre las chicas.

—¿Un día duro? —pregunta Carola.

—Una semana, mejor dicho —le respondo—. Estoy a favor del sexo y de que si tienes ganas lo hagas cuando quieras. Pero joder, lo de mi compañera de piso no es normal.

—¿Tanto lo hace? —cuestiona Vega. Aún lleva el bolso sobre el hombro, debe de haber llegado unos segundos antes que yo—. Menos mal que Nico y yo vivimos solos, a mí me daría corte que nos escucharan.

—Uy, sí, cuando estabais en la residencia, disimulabais un montón —ironizo.

—Idiota —refunfuña la morena mientras me saca la lengua.

—Yo creo que es ninfómana —aseguro en tono confidencial—. Fijo que se ha hecho el *Kamasutra* entero. Cada noche trae a alguien distinto a casa.

—¿Tú crees?

Carola me mira asombrada.

—No lo creo —respondo mientras le robo un trago a su

cerveza—. Lo escucho todos los días, y entre eso y que mi otro compañero es un marrano que no limpia sus platos sucios, ¡me voy a volver loca!

Vega suelta una carcajada.

—Mira que te avisé, hoy en día encontrar piso en Madrid está difícil, pero ¿compañeros decentes? Eso ya es misión imposible.

Pongo los ojos en blanco porque sé que tiene razón y a la muy condenada le encanta restregármelo.

—Que sí, que sí, pero esto no habría pasado si me hubiera podido quedar con alguna de vosotras.

Sonrío para mis adentros mientras les lanzo ese dardo envenenado.

El año pasado ya contaba con la posibilidad de que este curso no pudiera quedarme con ninguna de las dos. Nico y Vega viven en un piso céntrico pero muy pequeño desde hace un año, y las veces que he dormido allí porque me daba pereza volver a la residencia después de salir de fiesta he comprobado que su sofá no es lo que se diga especialmente cómodo.

En cambio, con Carola y Gael la historia es un poco distinta. Intenté persuadir (muy amablemente, debo decir) a Mario, su compañero de piso, de que se buscara otro sitio en el que vivir este año, ya que tienen dos habitaciones (la más grande para la parejita y la pequeña para otra persona), pero el tío me mandó a freír espárragos en cuanto se lo propuse.

Y usé todas mis estrategias, que conste.

Yo no quería volver a la residencia sin mis amigas, se me hacía demasiado extraño, y creí que ya era el momento de dar el siguiente paso e irme a un piso, pero la cosa estaba más complicada de lo que me esperaba y al final acabé compartiendo casa con dos personas *random* que conocí a través de una compañera de clase.

Solo llevo tres semanas con ellos y ya me estoy volviendo loca.

El caso es que, aunque sé que a las chicas les habría gustado acogerme, me encanta restregárselo de vez en cuando para ver sus caras.

—Ay, Nuri... —empieza Carola mirándome con esos ojitos verdosos. Lleva su larga melena pelirroja recogida en una trenza y un vestido de flores azules.

—Nuestro sofá sigue libre... —continúa Vega—. Podríamos intentar apañar algo.

—Yo puedo hablar con Gael. Seguro que no le importa que duermas con nosotros unos días, si lo necesitas.

Me aguanto la risa durante, ¿cuánto...? ¿Cinco segundos?

Al sexto estallo, provocando que Vega suelte un resoplido y que Carola, tan inocente como siempre, me mire sin entender nada.

—No seáis tontas —las tranquilizo en tono de guasa—. ¡Lo entiendo! Encontraré otra cosa, estoy segura. Aunque me encanta saber que podría dormir entre el irlandés buenorro y Carola, eso debe de ser una experiencia increíble.

—Y no te olvides de Hood —me recuerda la pelirroja.

Justo en ese momento, como si lo hubiéramos invocado, aparece Gael con nuestra comida.

Llevamos viniendo a este bar desde que empezó a trabajar aquí, hace un año ya.

—Señoritas... —saluda Gael con su marcado acento irlandés mientras deja los platos sobre la mesa—. Tres bocadillos de calamares, más cerveza y unas patatas bravas.

Se me hace la boca agua al ver toda la comida. Apenas tardo dos segundos en agarrar uno de los bocadillos y darle un mordisco.

—Lo último no lo hemos pedido —le dice Carola.

—Invita la casa.

El rubio se inclina y le da un suave beso en los labios.

—¡Idos a un hotel! —les dice Vega con voz cariñosa.

—¿Dónde está Nico? —le pregunta Gael al volver a incorporarse—. Pensaba que vendría.

La morena se encoge de hombros mientras coge una patata y se la lleva a la boca.

—Se ha tenido que quedar un rato más con un cliente.

—Madre mía, desde que empezó en el despacho no para —comenta Carola.

Nico, al tener un año más que nosotras, acabó la carrera el año pasado y empezó a trabajar en un despacho de abogados. Según él está encantado, pero muchas veces se queda trabajando más horas de las que debería y acaba muy cansado.

—De todas formas, esta era una quedada de chicas —les recuerdo.

Ambas asienten y yo me siento un poquito mal por haberlo dicho en ese tono recriminatorio, aunque no me arrepiento.

Soy la primera en apoyar las relaciones de mis amigas y adoro que hayan encontrado a dos chicos que las cuidan y tratan como merecen, pero no puedo evitar sentirme desplazada cuando sus novios vienen, por más que ellas intenten que no sea así.

Me caen genial, de verdad. Gael y Nico son estupendos, pero a veces echo de menos que no tengan…, bueno, más tiempo para quedar sin ellos de por medio.

—Os dejo, que tengo media hora para terminar lo que me queda e irme a clase —nos informa Gael antes de darle otro beso a su novia y despedirse con una sonrisa.

El irlandés se vino hace un año para estudiar un curso de cocina en Le Cordon Bleu y acabó tan contento que este año ha empezado otro de los que ofrecen. Es un chef en potencia.

Las chicas y yo nos pasamos la comida poniéndonos al día. Vega está emocionada con su proyecto de ropa porque al parecer, si lo hace bien, puede que consiga participar en uno de los desfiles que hace su universidad cada año con los alumnos más destacados, y es una gran oportunidad para darse a conocer en el mundillo de la moda.

Yo le repito mil veces que lo va a conseguir, porque estamos hablando de Vega, la persona más talentosa en cuanto al diseño se refiere. No me sorprendería para nada que en el futuro acabemos yendo a ver sus desfiles a París.

Les comparto mis dudas con el TFG y las prácticas de este año. Carola me da un par de consejos; ella está en el mismo punto que yo, pero tiene las cosas un poquito más claras: en breve comienza las prácticas en un hotel bastante conocido de Madrid y va a pasar el año estudiando a tope para poder acabar con buenas notas y empezar a trabajar. Tanto ella como Gael están ahorrando todo lo que pueden para así viajar antes de asentarse en un sitio y montar su propio hotel con restaurante.

Ver que las dos están tan seguras de todo me alegra un montón, pero no puedo evitar que un sentimiento un poco agridulce se instale en mi pecho. Se suponía que yo también las tenía claras y este año estoy hecha un lío.

¿Qué se hace cuando terminas la universidad? ¿Se supone que en tu último año te dan un panfleto o algo? «Mira, Nuri, puedes ser la que da las noticias de la mañana o ese monigote que se va a ver los temporales e informa mientras le caen cinco litros de lluvia encima».

Ojalá fuera tan fácil.

Antes tenía claro que quería dedicarme al periodismo. Siempre me ha gustado estar informada de todo, investigar sobre temas interesantes para darlos a conocer, pero desde hace un tiempo me siento un poco perdida. Me encanta mi carrera, pero no sé muy bien qué quiero hacer cuando la termine.

Me despido de las chicas un rato después porque tengo que ir a casa y organizar unas cosas de la universidad, además de darle vueltas al dichoso tema del TFG.

Decido ponerme los cascos de música y dejar que Coldplay me acompañe todo el camino, incluso me pongo a cantar los versos de una de mis canciones favoritas en voz bajita. Estoy a punto de llegar al estribillo cuando una llamada entrante me interrumpe.

Miro la pantalla suponiendo que será mi madre, pero no lo es.

Un escalofrío involuntario me recorre todo el cuerpo.

Me sé ese número de memoria. Aunque no lo tenga guardado.

Me detengo en medio de la calle de forma tan abrupta que varios transeúntes se quejan al esquivarme, pero me he quedado paralizada.

Hacía meses que no recibía una llamada suya, y la verdad es que me había hecho a la idea de que me había librado, al menos por este año, de sus reapariciones inoportunas. Aunque está claro que no va a ser así.

Rechazo la llamada y aparto a un lado el nudo que se me ha formado en el estómago y que he aprendido a evitar para que no me afecte. Surte efecto. Para cuando llego a casa diez minutos después, ya casi me he deshecho de esa sensación tan molesta.

Abro la puerta haciendo todo el ruido que puedo, incluso finjo que llamo al timbre por error esperando que si mi compañera de piso está en su sesión de sexo de la tarde, por lo menos sepa que he vuelto a casa. Asomo la cabeza para asegurarme de que el salón está vacío y que no me voy a quedar traumatizada al ver una película porno en directo, pero no hay nadie.

En cuanto entro en mi habitación, me tiro sobre la cama y cierro los ojos. Inspiro hondo, disfrutando del silencio.

Al menos hasta que empiezo a escuchar los ruidos procedentes de la habitación de al lado.

Agarro la almohada y me tapo los oídos con ella mientras me pregunto una y otra vez en qué momento me pareció buena idea irme a vivir con gente que no conocía de nada.

2

Siempre me ha gustado ser una persona madrugadora.

Da lo mismo que la noche anterior saliera hasta las tres de la madrugada y me fuera a dormir más borracha que una cuba, porque todos los días, cuando la alarma suena a las siete en punto, mi cuerpo sabe que es el momento de ponerme las zapatillas y salir a correr.

Y eso es lo que hago.

En apenas diez minutos estoy lista. Bajo la escalera, ya con los cascos puestos, mientras termino de hacerme una coleta. En cuanto planto un pie en la calle, empiezo a calentar al ritmo de «Pump-it», de The Black Eye Peas, y pongo rumbo al mismo lugar al que voy desde hace cuatro años. Me encanta hacer deporte; es ese momento del día que me dedico a mí y solo a mí. A veces he intentado que alguna de las chicas se venga conmigo, pero no hay manera. Vega es la persona más vaga que he conocido en mi vida, la tía no es capaz de subir dos pisos sin dejarse los pulmones por el camino, y a Carola le van más las actividades como el yoga o el pilates.

Yo lo he probado todo: spinning, body pump, boxeo... Y la verdad es que (y no quiero presumir) cualquier deporte se me da bien.

Pero cuando corro, es distinto.

Adoro la forma en la que el viento me roza la cara a primera hora de la mañana, cuando el aire es fresco y aún no está contaminado por los miles de coches que, en apenas unas horas, empezarán a recorrer el centro de Madrid. Me encanta el modo en el que las piernas me arden tanto que solo puedo pensar en ellas, dejando a un lado el centenar de preocupaciones que nublan mi mente.

Aíslo mi cabeza y me centro solo en el movimiento de mis pies, rítmicos, constantes. Aunque ya estamos a finales de septiembre, y a pesar de que me he puesto el conjunto de deporte más fresco que tengo en mi armario, empiezo a sudar cuando apenas llevo diez minutos en la calle. Un rato después, llego al Retiro.

Apago la música y bajo un poco el ritmo; quiero disfrutar de este tramo tanto como pueda. Cuando entro aquí, siento como si todo lo demás desapareciera y accediera a una especie de oasis, uno en el que no existen padres irresponsables ni situaciones familiares incómodas. Uno en el que tengo claro qué quiero hacer cuando acabe la carrera y no estoy hecha un lío.

Uno en el que no tengo que sonreír y estar animada todo el rato para ocultar todo lo que se esconde detrás de esa pose.

Corro por la zona del estanque, observando las barcas aún vacías, a la espera de que los primeros turistas de la mañana lleguen con sus sonrisas eufóricas y sus cámaras de fotos listas para capturar el momento.

Me dirijo hacia una de las zonas con césped donde el sol empieza a incidir y me dejo caer de cualquier manera, quedando boca arriba.

Cierro los ojos y suelto un poco de aire, disfrutando de la tranquilidad.

Al menos hasta que mi teléfono empieza a sonar.

Con un resoplido, saco el móvil de la cinta que llevo sujeta a la cintura y descuelgo.

—Hola, mamá.

Mi madre no siempre tiene tiempo para llamarme, así que cuando lo hace no dudo ni un segundo en responderle. Trabaja en una residencia de ancianos y tiene turnos complicados.

—Hola, cariño, ¿qué tal estás?

Su voz risueña y alegre traspasa el teléfono y me saca una sonrisa, como siempre.

Mi madre es la persona más fuerte y bondadosa que he conocido en mi vida. Me tuvo cuando era muy joven, e incluso con todas las quejas de su familia y el muy cuestionable e intermitente apoyo de mi padre, salió adelante. Siguió estudiando mientras me criaba y trabajaba en una tienda de alimentación para poder cubrir nuestros gastos y, cuando yo crecí un poco, decidió estudiar una carrera. Ahora es trabajadora social en un centro de mayores, un puesto que le encanta, pero al que dedica muchas más horas de las que le tocan al día porque para ella es imposible irse a las siete de la tarde si sabe que el señor Miller no ha disfrutado de su partida de ajedrez de la tarde y que a la señora García no le han dado su napolitana de chocolate a las ocho, como todos los días.

—Bien, he salido a correr un rato.

—Siempre has sido puro nervio.

Suelto una carcajada, porque para mi madre sigo teniendo seis años y no veintiuno.

Cuando era pequeña, ella era la que me animaba a correr para canalizar toda mi energía. Yo era muy activa ya entonces, pero en aquella época no hacía deporte, por lo que me dedicaba a hacer trastadas a diestro y siniestro.

—¿Qué tal estás? —le pregunto—. ¿Has tenido turno de noche?

—No, pero me quedé igualmente hasta tarde haciendo un maratón de *Star Wars* con Joaquín. Ese hombre tendrá ochenta años, pero ¡madre mía!, aguantó como si fuera un búho, incluso me dio una colleja al ver que me estaba quedando dormida.

Pongo los ojos en blanco y me aguanto la risa.

—Solo tú te quedarías con él viendo esas películas tan aburridas.

—¡Eh! No te metas con ellas.

—¿Ahora eres fan de Luke Skywalker?

—Más bien de Adam Driver.

Ahora sí que suelto una carcajada. ¿Mi madre fijándose en un tío? Eso no ha pasado desde que nuestro vecino le pidió una cita y ella le contestó que tenía el síndrome de la vagina muerta (sobra decir que es un término totalmente inventado por ella) y que se aburriría demasiado pronto.

Me pregunta por la universidad y le cuento los problemas que estoy teniendo para encontrar un buen tema para el TFG. Normalmente a los alumnos les da igual qué elegir, quieren quitárselo de en medio y listo, pero yo no estoy dispuesta a dedicarle tanto tiempo a un trabajo que me aburra como una ostra, así que quiero elegir algo que de verdad me interese y vaya a servirme de algo.

Al cabo de un rato, cuando estamos ya a punto de colgar, mi madre me hace la pregunta que llevo esperando que suelte desde que ha llamado, aunque estaba rogando mentalmente que no lo hiciera.

—Oye… ¿Has hablado con tu padre?

Suelto un suspiro.

—No.

—Nuri…

—No empieces, mamá —le digo tajante.

—Cariño, pero tienes que entender...

—No tengo que entender nada —la corto—. Y lo siento, pero no comprendo cómo puedes estar diciéndome esto. Precisamente tú deberías pasar de él más que yo después de todo lo que te ha hecho.

La escucho resoplar al otro lado de la línea y hago una mueca, molesta.

—Hay que saber perdonar.

Abro la boca aunque no pueda verme, porque flipo con su discursito.

—Uno tiene que merecerse el perdón para poder recibirlo.

Con eso doy el tema por zanjado y con un «te quiero» nos despedimos.

Y como las malas noticias o, en este caso, malas situaciones, nunca vienen solas...

Me levanto del césped y me sacudo el cuerpo, desprendiéndome de los restos de tierra que se han adherido a mi ropa.

Estiro un poco las piernas y troto suavemente en el sitio para calentar antes de volver a casa corriendo. Alzo la mirada; el sol ha salido ya por completo y la luz baña cada centímetro del parque que no está cubierto por los árboles.

A unos metros de mí algo llama mi atención... O, mejor dicho, alguien.

—Mierda —murmuro.

El pelo rubio y sudoroso de la rata de cloaca (mundialmente conocida como Iván) se balancea con suavidad de un lado a otro mientras corre.

En mi dirección.

Me cago en todo.

Creo que no se ha dado cuenta de mi presencia. O no ha querido fijarse y pasa de mí, quién sabe.

En el primer caso, me alegraría.

En el segundo, me alegraría aún más, porque pienso hacer lo mismo.

Me quedo mirándolo unos segundos, no porque me encante verle (eso jamás), sino porque me quedo boquiabierta con la poca vergüenza que tiene el tío. Va con unos pantalones de chándal cortos negros.

Sí, ya está.

Su torso, sudoroso, marcado y completamente desnudo, provoca varios suspiros de anhelo procedentes de un par de chicas que se han parado a estirar a unos metros de mí.

Pongo los ojos en blanco, pero tardo unos segundos de más en apartarlos de él, los suficientes para que se dé cuenta y mire hacia aquí.

Joder.

Muevo con rapidez mi cabeza hacia la izquierda y finjo que miro al cielo, buscando... ¿qué? ¿Un pájaro gigante con la capacidad de cogerme con sus garras y sacarme de aquí? Ay, por Dios...

Al menos surte efecto, ya que me parece ver por el rabillo del ojo que se aleja...

—Hey.

Mierda.

Con un pequeño halo de esperanza, continúo mirando al cielo, fingiendo que no me doy cuenta de su presencia ni de que me ha hablado. Sigo llevando los cascos de música puestos, así que espero que pille la indirecta y ambos finjamos que no nos hemos encontrado en un parque de ciento dieciocho hectáreas.

El destino me está poniendo a prueba, estoy segura. Una prueba de paciencia más grande que una casa. Pero el idiota de Iván ha decidido no dejar pasar la oportunidad de molestarme, cosa que no me sorprende porque, bueno, es Iván, un tocapelotas de campeonato.

Sin pedir permiso, agarra uno de los cables y me quita los cascos.

—Venga ya, no te hagas la sorda, que no te pega nada.

Su voz chulesca y con ese tono de superioridad hace que inspire hondo y suelte aire con fuerza intentando fingir que no me perturba.

Planto en mi cara la sonrisa más falsa de mi repertorio y me vuelvo hacia él.

—¡Ostras! Pero ¡si eres tú! Justo empezaba a preguntarme de dónde procedía ese pestazo a cloaca, ahora ya lo sé.

Pestañeo varias veces seguidas y recubro de inocencia el ataque gratuito que le acabo de soltar.

Iván, lejos de ofenderse, contiene una sonrisa que hace que mi estómago dé un vuelco (en cuanto se pire, tendré que vomitar entre los arbustos) y responde:

—Tan simpática como siempre. —Cruza los brazos de forma que sus bíceps se tensan aún más, si eso es posible siquiera, y ladea un poco la cabeza para examinarme de arriba abajo—. ¿Has salido a correr?

—¿No es evidente?

Se encoge de hombros.

—Entre el sudor y la tierra que llevas pegada en todo el cuerpo, parece que no ves una ducha desde hace años.

Entrecierro los ojos sin dejar de sonreír, lanzándole disparos invisibles con ellos con la esperanza de que uno lo alcance en la frente y se quede en el sito.

—Qué amable por tu parte, hoy te has despertado observador —ironizo—. El césped está húmedo, listo. ¿Y sabes qué pasa? Que no todos tenemos la necesidad de ir medio desnudos por ahí.

Sonrío y el muy idiota me devuelve la sonrisa. Una que expone los característicos hoyuelos que marcan sus mejillas odiosas y que muestra sus dientes perfectos.

Iván descruza los brazos y se acerca unos centímetros mientras se retira de la cara un mechón de pelo. Clava en mí sus ojos, de un verde tan claro que a veces incluso parecen dos piedras preciosas, sin borrar esa mueca divertida del rostro.

—Veo que te has fijado mucho en mí, Nuri. ¿Tienes algo que decirme?

No dejo que me achante. Iván y yo nos llevamos mal desde... ¿toda la vida? Esta no es la primera vez tenemos un encontronazo repleto de insultos revestidos de ironía y sonrisas falsas, ya he aprendido a jugar a su juego. Y se me da muy bien.

Así que ahora soy yo quien se aproxima un par centímetros, acercando demasiado mi cara a la suya y provocando que tenga que bajar los ojos para mirarme, porque el mastodonte me saca como diez centímetros de altura. Le respondo en tono confidencial:

—La verdad es que sí. —Le dedico una mirada inocente—. Estás en medio. —Parpadea un par de veces, y doy un paso atrás antes de añadir—: Si me disculpas, voy a seguir haciendo deporte, tú puedes continuar... —Lo miro de arriba abajo. Tiene la piel dorada, como si hubiera pasado unas cuantas horas al sol estas últimas semanas y el pelo rubio, a la altura de los ojos, algo despeinado—. Lo que sea que estuvieras haciendo.

—Ha sido un placer verte —responde con alegría fingida.

—Qué pena no poder decir lo mismo.

Y así, con la cabeza alta y los cascos otra vez puestos, retomo mi camino.

Cuando llevo dos minutos así, decido girar la cabeza hacia un lado, esperando verlo parado y con una mueca molesta plantada en la cara. Lo que no me esperaba era dar con una sonrisa fanfarrona y al muy idiota corriendo a unos metros de mí.

—¿Se puede saber qué estás haciendo?

Mientras da una zancada tras otra se encoge de hombros y responde:

—Correr, ¿es que no lo ves?

—Eso ya lo sé, pero ¿tienes que hacerlo tan cerca de mí? —Bufo.

—Este es un parque público —responde simplemente.

Creo que echo humo por las orejas ahora mismo.

Sí, es un parque público gigante en el que cada uno puede ir por su lado sin tener que aguantar la presencia del otro, pero a él eso no le importa, lo que quiere es picarme.

Y el condenado lo ha conseguido.

No me gusta hablar mientras corro, mi respiración se torna irregular y empiezo a notar un poco de flato en las caderas, así que tan solo le dedico una última mirada asesina y cierro la boca.

Trato de fingir que no lo tengo a mi lado, me centro en seguir hacia delante, esquivar de vez en cuando algunos de los perros que corren de aquí para allá jugando con sus dueños y empeñada en no cambiar la ruta que hago cada día por el tonto que tengo apenas a tres metros a mi izquierda.

En un momento dado me parece ver que me adelanta. Es un movimiento leve, solo un par de zancadas más grandes que antes y apretando un poco el ritmo, pero yo me doy cuenta y enarco una ceja.

¿Está intentado adelantarme? Pues va listo.

Imito sus movimientos y me vuelvo a poner a su altura, respirando un poco más fuerte.

Giro la cabeza y me encuentro con sus ojos puestos en mí.

Y no me gusta nada lo que veo en ellos.

Torcemos a la derecha y nos adentramos en un camino recto. Iván mira de reojo el final y entiendo al segundo cuáles son sus intenciones.

Este no sabe con quién se está metiendo... ¿O sí?

Le echo un último vistazo con una sonrisa pícara impresa en los labios como confirmación y vuelvo la mirada al frente. Como si alguien hubiera dado el pistoletazo de salida, ambos forzamos el ritmo al máximo y empezamos a correr como si nos fuera la vida en ello.

Centro la vista en la estatua del Ángel Caído que se encuentra al final del camino y a la que nos acercamos más y más con cada zancada que damos. Pasamos a toda velocidad el Palacio de Cristal y varias familias que andan tranquilas se hacen a un lado para esquivarnos, incluso escucho algún que otro quejido de algunos corredores al darse cuenta de lo rápido que vamos.

Pero ninguno de los dos afloja el ritmo. Inspiro y espiro de forma frenética mientras acelero. Noto que varias gotas de sudor surcan mi frente, pero todo me da igual. Estoy centrada en ganar a Iván en esta especie de competición que hemos empezado.

Soy consciente de que si alguien me preguntara ahora cuál es el premio, no entendería ni por asomo mi respuesta: joder a Iván. Porque me encanta bajarle esos aires de chulo que lleva.

Así que cuando apenas quedan diez metros para alcanzar la estatua y veo al rubio a apenas unos centímetros por delante de mí, aprieto los dientes y fuerzo el paso todo lo que mis cuádriceps me lo permiten para adelantarle.

Y lo consigo.

Aunque no por mucha diferencia, toco la superficie fría de la estatua unos segundos antes que él y, respirando como una descosida, me apoyo en ella.

Lo miro con una sonrisa amplia en la cara y, mientras trato de recobrar el aliento, le suelto:

—Chúpate... —Inspiro—. Esa. —Espiro.

Con las manos apoyadas en las rodillas, Iván me dirige un gesto evidentemente molesto. Lo veo abrir la boca, seguro que para soltar alguna tontería y tratar de fingir que no he ganado yo la carrera. ¿Tal vez he herido su ego masculino? Pues se siente, guapito de cara.

—Ni lo intentes —le corto antes de que diga nada.

Le dedico una última sonrisa triunfal para, acto seguido, separarme de la estatua, darle la espalda y emprender mi camino de vuelta a casa.

Esta vez no me vuelvo para ver si me está siguiendo.

3

Vega
Hoy acabaré pronto en el taller. Os apetece que salgamos a tomar algo?

Carola
Por mí genial!

Yo
Pf, yo no creo que me apunte, estoy muerta de sueño

Vega
Nuri diciendo que no a un plan?

Me estoy empezando a preocupar

Yo
Ja, ja, muy graciosa

Carola
Quieres que vayamos a tu casa? Podemos ver *Mamma mia* y pedir unas pizzas

Vega
A mí me parece buena idea!

Sonrío, aunque no puedan verme.

Yo
No os preocupéis, salid de fiesta por mí! Y liaos con algún cachondo en mi honor

Vega
Pienso enseñarle este mensaje a Nico

Yo
Dile que no sea tan puritano!

He pasado todo el día en la universidad y la tarde en la biblioteca. El último año de carrera está siendo mucho más duro de lo que me esperaba y entre el TFG, que en breve empezaré las prácticas y estudiar para los exámenes, creo que es muy posible que para finales de año me convierta en un muerto viviente.

Por eso, cuando llego a casa, estoy tan cansada que se me olvida hacer el ruido de supervivencia anti posibles escenas porno con las llaves y entro sin más en el piso.

De un segundo a otro abro los ojos de par en par y todas las células de mi cuerpo que hace unos segundos estaban agotadas se despiertan de súbito. Suelto un grito que estoy segura de que habrá hecho que todos los osos que estén hibernando en el mundo se sobresalten.

—¡Qué cojones!

Cierro los ojos con fuerza porque me parece haber visto un culo, una picha y un vibrador gigante a toda marcha.

Todo junto.

—Joder —suelta Elisa, molesta—. Pensaba que no llegarías hasta dentro de una hora.

—Son las nueve —le respondo en un tono demasiado agudo.

—Ostras, ¿ya? Hay que ver...

Eso lo dice con voz traviesa, y yo estallo.

—Vale..., a ver. —Separo dos de mis dedos para comprobar que puedo mirar sin llevarme otra imagen traumática que incluir a la larga lista que ya ocupa exclusivamente mi compañera—. Esto tiene que acabar.

—¿Qué quieres decir? —se extraña.

Por lo menos, el chico y ella se han tapado con la manta del sofá. O mejor dicho: mi manta.

—A mí me da igual que lo hagáis como los conejos —les explico mientras cierro la puerta tras de mí y me adentro en el salón—. Créeme, soy una persona que ama el sexo, ¡vivan los orgasmos! Pero lo tuyo es de campeonato, Elisa. No me dejas dormir y siempre que llego a casa tengo miedo de encontrarme en medio de una situación como esta.

Estoy llegando a su altura cuando piso sin querer algo resbaladizo y me agarro al sillón tan rápido como puedo para evitar comerme el suelo.

Miro mis pies y, como sospechaba, hay restos de comida.

—¿Y esto? —pregunto enfadándome más cada segundo que pasa y me aguanto una arcada.

Elisa se encoge de hombros y se limita a responder:

—No es mío.

«Respira, Nuri».

—¡Marco! —llamo a mi otro compañero de piso.

Lo veo salir por la puerta de su habitación desaliñado; parece que lo he despertado de su siesta a las... ¿nueve de la noche?

—¿Se puede saber por qué está tu comida roñosa en el suelo?

Mi compañero me mira perezoso.

—¿Me has despertado por esa tontería?

—¿A ti te parece una tontería que cada vez que entre en casa me encuentre tu comida por todas partes, los platos usados sin fregar y tu ropa maloliente tirada por ahí?

Marco se limita a sentarse en el borde del sofá en el que están Elisa y su... amigo (que no deja de reírse, el muy imbécil) y resoplar.

Aparto un trozo de lo que parece un nugget con asco y me desplomo en el sillón que hay frente a ellos. Los miro esperando una respuesta como «Lo sentimos mucho, Nuri» o «No volverá a pasar, tendremos más cuidado». Pero, en cambio, lo que me contestan es:

—Tía, no seas tan exagerada.

Miro a Marco flipando.

—No lo estoy siendo.

—Un poquito sí —añade Elisa—. Deberías ser más abierta de mente, ¡relájate!

Estoy alucinando, ¿más abierta de mente? ¿Yo? Creo que me dolería menos que me dieran un puñetazo en las costillas.

—A ver, a ti te he dicho que me da igual que lo hagas doscientas veces y con doscientas personas distintas si quieres, eres libre de hacer lo que te plazca, pero debes tener en cuenta que somos tres viviendo en esta casa —apunto molesta—. Y Marco, ¿no crees que limpiar un poco te vendría bien de vez en cuando? Vivimos en un piso, no en una pocilga.

Ambos me devuelven una mirada perezosa, como si lo que les estuviera diciendo les entrase por una oreja y les saliese por la otra.

Genial.

—Dejadlo.

Resoplo, me levanto del sillón mientras saco el móvil del bolsillo y observo cómo la pareja se mete en su habitación, seguramente para seguir lo que he interrumpido.

Pasadme ubicación e id pidiéndome un chupito de tequila

Se me ha ido el sueño, ahora solo quiero ver a mis amigas e intentar que mi humor mejore un poco.

Como respuesta, Vega manda una foto de las dos, ya con sus vasos en la mano y me escribe:

Marchando!

Una hora más tarde, me he cambiado mi ropa cómoda por un vestido sin mangas negro y unas botas altas y estoy con las chicas en el Quitapesares.

Aunque ya no nos pilla tan cerca como antes, a veces nos da por venir aquí y recordar nuestro primer año universitario.

—¡Por los compañeros de piso viciosos! —brinda Vega para chincharme.

—¡Por los polvos improvisados y la comida roñosa! —la sigue Carola.

—Os odio —añado riéndome antes de entrechocar nuestros vasos y bebernos de un trago su contenido.

La música llena el sitio y hace que nos movamos de un lado para otro bailando sin parar. Como era de esperar, el bar está lleno. Supongo que por más que pasen los años, este siempre seguirá siendo un sitio de referencia para los estudiantes, sobre todo porque continúan poniendo música en directo los jueves y hay dos por uno en cerveza.

—Aún no me puedo creer lo que te ha pasado —comenta Vega con una carcajada.

—Me da mucha pena que tengas que estar viviendo así —añade Carola—. ¿No puedes buscar otra cosa?

—¿Te crees que no lo he hecho ya? —Suspiro, derrotada—. A estas alturas todo está cogido o es carísimo, pero lo seguiré intentando.

—Yo también me pondré a mirar pisos, a ver si hay suerte —se ofrece Vega.

—¡Y yo!

—Sois las mejores. —Les doy un abrazo rápido—. Pero no quiero hablar más de esto, ¡esta es una noche de chicas y sin hablar de problemas! Solo quiero bailar, beber y reírme hasta que me duela la mandíbula.

Doy un trago y las miro sonriendo.

—Estoy de acuerdo con todo, pero eso de que es noche de chicas... —responde Vega.

—¿Qué pasa?

Ambas me dedican una mirada de circunstancias que conozco demasiado bien.

«No, no, no».

—Por favor, decidme que no habéis avisado también a Iván —pido con un pequeño halo de esperanza.

El gesto afirmativo de la morena hace que suelte un lamento y eche la cabeza hacia atrás.

—Vida, ¿qué he hecho yo para merecer esto?

Carola me agarra del brazo y me da un apretón cariñoso.

—Venga, ¡que solo son los chicos!

—Corrijo —contesto—. Son vuestros novios y la rata inmunda.

La morena pone los ojos en blanco y Carola suelta una pequeña carcajada.

—¿Tan malo es? —pregunta esta última.

—Nico y Gael me caen genial, no me importa que se vengan, aunque también me apetecería que una noche quedáramos solo nosotras tres, como en los viejos tiempos —les explico—. El problema es que siempre que se vienen, se lo traen a *él*.

Vega me mira un poco molesta.

—Tía, que es mi mejor amigo. ¿Cuándo vais a aprender a llevaros bien?

—Mmm, ¿nunca? —le contesto.

Suspira.

—Pero ¿por qué os odiáis tanto? Siempre os lo preguntamos y nunca nos decís nada en claro —expone Carola con verdadera curiosidad.

Yo solo me encojo de hombros y contesto convencida:

—Hay gente que no está hecha para llevarse bien.

—¡Tonterías! —exclama Vega—. Iván es un tío genial.

Enarco una ceja al escucharla decir eso, porque no estoy nada de acuerdo con esa descripción que ha hecho de la rata, pero la dejo continuar.

—¡Y tú eres fantástica! Estoy segura de que si un día os sentaseis a hablar como dos personas normales, sin lanzaros pullitas ni insultos, ambos os sorprenderíais.

Empiezo a reírme de una manera exagerada.

—Claro, ¿y eso quién lo dice?

—¿El sentido común? —responde Vega.

—Bueno... —Carola nos da un pequeño codazo—. Justo acaban de entrar, así que tengamos la fiesta paz, por favor.

Bufo y me bebo lo me queda de copa con la esperanza de que me ayude a soportar la presencia de cierto individuo durante el resto de la noche.

Los tres chicos aparecen unos minutos más tarde y planto en mi cara una sonrisa sincera que tiembla un poco cuando mis ojos se topan con los de Iván.

—Hola —saluda escueto.

Yo solo murmuro un «hey» sin emoción y me centro en los demás.

—¡Nico! —Después de saludar a su novia, se acerca y me da un pequeño abrazo—. ¿Qué tal vas en el despacho? Vega me ha dicho que estás hasta arriba.

—Sí, la verdad es que me encanta, pero siempre hay mucho lío en la oficina —responde amable.

—¿Echas de menos tocar aquí? —le pregunto.

Red Velvet, el grupo en el que toca, sigue activo y de vez en cuando hacen algún que otro concierto, pero desde hace un año ya no les resulta tan fácil como antes. Sus integrantes han acabado la carrera y ahora tienen otros trabajos, por lo que solo pueden dedicar a la música el poco tiempo libre que tienen.

—A veces —dice mientras pasa su brazo por los hombros de Vega y la atrae hacia su cuerpo—. Pero ahora mismo estoy muy feliz.

Mi amiga le sonríe y le da un breve beso en los labios.

—Bueno, Nuri, ¿y tú qué? —me pregunta Gael—. Carola me ha dicho que estabas pasándolo un poco mal en tu piso, ¿ya se ha arreglado?

La pelirroja le da un codazo en el costado y el irlandés la mira, confuso.

—¡Es un tema tabú esta noche! —le explica su novia con voz cariñosa—. Hoy nos hemos propuesto que se olvide de eso, y lo pasemos bien.

—Eso es. —Sonrío.

Una risa silenciosa, proveniente del indeseable que tengo a mi lado, se cuela en mis oídos y hace que me voltee.

—¿Se puede saber qué te hace tanta gracia?

Iván clava sus ojos en los míos.

Lleva una camiseta gris y unos vaqueros anchos, algo simple que haría que cualquier otro chico pasara desapercibido, pero que (y me jode admitir esto) al rubio le queda tan bien que parece que lo ha hecho adrede para que todas las miradas estén sobre él.

Uf, qué asco le tengo.

—Nada.

No pierdo detalle de la sonrisa que se le escapa por la comisura de la boca.

—Venga, explícanoslo. Estoy segura de que todos seremos capaces de entender tu sentido del humor propio de un niño de cinco años.

Observo cómo se guarda las manos en los bolsillos y se vuelve levemente hacia mí.

—Ya empezamos... —me parece oír que dice Vega.

—Si tanto te apetece saberlo, allá va: me hace gracia que lleves solo tres semanas en ese piso y ya estén haciendo cosas para que te vayas.

—¿Crees que lo están haciendo para que me marche?

—Sí —responde seguro.

—No tienes ni idea.

—Es lo que yo haría.

Le lanzo varios dardos envenenados con los ojos.

Será...

—Chicos... —pide Vega.

Tomo aire, intentando tranquilizarme.

«No dejes que sus palabras te afecten, lo está haciendo para sacarte de tus casillas».

Joder, y lo consigue con una facilidad que me cabrea aún más.

Vuelvo a dedicarle esa sonrisa falsa que solo saco cuando Iván está cerca, tratando de mantener la calma por mis amigas, y decido no contestar.

—¿Te pasa algo en la cara? —suelta entonces.

Fuerzo aún más la sonrisa.

—No, ¿por qué lo dices?

—Porque parece que acabas de salir de un manicomio y que estás planeando asesinarnos a todos.

Me da un pequeño tic en el ojo e intento no perder los nervios.

«Estamos aquí todos juntos, no me voy a pelear con él, eso es lo que quiere y no lo va a conseguir».

Observo cómo sonríe.

A la mierda.

—Escucha, idiota... —Lo miro con desdén—. Está claro que tu inteligencia mental limitada no te permite saber cuándo es el momento de mantener la boca cerrada y dejar de decir estupideces. Mis compañeros de piso son horribles y eso no tiene nada que ver conmigo. ¡A lo mejor deberías llamarlos! Estoy segura de que se llevarán genial con alguien como tú.

—¿Alguien como yo?

—Sí, un chulo bastante básico que se cree que el mundo gira a su alrededor.

Suelta una carcajada.

Se acerca un poco más a mí y abre la boca con la intención de responder, pero entonces Nico le pone una mano en el pecho para alejarlo y Vega dice:

—¿Podéis comportaros por una vez? Estamos aquí todos juntos y queremos pasarlo bien.

—¡Ha empezado él! —me quejo.

—Creo que es mejor que vayamos a por unas bebidas —sugiere Gael intentando poner paz.

En el rato que tardan en volver, las chicas tratan de hacer que me relaje un poco y me ría, aunque vuelven a pedirme que no me pelee más con Iván.

Pero ¿no se dan cuenta de que es él quien me busca todo el rato? Es insoportable.

Al menos eso de mejorar mi estado de ánimo lo consiguen. A los pocos minutos las tres nos ponemos a cantar como unas locas «Física o química» y, cuando los chicos vuelven y Nico me tiende una cerveza, le doy un largo trago y decido fingir que Iván no existe el resto de la noche.

Hoy pienso disfrutar con mis amigas y él no me lo va a fastidiar.

Al cabo de un par de horas en las que, sorprendentemente, no ha habido más incidentes, noto que la bebida se pasea por mi sistema a sus anchas y hace que mis pasos de baile sean más patosos y descoordinados.

—Deja de pisarme —murmura molesto el rubio.

Lleva un rato charlando y bailando con una morena que ha conocido y que se ha pegado a él como si de una lapa se tratase.

Los miro, y una sensación extraña sube por mi estómago y se instala en mi pecho.

Solo por joder, finjo que trastrabillo y vuelvo a estampar mi pie sobre el suyo, aunque esta vez con un poquito más de fuerza.

Ups.

—Joder… —Noto el calor de su cuerpo cuando se acerca a mí—. ¿Qué te pasa? ¿Tanto necesitas llamar mi atención?

Sonrío.

—No te flipes, yo a ti no te daría ni la hora.

—Y entonces ¿por qué no dejas de buscarme todo el rato?

—No te busco, simplemente me aseguro de no condenar a otra pobre chica al sufrimiento de tu compañía. —Esbozo un gesto inocente.

Pongo las manos alrededor de mi boca y muevo los labios para que solo ella lo vea.

La chica agranda los ojos y se va tan rápido como sus piernas se lo permiten.

—Qué cojones… —empieza a decir Iván—. ¿Qué le has contado?

Me pongo de puntillas y me acerco a su oído.

—Es un secreto.

Me mira molesto, pero entonces aparece Vega y pone sus brazos sobre nuestros hombros.

—¡Mis mejores amigos! —La voz le sale alargada y en un tono algo chillón. Creo que es mejor que a partir de ahora cambiemos la cerveza por botellas de agua—. ¡Estáis hablando y no matándoos!

Por un segundo pienso en sacarla de su error, pero al final decido no hacerlo; mejor que se piense que estamos siendo civilizados el uno con el otro a que nos vuelva a soltar el rollo de que podemos llevarnos bien.

Iván parece opinar lo mismo, porque se limita a mirarme y no dice nada.

—He estado pensando... —La morena me observa con una sonrisa—. Nuri está buscando un sitio decente en el que vivir...

La miro, confundida.

—Y el compañero de piso de Iván acaba de irse a no sé dónde y lo ha dejado tirado. ¿Me equivoco?

Me parece ver que el rubio tensa los hombros, adivinando cuáles son las intenciones de su amiga.

—Vega... —empieza a decir.

Yo solo le doy un trago a mi cerveza.

—¡Deberíais compartir piso!

Me atraganto y me pongo a toser como una descosida.

—¿¡Qué!? —exclamo.

La morena asiente superconvencida.

—¡Es la solución perfecta! Y, además, creo que así podríais arreglar vuestras diferencias.

—Ya, claro. —Bufo.

Busco el gesto de Iván, esperando encontrarlo tan alarmado como yo y soltando alguna carcajada que me indique que también piensa que es el mayor disparate que jamás ha oído. Pero, para mi sorpresa, con lo que me topo es con sus intensos ojos verdes clavados en mí y con un gesto que sugiere que lo que sea que está pasando por su cabeza ahora mismo no es nada bueno.

—¿Qué ocurre, Nuri? ¿Crees que sería demasiado para ti vivir conmigo?

—Sí, demasiado traumático.

Sonríe.

Pero ¿qué…?

—A mí no me importaría, si lo necesita tanto…

—Yo no necesito nada, estoy genial donde vivo —miento.

—Pero ¿qué dices? —exclama entonces Vega—. ¡Si es horrible!

Me suelto de su agarre y doy varios pasos hacia atrás. El gesto divertido que me dedica el rubio me pone nerviosa; es como si para él todo esto fuera un juego.

Un reto, más bien.

Uno cuyo objetivo es que yo me vaya a vivir con él y lo aguante durante Dios sabe cuánto.

Está aludiendo a mi lado competitivo, el muy… Pues lo siento, pero no. Esta vez no va a colar.

—Ni loca me voy con él —confirmo decidida.

—Pero… —empieza a decir mi amiga.

—Pero nada, no es una opción.

La morena mira a Iván y se encoge de hombros.

—Qué cabezona eres —se queja mientras vuelve con los demás.

Suelto un suspiro exasperado y cierro los ojos. Me balanceo un poco al ritmo de la música con la pequeña esperanza de que cuando los abra Iván haya pillado la indirecta y se haya marchado también a bailar con los demás.

Pero cuando lo hago me doy cuenta de que sigue ahí, y bufo. No sé qué esperaba, está claro que quiere terminar de sacarme de mis casillas.

Lo miro, creyendo voy a toparme con una de sus sonrisas perversas llena de intenciones, todas ellas malignas, estoy segura. Pero con lo que doy es… ¿un gesto serio que me taladra con los ojos?

—¿Qué pasa? —pregunto.

—Nada.

No lo parece. Apenas se ha movido del sitio y su mirada sigue posada sobre la mía, pero esta es una de esas veces en las que me es imposible descifrarla. ¿Qué se le estará pasando por la cabeza?

Le dedico un gesto extrañado.

El rubio traga saliva y dice algo por lo bajini que no llego a oír. Sé que este es justo el momento en el que tengo que moverme y unirme de nuevo al grupo, porque de repente me encuentro a mí misma queriendo saber qué es lo que ha dicho y por qué parece tan dubitativo de pronto.

«A ti no te importa lo que diga Iván, de su boca solo salen tonterías», me recuerdo.

Obligo a mis pies a moverse, pero su mano me impide el paso.

Entonces sí que escucho su voz, esta vez demasiado cerca de mi oído.

—Si no puedes seguir en ese piso y no encuentras nada mejor… —Toma aire—. En mi casa tienes un hueco si lo quieres.

Vale, ¿quién es este chico y qué ha hecho con Iván? Casi parece sincero.

Busco en sus ojos algún indicio que me indique que lo está diciendo de coña, porque a mí no me engaña. Estoy segura de que lo que realmente pretende es hacerme la vida imposible si acabo yéndome allí, y no pienso caer en su trampa.

No otra vez.

Pero me sorprendo de nuevo al comprobar que sigo sin poder interpretarla, y eso me frustra.

Así que decido hacer caso omiso a todas esas preguntas que ahora mismo se agolpan en mi mente; las achaco por completo a las numerosas copas de alcohol que he tomado esta noche.

Por lo que simplemente paso por su lado y le digo:

—Ni en tus mejores sueños.

4

Tenía la esperanza de que, después de haber hablado con todos y cada uno de mis compañeros de la universidad para ver si tenían algún hueco libre y de haber puesto un anuncio en todas mis redes sociales, a estas alturas ya habría encontrado un nuevo sitio en el que vivir.

Pero lo único con lo que me he topado es con una habitación de tres metros cuadrados a una hora y media en transporte público del centro y un sofá cama en un piso roñoso con otros cinco compañeros.

No, gracias.

En el fondo sé que no debería sorprenderme, ya estamos a principios de octubre y a estas alturas la gente tiene sitios decentes en los que vivir. En realidad, yo debería estar dentro de ese grupo de personas afortunadas, pero he tenido la mala suerte de topar con dos compañeros de piso terribles.

Ya no son solo las constantes sesiones de sexo, que la casa siempre está sucia, que no respetan la comida de los demás (cada dos por tres me encuentro mis cosas toqueteadas y gastadas) y que no se acuerdan para nada de que tienen una compañera a la que avisar si van a invitar a gente a tomar copas en casa un martes.

Elisa y Marco son las típicas personas de las que sería amiga sin dudarlo ni un segundo, saldríamos de fiesta y nos echaríamos unas buenas risas porque fuera de casa sé que son muy simpáticos, pero lo que es la convivencia...

Cojo el teléfono y escribo un mensaje por el grupo de las chicas mientras me digo: «Es por una causa de fuerza mayor. No puedes seguir así, cualquier día de estos te vas a volver loca».

Yo
Vega, llama a Iván y dile que quedamos mañana para hablar sobre lo del piso

Vega
Es en serio?!

Te has dado un golpe en la cabeza?

Necesitas que te lleve al hospital?

Pongo los ojos en blanco y le respondo:

Yo
No me he dado ningún golpe, pava, es simple necesidad

Vente tú también mañana, necesitaremos a alguien que medie entre nosotros

Carola
Estoy leyendo bien?

Ay, Nuri! Cómo me alegro de que vayáis a arreglar vuestras diferencias

Yo
Quién ha dicho eso?

Solo quiero su habitación libre, con Iván no pienso cruzar palabra

Carola
Acabaréis haciéndoos amigos, ya lo verás!

Yo
Ay, Carola... Nunca te cansas de ser tan ingenua?

Carola
Dirás mejor «optimista»! 🙂

Vega
Nuri, dice Iván que nos vemos mañana a las cinco y media en el Café del Art

Yo
Dile que a las seis mejor

Vega
Tienes algo antes?

Yo
No, pero llevarle la contraria es algo que me sale de forma natural

A las seis y cuarto entro por la puerta de la cafetería y veo a Vega y a Iván charlando, ya con sus bebidas en la mesa.

—Siento la tardanza —digo con un lamento fingido mientras me siento al lado de mi amiga.

—Déjame adivinar, ¿el bus iba con retraso? —ironiza Iván.

—Peor, ¡el *eyeliner* no me salía! —respondo dramática.

El rubio bufa y yo sonrío.

—Bueno —interrumpe Vega con voz cantarina—, ahora que estamos todos vamos a ponernos serios, dejad las tonterías por un rato. Nuri, Iván ya sabe que necesitas un sitio donde vivir y por suerte tiene una habitación libre en su piso, a su compañero le han dado no sé qué beca en el último momento y se ha pirado a Londres. Está en la zona de Cuatro Caminos y el alquiler es bastante asequible.

Entrecierro los ojos porque, a ver, no soy tonta, ¿un piso cerca del centro que no es muy caro y en el que tenga mi propia habitación? Demasiado bonito para ser cierto.

—¿Cuál es el truco? —me dirijo a Iván, que está sentado frente a mí con los brazos cruzados y en una pose chulesca que me pone de los nervios.

—¿Perdona? —Se hace el tonto.

Lo fulmino con la mirada.

—Es demasiado bonito para ser cierto, te conozco, ¿cuál es el truco?

Incluso si no fuera él quien me lo ofreciera, dudaría. Llevo días dándole vueltas a la cabeza, sopesando si de verdad la idea de vivir con Iván era tan descabellada como había pensado en un principio o si, en cambio, podría seguir con Marco y Elisa y esperar que las cosas fueran a mejor. Sin embargo, llegar el miércoles a casa y encontrarme con los restos de una fiesta improvisada que habían montado hizo que saliera de dudas y sucumbiera a esta opción, desesperada.

El rubio descruza los brazos y se inclina hacia delante en la silla.

—No hay truco. Solo el privilegio de mi presencia.

Bufo.

—No digas tonterías, tú eres un daño colateral que tendría que soportar.

—Si tanto te molesto, no te vengas, a mí tampoco es que me haga la ilusión de mi vida.

—Entonces ¿por qué te has ofrecido?

Se encoge de hombros y responde:

—Porque Vega me lo ha pedido. —Clava sus ojos en los míos—. Y porque lo necesitas.

Le devuelvo una mirada llena de sospecha.

—En fin... Es una buena oportunidad para los dos. Tú necesitas el dinero porque no puedes pagar el piso solo —explica mi amiga señalando a Iván—. Y tú no aguantas más en esa especie de ciénaga en la que estás ahora mismo —termina señalándome a mí—. ¡Ambos salís ganando!

Iván asiente, satisfecho.

—Por mí, bien, siempre y cuando ella se comporte.

—¿Me tienes miedo? —le pregunto con una sonrisa.

—Por Dios... Sois agotadores —exclama Vega—. No me extrañaría que terminarais incendiando la casa. Yo me tengo que ir, que aún me quedan cosas por hacer en el taller.

Se levanta mientras empieza a recoger su bolso y yo la miro, realmente asustada.

—¿Qué haces? Se supone que tienes que mediar entre nosotros.

—¿Me tienes miedito, Nuri? —me ataca Iván.

Vega suelta un bufido y nos mira alternativamente.

—Sois imposibles, no puedo quedarme a terciar entre dos bombas a punto de estallar toda la tarde. Vais a vivir juntos, así que aprended a hablaros con respeto o simplemente no habléis, ya me da igual. ¡Me habéis vuelto loca en menos de diez minutos!

Y con eso, mi mejor amiga me deja sola con mi archienemigo en una cafetería.

Genial.

Resoplo.

—A mí no me engañas —digo en un tono de voz sospechoso—. Estás tramando algo. ¿Por qué si no dejarías que me fuera a vivir contigo? El piso está en una buena zona y encima es barato... No me cuadra que no hayas encontrado a nadie que quiera esa habitación. Y no me vengas con que es porque Vega te lo ha pedido o porque estoy desesperada, no cuela.

El rubio echa la cabeza hacia atrás y suelta una pequeña risa.

—Eres la persona más desconfiada que he conocido en mi vida, ¿lo sabías?

Pongo los ojos en blanco.

—Lo que tú digas... Pero para que esto funcione, creo que lo mejor es que establezcamos unas normas básicas de convivencia.

—Estoy de acuerdo —asiente.

Lo miro, sorprendida por su actitud, y por un momento creo que esto a lo mejor no es tan mala idea. Puede que consigamos convivir sin ningún problema; yo paso de él y él pasa de mí, es tan fácil como eso.

Aunque, bueno, las cosas con Iván nunca son fáciles, así que ese instante de esperanza que me embriaga desaparece en cuanto dice:

—No puede haber ningún lío entre nosotros, ¿queda claro? O, si lo hay, no puede complicarse.

La mandíbula se me cae al suelo, literalmente.

Lo suelta tan convencido, mirándome con sus ojos verdes y un gesto serio plantado en la cara, que por una fracción de segundo me siento decepcionada por algo que ni por asomo me había pasado por la cabeza.

Hasta ahora.

Su pose de sobrado me pone de los nervios y la forma en la que me sonríe, sabiendo que me ha pillado con la guardia baja, hace que despierte del estado de shock y le conteste:

—¿Un lío entre nosotros? ¿Te has fumado un porro antes de venir o qué te pasa? —digo más alto de lo que pretendía, pues varias caras se vuelven hacia nosotros, lo que hace que el muy idiota suelte una carcajada—. Ni de coña me liaría contigo, antes prefiero que me arranquen los ojos.

—Pues sería una pena, los tienes muy bonitos.

«Pero ¿qué...?».

—Sé lo que pretendes, y no lo vas a conseguir.

Acerca su silla y yo me separo todo lo que puedo pegándome al respaldo de la mía.

—No sé de qué me hablas —dice con voz ronca.

Pongo un solo dedo en su pecho, como si ese simple contacto me diera un asco tremendo. Finjo que no siento una pequeña descarga eléctrica cuando noto el calor de su cuerpo y lo empujo todo lo lejos de mí que puedo.

—Quieres volverme loca, usar conmigo tus truquitos manipuladores de «soy irresistible y tengo a todas las tías a mis pies», pero... ¡*spoiler*! No funcionan con nadie, y menos conmigo, ahórrate el esfuerzo.

—¿Crees que soy irresistible?

Bufo.

—Creo que eres idiota. —Suelto una carcajada—. ¿De verdad tu condición es que no haya nada entre nosotros? Porque no tienes de qué preocuparte, eso no pasará jamás.

Se encoge de hombros.

—Ríete todo lo que quieras, pero ya sabes lo que hay. Y no quiero quejas si traigo tías a casa.

—Ni yo por tu parte si las llevo yo —respondo confiada—. De todos modos, avisémonos antes, así nos ahorraremos situaciones incómodas. No me voy a mudar de un sitio a otro para tener el mismo problema.

Asiente.

—Me parece lógico —dice mientras se levanta de la mesa—. Entonces ¿trato hecho?

Imito sus movimientos y quedo de pie frente a él.

Me ofrece su mano derecha como para formalizarlo.

Yo vuelvo a dudar durante unos segundos.

Estoy a punto de hacerlo, no me puedo creer que vaya a firmar un trato con el diablo. Casi me parece ver que dos cuernos rojos le salen de la cabeza y el mundo estalla en llamas a nuestro alrededor.

Madre mía, esto va a ser un desastre. ¿Irme a vivir con Iván? Pero ¿qué estoy haciendo? Puede que no salga viva de allí.

Sin embargo... lo necesito.

Finalmente, con un suspiro le tomo la mano y vuelvo a sentir una especie de descarga eléctrica que atribuyo a la repulsión que le tengo.

—Trato hecho.

5

Llego a la puerta del edificio cargada de maletas y bolsas.

—¿Seguro que no quieres que te ayude? —me repite el taxista que me ha traído hasta aquí.

—No se preocupe, mi compañero de piso va a bajar a echarme una mano. —«O más le vale», pienso—. ¡Gracias!

Tras despedirse, observo cómo el coche se aleja calle abajo y llamo al timbre con la esperanza de que esta vez sí que me responda.

He llamado a Iván veinte veces seguidas antes de venir, pero o se está haciendo el muerto o se ha quedado sordo. Supuestamente habíamos quedado a esta hora para que me mudara oficialmente.

No me puedo creer que esté haciendo esto. Bueno, sí me lo creo, pero me parece surrealista. ¿Vivir con Iván tres meses? Puedo salir de ahí totalmente loca o convertida en una asesina sin remordimientos.

Incluso mi horóscopo me lo ha advertido: «Se acercan semanas complicadas, aries, así que intenta sobrellevarlas de la mejor manera posible. Fluye, permítete experimentar y sentir cosas nuevas, puede que te lleves una sorpresa».

Cuando hablamos hace unos días para comentar el tema

de los pagos y gastos de la casa, ambos estuvimos de acuerdo en que solo me quedaría hasta Navidad, ninguno de los dos queremos alargar esta situación más de lo estrictamente necesario. Aunque ahora mismo tenga un sito donde vivir, voy a seguir buscando para ver si puedo mudarme en enero.

Solo tengo que aguantar hasta entonces, no será tan difícil, ¿no?

Ay, Dios mío.

Tras insistir cinco veces más, la puerta por fin se abre y resoplo; seguro que lo ha hecho adrede, el muy imbécil.

Empezamos bien.

Meto en el ascensor todas mis cosas y subo hasta el cuarto piso; una vez llego, me encuentro de nuevo la puerta cerrada.

—Será idiota —murmuro—. ¡Iván!

Llamo al timbre de nuevo.

—¡Ya voy!

Apoyo todo mi peso en la pierna izquierda y doy toquecitos con el pie en el suelo, impaciente.

Unos segundos más tarde escucho la cerradura girarse y la puerta se abre.

Al instante, mi pie se queda petrificado y creo que hasta la respiración se me entrecorta un poco. Eso o mis pulmones se han quedado totalmente sin oxígeno, porque me cuesta horrores tomar la siguiente bocanada de aire.

Lo primero que ven mis ojos es una toalla blanca que envuelve de forma precaria las caderas de Iván (dejando muy poco a la imaginación) sujeta únicamente por una de sus manos. Recorro su torso desnudo, de músculos marcados que yo ni siquiera sabía que existían, y totalmente empapado hasta llegar a sus ojos verdosos. Observo cómo se aparta de la cara el pelo mojado con la mano libre.

—¿No podías esperar unos minutos? —dice molesto.

Esa réplica hace que salga de mi estupefacción y sacudo la cabeza mientras me doy una bofetada mental por haberme quedado dándole un repaso tan descarado que lo único que hará será contribuir a su ego, ya de por sí gigantesco.

Lo fulmino con la mirada, impaciente.

—¿Me vas a dejar entrar ya o qué?

Se aparta de la puerta y tengo que obligar a mis ojos a que no les echen otro vistazo descarado a sus pectorales mientras paso por su lado.

La irritación se me calma un poco cuando me encuentro en medio del salón y observo cada detalle de la casa. Es un espacio pequeño pero perfecto para dos personas, hay un sofá gris lleno de cojines frente a un televisor y varias estanterías repletas de libros aquí y allá. La cocina está conectada directamente con esta sala, y desde aquí veo que tiene todos los electrodomésticos y utensilios necesarios para cocinar. Es un sitio relativamente antiguo reformado para alquilarlo, se nota en las paredes recién pintadas de blanco y en los muebles de colores neutros que ocupan el espacio.

Cuando veo la luz que entra a raudales me apresuro a dejar todas mis cosas en el suelo. Agarro una de las bolsas y, mientras saco su contenido, me acerco y lo pongo sobre el mueble más cercano a una de las ventanas.

—¿Se puede saber qué haces? —oigo que pregunta Iván con retintín al tiempo que camina hasta ponerse junto a mí—. ¿Qué es eso?

—Mi planta —contesto orgullosa y algo molesta por su tono.

Me mira de reojo, medio divertido.

—Es feísima.

Bufo.

—Al menos aporta algo de color. Y no es fea, solo está un poco marchita. Cuando reviva será preciosa.

—Si tú lo dices... Venga, te enseño tu habitación —me indica Iván entonces.

—¿No vas a vestirte? —Me vuelvo para mirarle—. ¿Sufres complejo de Jacob y no tienes camisetas o es que se te ha roto la lavadora?

El rubio me mira sin entender nada.

—¿Quién es Jacob?

—El de *Crepúsculo*, cabeza de melón.

Me devuelve una mirada confusa que lo único que hace es añadir otro motivo a la larga lista de cosas por las que me es imposible llevarme bien con Iván. El tío no ha visto *Crepúsculo*, ¿en qué mundo vive?

—Da igual —le digo—. Pero si vamos a vivir juntos, tienes que cumplir unas normas básicas, como no ir en pelotas por la casa.

El rubio se agarra mejor la toalla a las caderas y me mira irritado.

—Primero: estaba duchándome tranquilamente hasta que has llegado a darme el coñazo. Y segundo: ¿te vienes a vivir a mi casa y empiezas a ponerme normas? No llevas aquí ni cinco minutos y ya estás haciendo que me arrepienta de esto.

Me encojo de hombros y como toda respuesta le digo:

—Técnicamente ya no es solo tu piso.

Un gruñido profundo sale de su garganta y se lleva dos dedos al puente de la nariz, intentando mantener la calma.

Pues vale, pero ¿qué esperaba? ¿Que me pase todos los días viéndolo semidesnudo por la casa? Ya van dos veces: el día del parque y esta. Empiezo a pensar que es un exhibicionista en potencia.

—En fin... —Suspira.

Me indica con el dedo un pequeño pasillo que hay a mi espalda y en el que veo tres puertas.

—Este es el baño.

—¿Es común? —le pregunto.

—Sí, así que no me jodas y sé limpia.

—Tendremos que hacer turnos. —Lo miro de arriba abajo—. Para no tener que revivir esto y evitarme pesadillas.

—Yo sería uno de tus mejores sueños, bonita.

Pongo los ojos en blanco.

—Creo que voy a estrenarlo vomitando en él.

Iván pasa de mí y lo sigo hasta llegar al final del pasillo, donde hay dos puertas, la una frente a la otra.

—Esta es mi habitación —dice señalando a la izquierda—. Y esa es la tuya.

Abro y por fin veo el que va a ser mi hogar los próximos meses.

Es más pequeña que la que tenía en el otro piso, pero no me importa. Hay una cama individual pegada a la pared, un escritorio frente a la ventana y un armario empotrado.

Entro y me siento, comprobando que el colchón es bastante cómodo.

—Ahí tienes unas sábanas limpias —me señala el rubio.

Miro el escritorio y confirmo que es cierto.

¿Iván siendo educado? Qué raro…

—Vaya, gracias.

—No te emociones, que son las que dejó mi otro compañero de piso.

Ya decía yo.

—¡Dios no quiera que fueras simpático por una vez en tu vida! —le respondo.

—La simpatía hay que ganársela.

—¿Y yo no me la merezco? —Pestañeo varias veces, haciéndome la inocente—. Si soy un angelito.

—Uno caído del cielo —refunfuña en voz baja mientras sale y cierra la puerta.

Escucho algunas maldiciones y expresiones no aptas para todos los públicos mientras se aleja por el pasillo. Yo me limito a recostarme en la cama y observar de nuevo la estancia.

Puede que mi plan inicial no fuera venirme a vivir con Iván; de hecho, es algo que nunca habría creído posible. Si me llegan a contar que esto iba a pasar hace dos años (qué digo, dos meses), me habría tronchado de risa sin dudarlo.

Aun así, aunque no entiendo por qué, suelto un suspiro de alivio al verme aquí por fin.

Es posible que no fuera mi opción ideal, pero es mucho mejor que el sitio en el que estaba antes, y la convivencia con Iván...

Estoy segura de que voy a poder sacarle un lado divertido.

Siete días.

Solo llevo siete días aquí y ya he pensado en cientos de formas distintas en las que podría asesinar a Iván mientras duerme.

No es que sea el peor compañero del mundo en cuanto a la convivencia se refiere, hasta diría que es un maniático de la limpieza en potencia. Siempre tiene sus cosas ordenadas, utiliza todas las mañanas su taza sagrada del café en la que pone «No seas tortuga y muévete» y, sorprendentemente, baja la tapa del váter.

Ese es un punto positivo a tener en cuenta.

Pero justamente eso es lo que hace que me ponga de los nervios (bueno, menos lo del váter, eso se lo agradezco en silencio). Iván tiene todo tan ordenadito que mi presencia se nota en cada centímetro de la casa. Si como un poco más tarde de lo normal, noto su mirada acusatoria sobre mi nuca; si se me olvida una cuchara sin fregar, se pasa tres días recordándomelo, y si pongo un cojín del sofá en otro sitio, parece que acabo de matar a un cachorrito.

Yo soy ordenada... Bueno, puede que no tanto, pero es que comparado con él, cualquier persona se consideraría un desastre.

Aunque eso es solo la punta del iceberg.

A Iván ahora le ha dado por salir a correr a la misma hora que yo.

Vale, a lo mejor eso ya lo hacía antes y yo no lo sabía, pero es que desde que vivo aquí siempre salimos exactamente al mismo tiempo. Parece que estamos cronometrados. Y, para colmo, hacemos la misma ruta.

Me pone de los nervios.

Por eso la carrera de esta mañana, como casi todas las de estos últimos días, se ha visto ennegrecida por las constantes apariciones del rubio. Vaya a donde vaya, ahí está él para fastidiarme el único momento del día en el que puedo estar sola con mis pensamientos.

Ahora ese tiempo de reflexión lo dedico enteramente a maldecirle de mil formas distintas en mi mente.

Por suerte, en el último tramo me he podido librar de él y ahora disfruto un poco más mientras vuelvo a casa. Hoy va a ser un día bastante ajetreado. Tengo prácticas, clases por la tarde y que avanzar con el dichoso TFG si quiero que esté listo para la fecha de entrega, así que estos minutos que tengo para mí los agradezco enormemente.

Qué pena que sean tan pocos.

Cuando llego al portal del edificio, me lo encuentro de nuevo. Entramos sin decir nada y subimos la escalera.

Pero esa especie de tregua silenciosa se rompe en cuanto ponemos un pie dentro del piso.

Ambos nos miramos durante un segundo y, acto seguido, corremos todo lo que podemos para ver quién llega antes a la puerta del baño.

—Ni lo pienses, rubita —me dice ocupando la entrada con todo su cuerpo—. Yo voy primero.

—¡Tengo que estar en el periódico en menos de una hora!

—Se siente —responde encogiéndose de hombros mientras cierra la puerta—. Haber sido más rápida.

Segundos después, escucho el agua correr y suelto un quejido.

Lo voy a matar.

Decido intentar adelantar algo de tiempo preparándome la ropa y un desayuno rápido.

Solo por fastidiar, me pongo un poco del zumo exprimido que Iván se deja hecho antes de salir a correr y me lo tomo en el salón mientras reviso mi móvil.

Al cabo de un rato, un pitido procedente de la mesa llama mi atención.

El teléfono de mi compañero suena una y otra vez, como si hubiera recibido varios mensajes al mismo tiempo.

Me levanto y lo cojo, decidida a ponerlo en silencio para que el sonido molesto no continúe, pero lo que veo en la pantalla hace que agrande los ojos.

Natalia
Hola, guapo!
Sigue en pie lo de esta noche? Tengo un montón de ganas de verte

Dejo el móvil rápidamente donde estaba, boquiabierta. ¿Natalia está aquí? ¿En Madrid?

No tengo ni idea de por qué, pero siento como si me acabaran de echar un cubo de agua fría por encima. Natalia nunca me ha caído bien, siempre ha sido la típica chica que se lleva a quien sea por delante con tal de llamar la atención.

Y desde siempre, lo que más le ha gustado en el mundo es Iván.

No me molesta que sigan quedando, es solo que... Puaj, la detesto, siempre que me encuentro con ella me dedica una sonrisa de superioridad que me pone de los nervios, y encima el idiota de Iván le sigue el juego.

Una sensación molesta y para nada bienvenida se asienta en mi estómago.

«Sí que te jode, no soportas verlos juntos», me dice una vocecita en mi cabeza que acallo rápidamente.

Justo en ese momento, el rubio sale del cuarto de baño, ya vestido.

—Todo tuyo —me dice.

Ver esa sonrisa guasona en su cara hace que mi humor empeore de un segundo a otro.

—Ya era hora —contesto mosqueada.

—Venga ya, no te enfades, que solo he tardado cinco minutos —me dice tranquilo—. He intentado darme prisa.

—No te hagas el amable conmigo, no hace falta.

—Pero ¿qué te pasa? Eres como un gremlin, siempre borde.

Lo miro, todavía más ofendida porque me haya llamado así.

—Solo contigo.

Suspira.

—Bueno, me da igual. Ya puedes entrar. —Señala el baño con la cabeza mientras se adentra en el salón con el pelo aún húmedo.

Se mueve por la cocina, el olor café y a pan tostado inunda la sala y, no sé por qué, me quedo un rato observándolo. Quizá porque sigo preguntándome cómo, a estas alturas, puede continuar manteniendo el contacto con Natalia, quedando con ella y haciendo Dios sabe qué.

La última vez que los vi juntos fue el verano pasado, cuando quedamos todos para tomar algo en la playa y se la trajo. Di por hecho que ya no había nada entre ellos, puesto que no he vuelto a verla rondándolo desde entonces, pero parece que me equivocaba.

No tengo ni idea del motivo por el que sigo aquí, de pie, mirándolo como si fuera una acosadora.

Quizá se deba a que una pequeña parte de mí lleva un rato debatiéndose si preguntarle, pero ¿a mí que me importa? Por mí como si se casan y tienen trescientos hijos, no es asunto mío.

Sin embargo, no me muevo ni un centímetro. Incluso abro la boca, pensando en cómo empezar la conversación.

«Verás, Iván, he espiado tu móvil sin querer y he visto que continúas quedando con Natalia. ¿Me puedes decir por qué sigues haciendo semejante tontería? Es solo por saber si me la voy a tener que encontrar a menudo».

No, no creo que sea una buena opción.

Por suerte o por desgracia, una llamada entrante me saca de mis cavilaciones.

—¿No decías que tenías prisa? —pregunta mi compañero cuando se da cuenta de que sigo ahí.

Pero no le contesto. Cuando cojo mi móvil del sofá y miro quién es, se me cae el alma a los pies.

«Otra vez no, por favor».

Parece ser que este año sí que voy a tener que estar aguantando sus lamentables intentos por reaparecer.

Cuelgo sin más, aunque eso no hace que mi pecho se contraiga un poco.

Iván debe de darse cuenta de que algo raro ha pasado, porque en un pestañeo lo tengo frente a mí.

—¿Qué pasa?

Lo miro y, durante unos segundos, me pierdo en la profundidad de sus ojos.

«Es solo porque estoy vulnerable, siempre que recibo estas llamadas me pasa».

—Nada —respondo con la voz seca.

Su gesto pasa de estar serio a preocupado.

—No lo parece. —Se acerca un paso más a mí y levanta la mano, pero en el último momento vacila y la vuelve a bajar—. ¿Necesitas ayuda?

Durante un instante, uno tan fugaz que apenas me da tiempo a registrarlo, me planteo contárselo.

Me veo a mí misma echándome a llorar y soltando todo lo que llevo reprimiendo desde que era pequeña, buscando que sus palabras y caricias me ayuden a sentirme mejor.

Pero por dos motivos, no puedo.

Uno, porque muy pocas veces he hablado sobre esto con alguien, es un tema tabú que las chicas saben que no se puede tocar y que yo misma me niego a sacar incluso conmigo misma.

Y dos, porque es Iván y no quiero mostrarle mis debilidades.

No debo, más bien.

Porque eso significaría crear un vínculo nuevo entre nosotros, uno en el que yo estaría en desventaja porque sé lo que conlleva que me ate a él. Y no pienso pasar por ahí.

Y, por eso, lo único que hago es tragarme toda la angustia que se ha acumulado en mi garganta y apartarme de él.

—No, no la necesito.

Me encierro en el baño y borro rápidamente una de esas lágrimas que tan pocas veces dejo escapar.

«Todo va a estar bien», me digo.

Solo me falta creérmelo.

6

10 años antes

—¡No puede ser! ¿En serio? —le vuelvo a preguntar a Vega.

Mi amiga asiente, y Carola y yo nos miramos impresionadas.

—¿Y cómo fue? —le pregunta la pelirroja.

Andamos por el patio del instituto hacia la salida mientras Vega nos cuenta todos los detalles del primer beso de su vecina Emilia. Solo tiene catorce años, uno más que nosotras, pero este verano se fue de campamento y conoció a un chico que dice que es su novio y con el que, al parecer, tiene citas cada dos por tres.

La morena se encoge de hombros mientras camina.

—Dice que un poco extraño y... húmedo.

—¡Puaj! —exclamo mientras me recoloco la mochila.

—¿Y ha querido repetir? —pregunta Carola con curiosidad.

Vega se remanga la blusa rosa chillón que lleva y continúa:

—Según ella, no está tan mal una vez le pillas el tranquillo. Dice que lo mejor es practicar para no hacer el ridículo, que lo de la humedad es porque ella no sabía muy bien cómo hacerlo y le lamió la barbilla sin querer.

—¡Qué asco! —exclamo.

—¿Y cómo se supone que se practica para dar un primer beso sin llegar a darlo? —duda Carola.

La morena le dedica una mirada sabionda.

—Pues ¡está claro! —responde convencida—. Con la mano.

Pongo los ojos en blanco mientras seguimos comentando los pormenores de dar nuestro primer beso, aunque en el fondo no puedo evitar preguntarme si, llegado el momento, yo sabría hacerlo bien.

Vega y Carola siempre afirman que ellas quieren que sea especial, en un sitio superromántico como los de las películas. Yo, en cambio (aunque me cueste decirlo en voz alta algunas veces), me conformo con que sea con alguien que me haga sentir mariposas.

Al fin y al cabo, es algo que voy a recordar toda mi vida.

Cuando llegamos a la puerta del patio, Vega sale disparada hacia unos chicos que están apoyados en los laterales. No me hace falta mirar mucho para saber que es el de Iván; siempre que salimos de clase él y su grupito de amigos se juntan aquí a charlar antes de irse a casa.

No llevamos muchos días de instituto, empezamos hace apenas dos semanas y, aunque la mayoría de la clase es la misma que el año pasado, sí que hay algunos estudiantes nuevos. Es por eso por lo que no reconozco algunas de las caras que hay a su alrededor. Supongo que don Popular no habrá tardado ni dos minutos en hacer más amigos.

Por un lado me gusta que haya gente nueva, pero por otro... pagaría miles de euros si con eso consiguiera que el rubio se fuera a tomar por saco a otro instituto y no tener que verle más la jeta.

Por desgracia, Carola sigue la misma dirección que Vega, así que al final acabo yendo yo también.

Me fijo en Iván; lleva una de sus camisetas de siempre con algún animal en medio (en este caso es blanca con el dibujo de un delfín) y unos vaqueros. La mochila le cuelga de un hombro y solo por ver su pose chulesca me pongo de los nervios.

—Hoy es noche de hamburguesas —escucho que le dice la morena.

—Mi padre ya ha comprado todo lo necesario —le contesta este.

—¡Genial! Luego podemos sacar algún juego de mesa.

Iván asiente con una sonrisa despreocupada en la cara y alza la mirada. Es entonces cuando se da cuenta de que Carola y yo estamos ahí también. En cuanto sus ojos se posan sobre los míos, esa sonrisa suya desaparece y pasa a ser una mueca que no dudo en devolverle.

No tarda mucho en saludar con educación a Carola y darle dos besos. A mí, en cambio, solo me dedica un movimiento de la cabeza con el que parece que le está dando un calambre más que otra cosa.

—Tío, pero ¿hoy no íbamos a la fiesta de Natalia? —le pregunta uno de sus amigos.

El gesto que el rubio le devuelve me indica que esa tal Natalia (de la que no había oído hablar en mi vida) es algo más que una simple amiga.

—Claro, pero yo iré después de la cena.

—Menos mal, no nos la podemos perder. Me han dicho que van a ir sus amigas también.

Los chicos se dedican los unos a los otros unas sonrisas cómplices que me ponen de los nervios. ¿Natalia? ¿Quién es esa? Y lo que es más importante..., ¿a mí qué me importa?

Por suerte para mí, Vega es cotilla por naturaleza, así que es ella la que pregunta:

—¿Quién es Natalia?

El amigo de Iván (al que empiezo a atribuirle mentalmente el mote de «adolescente salido con complejo de simio») le responde:

—¿Que quién es Natalia? —Resopla—. Solo la tía más buenorra del barrio. Va a otro instituto, y me han dicho que la llamaron para salir en un desfile de esos de moda.

—Vaya —responde Vega, impresionada.

Yo solo suspiro, cansada de este tema de conversación.

—La conocimos en los recreativos hace unas semanas —le explica Iván a mi amiga—. Hoy da una fiesta en su casa y nos ha invitado.

—¿Y no me habías dicho nada? —le recrimina Vega—. ¡Menudo amigo estás hecho!

El rubio se encoge de hombros.

—Pensaba que no querríais venir.

No sé si es un espejismo, pero me parece que sus ojos me miran de reojo mientras dice eso.

Traducción: no quería que yo fuera a la fiesta.

Lo pillo, no somos amigos y no nos apetece vernos más de lo estrictamente necesario, pero ¿en serio se cree que a mí me apetecería ir a ese bodrio de fiesta para ver a los salidos de sus amigos babear por unas chicas que no les van a dar ni la hora? Ni de broma.

—¡Claro que queremos!

Estoy segura de que si ahora mismo estuviera bebiendo un vaso de agua, me habría atragantado y estaría tosiendo como una loca. Vega se vuelve hacia nosotras con una clara pregunta en los ojos.

—Yo no puedo, me toca cuidar a mi hermana hoy —le responde Carola—. Mis padres trabajan hasta tarde.

—Jo, tía... —responde—. ¿Y tú, Nuri?

La miro con los ojos desorbitados.

Sopeso durante unos segundos poner la excusa más grande del siglo, pero lo descarto rápido. No tengo por qué mentir, Vega sabe que irme a una fiesta con Iván no es mi plan favorito.

Así que, al final, contesto con sinceridad:

—No me apetece.

Mi amiga resopla, sospecha mis motivos, y yo solo me encojo de hombros.

—Lo que yo pensaba. —Iván sonríe y me mira con cara de sabiondo.

Aunque no me siento muy orgullosa de ello, solo hace falta eso para que yo me ponga a la defensiva.

—¿Tú pensando? ¡No me lo puedo creer! Por fin tus neuronas han empezado a funcionar.

El rubio se aparta un mechón de pelo que le ha caído en la cara y fija sus ojos verdes en mí.

Y lo que veo en ellos es puro veneno.

—Funcionan lo suficiente para saber que aunque estuvieras invitada a la fiesta, no vendrías.

—¿Y eso por qué, lince?

—Porque eres demasiado cría para esas cosas y porque sabes que a ninguno nos apetece verte allí.

—¡Eh, Iván! —le reprocha Vega—. No te vengas arriba, que literalmente acabas de invitarnos y tienes la misma edad que nosotras.

El rubio pone los ojos en blanco.

—Tú estás invitada. —Acto seguido me señala con la cabeza—. Ella, no.

No sé por qué, pero esas últimas palabras impactan de lleno en mí e incluso consiguen hacerme un poco de daño.

Nunca me duelen las cosas que me dice Iván, igual que

estoy convencida de que a él lo que yo le digo le entra por una oreja y le sale por la otra, entonces... ¿por qué esta vez siento como si me hubiera roto un poco? Ni siquiera quiero ir a esa dichosa fiesta.

Hago caso omiso a esos sentimientos y le respondo molesta:

—Pues mejor, porque a mí tampoco me apetecía.

—Si no va Nuri, yo no voy —añade Vega lanzándole una mirada de «ya hablaremos luego tú y yo» a su mejor amigo.

Iván bufa y yo me miro los pies, deseando irme ya de aquí. Trato de hacerme la fuerte todo lo que puedo, pero supongo que no lo consigo, porque noto que Carola me pasa el brazo por el codo para agarrarme de él y le sonrío.

—¡Hola! —saluda un chico que supongo que es de los nuevos, ya que no lo había visto en mi vida—. Me he tenido que quedar un rato más con el profesor de Matemáticas, ¿qué me he perdido?

Los amigos de Iván empiezan a recoger sus mochilas del suelo, queda poco para que cierren las puertas y tenemos que ir moviéndonos.

Es el rubio el que contesta:

—Nada importante, Fer, estábamos hablando de la fiesta.

Es entonces cuando el chico se da la vuelta y me sonríe.

—¡Genial! ¿Vosotras vais a venir?

Lo dice refiriéndose a las tres, pero sus ojos únicamente me miran a mí.

—No —le respondo escueta—. Algunas no somos bien recibidas.

Lanzo la pullita al aire como quien no quiere la cosa.

Fer me mira extrañado.

—¿Quién ha dicho eso?

Vuelvo mi cabeza y miro a Iván con una pequeña sonrisa.

—Es igual, tampoco es que fuera el plan de nuestra vida

—digo mientras tiro un poco de Carola y echamos a andar—. He oído que van muchos niñatos.

—Pues es una pena —responde Fer, extrañado—. Habría estado guay.

—Otra vez será —contesto con simpatía porque, a ver, el chico está siendo majo; el pobre no tiene culpa de haberse juntado con lo peorcito del curso.

—Eso espero. —Me sonríe.

Le dedico el mismo gesto de vuelta. Entonces Iván sale de su mutismo repentino y, tras dar dos zancadas, se pone al lado del chico nuevo y caminan frente a nosotras para instarlo a poner distancia.

—¡Recuerda que nos vemos a las ocho para la cena! —le dice Vega mientras se alejan.

—Madre mía —comenta Carola dirigiéndose a mí—. La verdad es que siempre que estáis juntos parece que va a arder el mundo.

—Un día de estos se matan el uno al otro —afirma Vega.

—Dirás mejor que yo le mataría, ese no tiene nada que hacer contra mí.

Seguimos andando hasta que llegamos al final de la calle. Iván y Fer están a unos metros de nosotras y no puedo evitar escuchar que este último le comenta al rubio:

—¿Por qué no queréis que vengan?

—La única que no es bien recibida es Nuri.

Observo cómo el amigo me mira de reojo de una manera muy poco disimulada, debo decir.

—¿La rubia? —Iván asiente—. Pues a mí me ha parecido simpática... Es guapa.

Mis mejillas se tiñen sin querer de rojo.

Finjo que miro al semáforo, esperando a que se ponga en verde, cuando en realidad estoy atenta a cada una de las palabras que salen de las bocas de esos dos.

—¿Guapa? —Iván bufa.

Noto su voz un poco acelerada, pero no puedo verlo, así que no sé por qué se ha puesto nervioso tan repentinamente. Entonces el semáforo nos indica que podemos pasar y nos adelantan unos pasos.

Es en ese instante cuando le escucho decir:

—Nuri es una amargada.

7

Mi primer día de prácticas resulta ser más raro de lo que me esperaba.

Cuando solicité hacerlas en uno de los periódicos digitales más importantes de Madrid, no creía ni por asomo que de entre cientos de estudiantes fueran a dármelas, pero gracias a la recomendación de uno de mis profesores y a haber mandado el papeleo con mucha antelación (porque mi horóscopo me avisó de que este año tenía que ser previsora con las cosas, gracias, universo) al final fui una de las seleccionadas.

Eso de hacerlas en un sitio tan increíble no te exime de la realidad de muchos estudiantes de último curso: las prácticas son un trabajo con otro nombre para no tener que pagarte ni un duro y explotarte en horario de oficina.

Desgraciadamente, no es ningún secreto y era algo que preveía. Lo que no había supuesto es que me tocara el jefe más borde, clasista y anticuado del planeta Tierra.

Estoy en el departamento de Deportes, uno de mis favoritos. Cada semana todos los trabajadores se ponen manos a la obra y crean artículos sobre temas de actualidad relacionados con este tema. Me he pasado días leyendo todos y cada uno de los números que han sacado en los últimos seis meses para saber de qué manera puedo hacerlo bien y así impresionar al director. Quién sabe, a lo mejor consigo un puesto como redactora.

Aunque puede que eso sea soñar demasiado alto.

Esta mañana, cuando he entrado por la puerta de la oficina, lo he hecho llena de ilusión e ideas que me parecían muy interesantes, dispuesta a ofrecerlas para mejorar el rendimiento del periódico y darle así aún más visitas.

Luego me he topado con mi jefe y me he llevado una hostia de realidad.

Cuando he llegado y me he presentado, lo primero que ha hecho ha sido decirme:

—¿Tú eres el de prácticas?

—«La» de prácticas y, efectivamente, soy yo —le he respondido amable.

Acto seguido, he escuchado una retahíla de comentarios negativos y quejas preguntándose quién decidió que era una buena idea coger a una chica para este departamento. He tenido que contenerme, diciéndome a mí misma que no me merecía la pena explicarle por qué yo tengo el mismo conocimiento que todos los demás sobre deportes, pero claro, siendo una chica ¿qué voy a saber sobre fútbol, tenis o baloncesto? ¡Menuda tontería!

El resoplido que he soltado no le ha pasado desapercibido.

Después de eso, lo único que ha hecho ha sido confundir mi nombre por «Nadia» (yo tampoco entiendo cómo; lo achaco a sus neuronas posiblemente oxidadas por los puros que he visto en su mesa) y mandarme escribir un artículo sobre la selección masculina de fútbol.

Debería haber mantenido la boca cerrada, asentir, irme a mi mesa y ponerme manos a la obra. Aunque nunca se me ha dado especialmente bien eso de ser cautelosa, así que en vez de hacer lo que me ha dicho, le he preguntado:

—¿Y si lo escribo sobre la selección femenina? Han ganado unos cuantos partidos muy complicados esta temporada y tienen papeletas para ganar el mundial.

Lo que he obtenido por respuesta ha sido algo así como:

—A nadie le importa el fútbol femenino.

Yo, haciendo caso omiso de las numerosas alarmas de mi cerebro que me estaban gritando «Déjalo, no tienes nada que hacer, este tío no va a cambiar su opinión a estas alturas», le he dicho todo lo amable que he podido:

—El mundo entero está hablando sobre el equipo masculino, podemos marcar la diferencia si hablamos sobre el femenino, ser los pioneros y que muchas chicas se vean representadas en nuestros artículos.

Su única contestación ha sido:

—¿Todavía sigues aquí?

Me he quedado con la boca abierta y he necesitado que me diga «Lárgate ya y ponte con ello» para salir de mi estupor.

Lo malo de todo esto es que voy a tener que aguantar a ese carcamal varios meses; lo bueno es que ya tengo un tema para el TFG: el papel de la mujer en el periodismo deportivo y los gilipollas con los que tiene que lidiar en ese ámbito.

Bueno, puede que la segunda parte no esté permitida, pero no tengo ninguna duda de que sería un título que llamaría la atención.

Me siento tras la que va a ser mi mesa de trabajo durante los próximos meses y saco el portátil. Estoy un poco perdida. Me ha dicho que haga el artículo, pero no me ha explicado nada sobre la longitud ni temas especiales a tratar; es como si pensara que vengo a trabajar directamente y no a aprender.

Paso unos minutos un poco abrumada y miro a mi alrededor como si así fuera a encontrar respuesta a todas las dudas que se agolpan en mi cabeza, agobiada porque no sé por dónde empezar y mi jefe no parece ser de esos a los que les gusta que les molesten con preguntas de principiante.

—¿Necesitas ayuda?

Una voz femenina procedente de una chica de pelo y ojos oscuros hace que deje de morderme la uña, nerviosa. Está sentada a la mesa contigua y arrastra su silla hacia mí con una sonrisa.

—¿Me ha delatado mi mirada de cachorrito perdido?

Sonríe.

—Más bien el movimiento repetitivo del pie, parece que vas a taladrar el suelo.

Es entonces cuando me doy cuenta de que tiene razón e inmediatamente lo dejo quieto.

—No sé por dónde empezar y no creo que a Rafael le guste que le moleste.

—El ogro. Todos aquí lo llamamos así cuando nos referimos a él. Aunque no en su cara, claro, tampoco nos apetece que nos despidan —explica con guasa.

—¿Siempre es así?

Resopla y se coloca el pelo tras las orejas.

—Llevo aquí tres años y nunca le he visto tener un buen día. No te agobies, es un borde con todo el mundo, en especial con los de prácticas.

Suelto un lamento.

—Genial.

—No te preocupes. Es una mierda, pero yo empecé igual que tú y ahora tengo un contrato fijo.

—¿En serio? —pregunto sorprendida.

Asiente con la cabeza.

—Aunque he tenido que aguantar muchos rapapolvos.

Cuando le pillas el tranquillo y sabes lo que le gusta, ya todo se hace más fácil.

—Entonces ¿no tenemos libertad para escribir sobre lo que queramos?

La mirada lastimera que me dedica me lo dice todo.

—Esa es la idea, pero la realidad es que todo lo mueven el dinero y la política, y esas dos cosas son las que mantienen a flote el periódico. Si te sales un poco de su línea editorial...

—Te vas a la calle —adivino.

Miro mi portátil un poco decepcionada.

—¿Te explico cómo contrastamos la información? Casi he terminado lo que me tocaba y tengo unos minutos.

—Sí, por favor.

La chica se presenta como Marina, y al cabo de un rato me siento un poco mejor. Me explica el funcionamiento general del periódico, el espacio del que disponemos para nuestros artículos y el tiempo en el que lo debemos tener listo. Hay muchas cosas que me suenan de haberlas estudiado y otras que no tanto. Al final va a ser cierto que cuando aprendes de verdad es cuando empiezas a trabajar y no cuando estudias.

Para cuando salgo (dos horas después de lo que ponía en mi horario oficial), lo hago aún con ese nudo que se ha formado en mi estómago lleno de ilusiones frustradas, aunque un poco más contenta porque he hecho una amiga que sospecho que me va a hacer las mañanas más amenas.

Voy camino del metro cuando veo entre la gente una cabellera larga y castaña que enmarca un rostro en forma de corazón y unos ojos marrones que reconozco al instante, y ella a mí, porque en cuanto estos se topan con los míos, sonríe.

—¡Nuri!

—¡Sofía! —digo acercándome y le doy un breve abrazo—. ¿Qué haces por aquí? Tu casa pilla lejos.

—He conseguido unas prácticas aquí —responde, y señala el edificio del que acabo de salir.

—¿En serio? ¡Yo también!

No me pasa desapercibida la manera en la que su sonrisa se tambalea un poco.

—Vaya, qué guay —responde amable—. Yo estoy en el departamento de Economía.

Le comento que yo estoy en el de Deportes y observo cómo suelta un leve suspiro. Conozco bastante a Sofía, lo suficiente para saber que no le habría gustado la idea de compartir espacio de trabajo.

Y lo cierto es que no puedo culparla.

Sofía es una compañera de la universidad que durante un tiempo fue... algo más.

La conocí en clase de Historia del mundo actual y nos hicimos íntimas al instante. Al principio solo era eso, una chica con la que había hecho buenas migas y con la que tenía más amigos en común gracias a la facultad. Salíamos todos juntos, nos tomábamos algo al terminar las clases, quedábamos para ir a cenar... Pero poco a poco lo que tenía con ella pasó a ser más que una simple amistad.

Sofía es increíble. Desde el principio fue alguien en quien tuve claro que me podía apoyar, sin dudarlo; sabe escuchar, es muy empática y, además, tiene las cosas claras.

Y eso último fue lo que marcó un antes y un después entre nosotras.

Una de esas noches de fiesta, acabamos las dos volviendo solas de la discoteca y ella me acompañó a la residencia. Fue la primera vez que nos liamos y, sin pretenderlo, se fue convirtiendo en algo habitual. Siempre que hacíamos cualquier tipo de plan, ya fuera solas o con nuestros amigos, terminábamos besándonos.

A mí me gustaba quedar con ella, me lo pasaba bien, me

hacía reír y era alguien con quien me sentía realmente cómoda. Hubo un momento en el que incluso llegué a albergar sentimientos que traspasaban lo físico.

Y ahí fue cuando todo se terminó.

Sofía quería que tuviéramos una relación seria, quería ponerle un nombre a lo nuestro, conocer a nuestras familias, tener citas... Quería hablar de amor, tener más intimidad emocional, y eso era algo que yo no podía darle. Solo de pensarlo me sudaban las manos, me mareaba y sentía que me iba a desmayar en cualquier momento.

No estaba preparada para aquello.

Así que al final quedamos como amigas e inevitablemente nos distanciamos. Sé que le hice daño, por eso no puedo culparla por no querer tener que compartir trabajo conmigo.

—Me alegra verte tan bien —le digo sincera.

Ella me sonríe.

—Gracias. —Es entonces cuando su móvil empieza a sonar—. ¡Ay! Tengo que irme.

Me dirige una mirada de disculpa.

—No te preocupes, ya nos veremos.

Antes de responder al teléfono y alejarse me mira y, sin esperármelo, me vuelve a dar un abrazo.

—Espero que estés bien, Nuri.

—Lo estoy —le contesto con guasa, aunque un poco extrañada mientras se separa.

Ella solo me responde:

—Ojalá sea verdad.

8

En cuanto entro por la puerta del piso, un olor especiado me recibe y lo primero con lo que se topan mis ojos es con la imagen de Iván en vaqueros y camiseta blanca frente a la cocina.

—¿Qué haces?

—¿La cena?

Cierro y me acerco a él.

—Eso ya lo sé, pero ¿por qué estás en modo cocinitas cuando apenas te he visto hacer un huevo frito en todo el tiempo que llevo viviendo aquí? Y lo más importante: ¿cuál es el menú de hoy?

Iván se vuelve levemente para mirarme por encima del hombro mientras remueve algo en la sartén.

—El tuyo no lo sé, yo estoy haciendo tacos para mis amigos. Hoy vienen a cenar.

—¿Es coña?

—Mmm, no.

—No me has avisado —le reprocho.

Lo hago por inercia, en realidad me da igual que se vengan a cenar. Al fin y al cabo, aquí vivimos los dos y yo no soy una persona poco sociable precisamente.

Sin embargo, todo lo que sea picar a Iván es algo que siempre me va a salir de forma natural.

—Sí que lo he hecho —afirma, y dirige su mirada de nuevo a la comida.

—No es verdad.

El rubio suspira y se limita a decirme:

—Mira el móvil.

Me alejo fingiendo estar un poco indignada y, mientras me tumbo en el sofá, reviso los mensajes.

EL INSUFRIBLE
Hoy se vienen mis amigos a cenar y a tomarse algo

No estás invitada, por cierto

—Corto y conciso —le digo.

—No quería que hubiera ningún malentendido.

—¿Y si me apetece cenar con vosotros?

La espalda del rubio se tensa un poco y le dedico una amplia sonrisa mientras se da la vuelta y clava sus ojos verdes en mí.

—No.

—Quizá compre nachos —pienso en voz alta.

—Nuri...

—¡Y podría hacer guacamole casero! Se me da de maravilla.

Escucho un gruñido profundo salir de su garganta.

—No me jodas.

—Me siento ofendida, mi compañero de piso me hace

bullying y quiere que me quede recluida en mi habitación minúscula. ¿Acaso no te gusta mi maravillosa compañía?

—No te hagas la dolida, que no te pega nada.

Me llevo la mano directa al corazón y hecho la cabeza hacia atrás.

—Tus palabras son como dardos venenosos.

Lo escucho bufar y apartar la comida del fuego.

Unos segundos más tarde lo tengo frente a mí con cara de pocos amigos.

Hay algo increíblemente entretenido en verlo enfadado.

—Vas a arruinarme la noche.

Me levanto de un salto, de forma que nos quedamos cara a cara, y me cruzo de brazos, divertida.

—Soy el alma de la fiesta, chaval, la noche conmigo mejora.

—¿Te tengo que recordar la fiesta de fin de curso de sexto?

En cuanto la menciona, no puedo evitar soltar una carcajada.

—Qué buenos tiempos aquellos.

Iván y yo nos habíamos peleado (qué novedad) y yo estaba buscando venganza. Lo mejor que se me ocurrió hacer fue ponerle a escondidas colorante azul eléctrico en su gel para que cuando se duchara después de la clase de deporte acabara igualito que un avatar.

Claro que lo que no me esperaba es que el tío lo fuera a usar antes de la graduación de primaria. Fue una casualidad increíble que hizo que mi bromita tonta fuera la comidilla de todo el colegio. Estuvimos llamando a Iván «Sulley» (como el de *Monstruos S. A.*) más de un año, y en todas las fotos de la graduación y de la fiesta de después sale con la piel y el pelo azules.

Soy una genia, lo sé.

El timbre del piso me saca de ese recuerdo e Iván se dispone a abrir mientras me dice:

—No me fastidies... Hazte lo que sea que vayas a cenar y déjame estar en el salón con mis amigos hoy. Te prometo que otro día haré yo lo mismo si invitas a alguien.

Finjo que me lo planteo durante los segundos que sus amigos tardan en subir la escalera. En realidad hace dos minutos tenía claro que no me iba a quedar a picar algo en plan compis con él y sus colegas, pero ahora que lo pienso mejor... Sí, me parece un plan perfecto de martes noche tocarle las pelotas a Iván.

El rubio observa mi gesto y suelta una palabrota cuando se da cuenta de lo que estoy pensando, aunque no le da tiempo a decirme nada porque sus amigos aparecen por la puerta y soy testigo de las típicas palmaditas en la espalda, los «qué hay colega» y los pertinentes comentarios entre machitos que se suelta el setenta por ciento de la población masculina cuando hace más de cuatro días que no se ven.

—¿Dónde dejo las birras? —pregunta uno de ellos.

—Allí, en la nevera. —Iván se la señala mientras cierra la puerta.

No son muchos, solo cuatro chicos; dos de ellos morenos, uno tan rubio que su pelo parece blanco y otro castaño que me suena muchísimo.

—¿Nuri? —saluda entonces.

Entrecierro los ojos, como si con ese gesto me fuera a venir más rápido quién es y de qué lo conozco.

—¿Fer? —pregunto con el inicio de una sonrisa asomando por mis labios.

—Vaya, ¡qué sorpresa! —responde contento.

—¡Y tanto!

Le doy un repaso rápido. Tiene el pelo muy corto, casi rapado, y lleva una camiseta verde militar y unos vaqueros negros. Lejos quedó el chico alto y delgado que me hizo suspirar en secreto más de una vez cuando íbamos al instituto. Hacía un montón que no le veía y, no sé por qué, de repente me alegro mucho de que este aquí y me entran aún más ganas de quedarme a cenar.

—No sabía que íbamos a ser más —dice dedicándome una sonrisa perfecta.

—Qué va. —Iván se pone a mi lado—. Ella ya se iba.

—En realidad...

El rubio me mira con cara de pocos amigos.

—Venga, no insistas más —añado como quien no quiere la cosa—. ¡Me quedo! El pobre no ha dejado de pedirme que me una. Al fin y al cabo... ¿quién soy yo para decirle que no a esta carita?

Pongo el gesto más inocente del mundo y lo señalo mientras me parece escuchar cómo Iván rechina un poco los dientes.

—Genial —contesta Fer, amable—. Tengo muchas ganas de saber qué ha sido de ti.

Sonrío al instante.

Les ayudo a preparar la mesa del salón con la cena y las bebidas mientras charlo con el castaño; resulta que estudia en la academia militar de Zaragoza y de vez en cuando se escapa a Madrid para ver a sus amigos, entre ellos mi compañero de piso. Me alegra ver que le va tan bien. Fer es muy buen chico, de esos que despiertan pasiones sin pretenderlo y que tiene un corazón de oro. Siempre fuimos buenos amigos y, aunque en algún momento quise tener algo más con él, nunca llegó a pasar nada entre nosotros.

Me entretengo con las caras de Iván mientras charlo con sus colegas y me como un taco tras otro, algo que me parece curioso porque supuestamente solo había hecho para ellos, por lo que o bien este tío no sabe medir bien las cantidades, o bien sí que había hecho para mí también.

Los dos morenos resultan ser mellizos y se llaman Álvaro y Álex. Todos son muy simpáticos, y lo que había empezado como una pequeña tontería para sacar de sus casillas a Iván acaba siendo una noche bastante entretenida en la que mi humor mejora después del primer día tan malo que he tenido en el periódico.

Suelto una carcajada al escuchar una de las anécdotas que Raúl, el chico rubio, cuenta de sus primeros días en clase con Iván. Él también estudia Biología, y cuenta cómo se perdieron y acabaron entrando en el despacho de uno de los tutores.

—Nos lo encontramos desnudo en la silla y con la profesora de Química sentada sobre él —explica el castaño—. No os imagináis la que se lio. Luego sacamos un diez en su asignatura y a día de hoy seguimos sin saber si fue porque estudiamos mucho o porque le daba miedo que contásemos algo. Al parecer, el tío estaba casado.

Todos nos reímos e Iván añade un par de detalles más a la historia. Sin pretenderlo, me quedo unos segundos de más observándolo.

Siempre me ha parecido un tanto exagerada la reacción externa que Iván provoca, sobre todo en cuanto a chicas se refiere. Vale, puede que sea atractivo. Entiendo que el mentón cuadrado, su sonrisa asquerosamente perfecta y esa tez dorada, igual que su pelo medio largo y un tanto ondulado a la altura de las orejas, provoquen que se fijen en él, pero... Bueno, sí, a lo mejor sí comprendo que les parezca mono.

Claro, es que si le sumas todo a esos ojos de un verde tan claro que es imposible no quedarse hipnotizada si te miran durante más de dos segundos... Sacudo la cabeza.

Es una lástima que luego sea un borde y un chulo.

Vega ha intentado hacer que nos llevemos bien desde que

éramos niños, siempre ha defendido que él tiene un lado bueno que yo no sé o no quiero ver, y viceversa.

Mi opinión es otra bien distinta: tiene un lado bueno exclusivamente dedicado a mi amiga porque la considera una hermana, mientras que con el resto se da unos aires de superioridad que sabe ocultar demasiado bien.

Es lo que yo llamo un estafador de los pies a la cabeza.

Pero le tengo calado, así que por muy bueno que esté, soy inmune a sus poderes.

Aunque a veces tenga momentos como este en los que a mis ojos les da por quedarse mirándolo más tiempo del que deberían y mi respiración se acelera un poco.

—¿Y tú qué tal por Madrid?

Fer me saca de mis cavilaciones y me vuelvo hacia él; está sentado en el sofá, apenas a unos centímetros de mí.

—No me puedo quejar, la vida en la capital está muy bien. Siempre hay algo que hacer y algún sitio nuevo que conocer.

—¿Echas de menos Murcia?

Me encojo de hombros.

—A veces. Todavía no sé lo que quiero hacer cuando termine la carrera, por lo que no descarto volver en algún momento.

Me dedica una sonrisa ladeada.

—No cambias, sigues siendo esa chica que se deja llevar.

—¡Vive el presente y no pienses en el futuro! —exclamo, recordando el lema que siempre repetía cuando éramos pequeños y nos agobiábamos por algo.

Fer suelta una carcajada.

—Justo como lo recordaba.

A pesar de que los demás siguen hablando de otros temas, Fer y yo pasamos un rato charlando entre nosotros. Me cuenta algunas anécdotas supersecretas de la academia y yo le prometo por mi bien más preciado que nunca jamás se lo contaré a nadie, divertida.

—¿Y cuál es, si se puede saber? —pregunta con curiosidad—. Dudo si fiarme verdaderamente de ti.

—¡Esta claro! El oso de peluche que mi madre me regaló cuando tenía tres años, lo llevo a todos lados.

—No puedo meterme contigo por eso.

Le doy una palmadita en el hombro y no me pasa desapercibida la forma en la que sus ojos me miran. Es como si no hubiera transcurrido el tiempo entre nosotros. Es posible que en el fondo sigamos siendo esos adolescentes con sentimientos que se tratan como amigos y fingen que no hay nada más.

Solo que el tiempo sí que ha pasado y lo que veo en ellos y me hacía dudar cuando era pequeña ahora lo identifico con rapidez: interés.

Nos quedamos unos segundos callados con nuestras miradas conectadas y, no tengo ni idea de por qué, de repente siento la necesidad de buscar otros ojos.

Unos que se encuentran en el sillón apenas a unos metros de nosotros.

Giro la cabeza y los descubro puestos sobre mí.

Iván me mira de una forma que nunca había visto antes y me atrapa por completo. Es como si el mundo hubiera desaparecido y solo quedásemos él y yo. Casi siento el vacío bajo mis pies cuando me fijo en que su mirada ha perdido ese brillo suyo tan característico.

No entiendo por qué me observa de esa forma, ni tampoco por qué yo me veo atraída por ella. Me encuentro queriendo saber por qué su postura se ha vuelto más tensa, por qué se frota las manos en los pantalones, como si no supiera qué hacer con ellas, y por qué carraspea y se levanta después de echarle un último vistazo a Fer. Se dirige a la cocina.

—¿Todo bien? —me pregunta el castaño.

Vuelvo a mirarlo, algo aturdida.

¿Qué acaba de pasar?

Y lo más importante, ¿por qué después de haber querido fastidiarle y jurar que el rubio me importa una mierda quiero ir tras él y saber qué le pasa?

No lo entiendo, ni que de repente me encuentre a mí misma diciéndole a Fer que voy a la cocina con la excusa de traer más cerveza.

—Hey.

Iván me mira por encima del hombro mientras echa patatas en un plato.

—Hey —responde.

Apoyo las manos en la encimera, junto a él, y me tambaleo un poco.

—¿Estás bien?

El amago de una sonrisa asoma por sus labios.

—¿Tú preguntándome eso? ¿Es posible que hayas bebido demasiadas cervezas y los efectos del alcohol te han nublado la mente?

Me encojo de hombros.

—Totalmente —le doy la razón.

Una risa silenciosa sale de su boca y me sorprende contagiarme de ella.

—Aprovecha este momento que jamás se va a repetir y dime por qué de pronto estabas tan serio.

No sé qué hago preguntándole esto a Iván, casi parece que me preocupo por él.

—Está todo bien —responde.

Sé sin necesidad de cuestionarlo que miente, pero decido no insistir.

—He visto que Fer y tú habéis tenido un buen reencuentro —comenta entonces.

Me entretengo poniendo en el plato algunas patatas que habían caído fuera.

—Sí, hacía mucho que no nos veíamos.

El rubio asiente, callado, pero no me pasa desapercibida la pequeña mueca que se ha dibujado en su rostro.

—Volvamos —dice.

Me siento otra vez junto a Fer y nos integramos en la conversación de los demás.

Doy un trago a mi cerveza, tratando de acallar esas voces confusas de mi cabeza que se remueven para intentar entender el pequeño momento civilizado que he tenido con Iván.

—Oye, poco se habla de que Iván vive con su novia y no nos había dicho nada —comenta de repente Álex—. Cómo te gusta hacerte el misterioso, chaval, y yo que pensaba que estabas viviendo solo.

En cuanto escucho esa palabra, siento todas mis extremidades agarrotarse.

—¿Novios? —digo con la voz más chillona de lo que pretendía.

A Iván y a mí nos han podido decir muchas cosas, que si somos como el agua y el aceite, que si parecemos hermanos de todo lo que nos peleamos... Incluso hubo una vez que una profesora nos dijo que éramos como Thor y Loki por nuestro odio constante, pero también porque nos necesitábamos el uno al otro.

Pero nunca, jamás de los jamases, nadie nos ha dicho que parecíamos novios.

—¡No! —contesta Iván, acelerado—. Es mi compañera de piso, por Dios.

—Ni siquiera somos amigos —añado, queriendo dejar clarito ese detalle.

Fer nos mira alternativamente. Al principio su expresión denota sorpresa y luego me parece ver algo de... ¿alivio?

—Le estoy haciendo un favor y se está quedando en la habitación que sobra, pero solo será hasta enero —explica el rubio.

Me coloco un poco mejor en el sofá, de repente incómoda, y rehúyo la mirada de Iván que, desde el sillón que hay frente a mí, me lanza dardos con los ojos.

Supongo que estará molesto porque sus amigos hayan pensado que había algo entre nosotros, pero, a ver, no es culpa mía. No es que a mí me encante precisamente, de hecho, me dan náuseas solo de pensar que alguien ha podido imaginar siquiera que existía esa posibilidad, y si a eso le sumamos los nervios rarísimos que me causa el simple hecho de hablar de esto...

—¿Salir juntos? No he escuchado mayor disparate en mi vida, antes me tiro por un puente.

Todos sueltan una carcajada, suponiendo que lo digo de broma. El único que no se ríe es Iván, que se ha vuelto a poner serio.

—Entonces ¿nunca ha habido nada entre vosotros? —pregunta Fer, que sigue sentado a mi lado.

Niego con la cabeza.

—Ni lo habrá —aclaro, segura a pesar del nudo en el estómago.

Me quedo callada y los demás retoman la conversación hasta que Iván se levanta y dice:

—Nos vamos. —¿Soy yo o tiene la voz varios tonos más grave?—. Se está haciendo tarde.

Los amigos, entre lamentos porque se lo estaban pasando bien, acaban haciéndole caso y, tras ayudar a recoger la cena y los vasos, se encaminan hacia la puerta. Me explican que tienen una fiesta ahora y, aunque me invitan, decido no ir.

Antes de marcharse, Fer se acerca a mí y me dice:

—Nuri, vengo con frecuencia a Madrid, ¿quieres...? —Carraspea—. ¿Quieres que te avise la próxima vez y nos tomamos algo?

No me sorprende mucho que me diga esto. De hecho creo que, en cierta manera, lo esperaba.

Aunque pensaba que me haría un poquito más de ilusión y, en cambio, me noto… extraña.

—Mándame un mensaje y vamos viendo, ¿vale? —acabo respondiéndole.

El castaño me dedica una sonrisa cariñosa.

—Siempre fiel a tu lema, sin pensar en el mañana.

Lo veo dirigirse hacia la puerta y no me pasa desapercibida la manera en la que Iván lo rehúye cuando pasa por su lado.

El rubio es el último en salir. Sin embargo, no me dice nada.

Tampoco sé qué esperaba, nunca somos muy amables el uno con el otro.

Se limita a darme la espalda y cierra la puerta.

No lo entiendo, pero ese gesto me duele un poco.

9

Me despierto gracias al sonido de la alarma y la apago perezosa.

Suelto un gruñido; no me apetece nada empezar mi segundo día de prácticas, y eso me da mucha pena porque hace menos de cuarenta y ocho horas estaba llena de ilusión por ellas. En cambio, ahora pienso en tener que ver al ogro y oírle llamarme «Nadia» y se me pone mal cuerpo.

Reviso los mensajes del móvil; tengo un par de las chicas diciendo de ir a tomarnos un café esta tarde, al que les contesto de manera automática que sí, necesito dosis de ellas urgentemente. Hace dos semanas que no hemos podido sacar un hueco para vernos entre que Vega está a tope con el taller y Carola ocupada con sus prácticas en un hotel.

Remoloneo un poco más con el móvil hasta que me doy cuenta de que tengo un mail de la secretaria de mi jefe.

> Hola, Nuria:
>
> Esta mañana a Rafael le resulta imposible venir a la oficina y me ha pedido que os avise de que podéis teletrabajar durante el día de hoy. Esto suele pasar a menudo, así que te recomendaría que miraras el móvil en cuanto te levantaras.
>
> Un saludo

Resoplo, en parte contenta porque tengo un poco más de tiempo en la cama, pero también porque me huelo que lo que realmente sucede es que el tío este quiere pasar el menor tiempo posible con los de prácticas para no tener que enseñarnos nada.

Genial.

Al menos podré quedarme aquí y trabajar en el artículo desde el sofá. Se supone que debo entregarlo el viernes y aún no voy ni por la mitad.

Tras pasar veinte minutos más entretenida con el móvil entre las sábanas, decido levantarme cuando un olor a pan tostado se cuela en mi habitación.

En la cocina me topo con Iván, aunque a diferencia de ayer esta vez solo lleva unos pantalones grises de pijama.

Nada más.

Puf, va a ser verdad que el tío tiene complejo de Jacob y yo me veré obligada a aguantarlo.

No se ha dado cuenta de que me he levantado, así que me digo a mí misma que el motivo por el que me quedo unos segundos parada en medio del salón deleitándome con los músculos marcados de su espalda es porque mi cerebro debe de seguir algo atontado y mis piernas están aún dormidas.

Me sorprende un poco que siga aquí, normalmente no se salta ni una de sus clases por muy tarde que haya llegado la noche anterior. Supongo que se le habrán pegado las sábanas.

De la tostadora saltan un par de rebanadas e Iván las pone en un plato.

Yo sigo con los ojos en su espalda (o, bueno…, puede que hayan descendido hasta su culo, está claro que continúo dormida y no sé muy bien lo que hago) cuando se da la vuelta.

Pega un brinco que hace que casi se le caiga el plato.

—Joder, Nuri, qué susto.

—Buenos días a ti también —digo con una sonrisa irónica.

Sus ojos me observan durante un par de segundos. He salido de mi habitación sin pensar que sigo en pijama o, mejor dicho, lo que utilizo como pijama: una camiseta desgastada extragrande con el logo de alguna tienda antigua en el medio que oculta mis braguitas blancas.

Creo ver a Iván tragar saliva, ¿le incomoda que vaya así por casa? Estas semanas, antes de salir de mi cuarto, siempre me había molestado en ponerme unos pantalones cortos, pero hoy se me ha pasado.

Hay una pequeña parte de mi mente que me dice que a lo mejor se ha quedado así de paralizado por otros motivos, unos que no tienen nada que ver con nuestra enemistad, pero la acallo rápido. Eso es imposible.

Así que paso de él y me adentro en el salón. Es entonces cuando me doy cuenta de que en la mesa no solo hay desayuno para él. Hay aguacate, zumo de naranja, café... y un par de cubiertos.

Me quedo paralizada.

—Has... —Carraspeo—. ¿Has hecho el desayuno para los dos?

No sé por qué me sale la voz tan débil, estoy verdaderamente convencida de que parte de mis facultades cognitivas deben de seguir en el quinto sueño.

El rubio se detiene a medio camino y me observa con un gesto que no sé muy bien cómo descifrar.

—¿Qué me dirías si así fuera?

Tengo los ojos como platos.

¿Iván... siendo amable? No entiendo nada. ¿Anoche lo abdujeron unos alienígenas y lo han reseteado por completo?

Sé que ayer tuvimos un pequeño momento de tregua...

Uno tan pequeño que casi parece que no existió. Pero después de irse de aquella forma, supuse que ese instante habría quedado olvidado.

Por un momento me quedo... impresionada, sí. Eso es algo que hacía un montón de tiempo que no me pasaba con él. Hubo una época en la que, por mucho que yo tratara de impedirlo, sucedía más veces de las que estaba dispuesta a reconocer en voz alta, pero ahora... esa sensación vuelve a mí con tanta fuerza que me apresuro a sentarme en la silla para no caerme.

Puede que todo esto sea un truquito. Con él nunca se sabe.

—¿Lo has envenenado? —sospecho—. Si es así, creo que paso.

El rubio se sienta frente a mí y niega con la cabeza.

—Si quisiera, lo habría hecho hace varias semanas.

—Ni con esas habrías conseguido que me fuera de aquí.

—Lo sé.

Sonríe.

Sonrío.

Por Dios, ¿qué está pasando? Deben de habernos rociado con un gas alucinógeno por la noche y por eso estamos de repente así, tan de buenas.

Puede que hablara con sus amigos sobre nuestra enemistad crónica. A lo mejor se desahogó con ellos y quiere que la convivencia entre nosotros sea mejor.

Al fin y al cabo..., me ha hecho el desayuno.

Iván, a mí.

En mi vida pensé que eso pudiera pasar.

Oigo la voz de Vega en mi cabeza diciéndome: «Intentad llevaros bien, Iván no es tan malo como tú te crees». Y aunque sigo pensando que estoy conviviendo con la peor escoria que hay ahora mismo en Madrid..., decido, por primera vez en lo que me parece una eternidad, intentarlo.

Me digo que ya no tenemos quince años, que las decepciones que me llevé con él y que tanto me esforcé en ocultar no tienen por qué volver a pasar. Puede que Iván no siga siendo un gilipollas, puede que simplemente podamos intentar... soportarnos, aunque solo sea mientras compartamos piso.

Sea como sea, no pienso ser yo la que rechace unas tostadas recién hechas y ese café bueno que esconde siempre en la estantería de arriba para que yo no llegue hasta él.

Así que, al fin digo:

—Pues gracias...

Me dedica un gesto de sorpresa.

Pero ¿qué esperaba? Tampoco es que yo sea la peor persona del mundo. Si hace algo amable, pues qué mínimo que agradecérselo.

Sin embargo, durante unos segundos, él parece bastante incómodo e incluso se remueve un poco en la silla.

—No hay de qué —responde, y carraspea mientras aparta su mirada de la mía y empieza a untar su tostada con algo de mermelada.

Noto que está nervioso. ¿Es que no se esperaba que fuera a aceptar el desayuno? Si ha sacado tantas cosas que parece que estamos en el bufet de un hotel. Ni siquiera yo soy tan cabezona como para rechazarlo y luego tener que tirar toda esta comida.

Doy un sorbo a mi café y le observo teclear algo en su móvil mientras mastica.

Al principio estamos callados, sin saber muy bien sobre qué hablar en realidad. Al fin y al cabo no creo que haya habido ni una sola vez (excepto esos pocos minutos de ayer) en la que los intercambios entre Iván y yo no hayan acabado con algo así como: «Vete a la mierda» y «Piérdete».

Así que, ya que él ha sido quien ha hecho el desayuno, decido ser yo la que empiece la conversación.

Desde luego, si Vega y Carola se encontraran aquí estarían dando saltitos de alegría como dos locas.

—Ayer lo pasé bien.

El rubio alza los ojos del plato y los fija en mí. Gracias al rayo de sol que se cuela por la ventana los veo incluso más claros de lo que son; parecen irreales, como si fueras a colarte dentro de ellos y despertar en un mundo totalmente nuevo si te miraran durante más de tres segundos.

Por sus labios asoma una pequeña sonrisa y, mientras se aparta un par de mechones de la frente, me contesta:

—Me alegra que acoplarte a mi plan para intentar molestarme diera sus frutos.

Lo dice en tono de guasa y yo, que sigo flipando con nuestra primera conversación civilizada en siglos, respondo de la misma manera:

—Gracias, estoy muy orgullosa de ello.

Suelta una carcajada.

—Aunque aún no sé si dio resultado —añado.

—¿No fue evidente?

Me encojo de hombros y tomo un poco de fruta.

—Te fuiste en modo: «No pienso mirarte a la cara y no quiero saber nada más de ti», muy dramático todo. —Aunque lo diga divertida, algo dentro de mí se remueve al recordar cómo cerró la puerta sin mirarme—. Pero durante la cena lo pasaste bien, admítelo.

Pone los ojos en blanco.

—Puede ser.

—¿Tanto te cuesta reconocerlo?

Se cruza de brazos y se recuesta en la silla, dándome un primer plano de sus bíceps contraídos y sus pectorales marcados.

Me obligo a no fijarme en ellos.

No mucho más de lo que ya lo he hecho, claro.

—No estuvo tan mal.

Finjo que me falla el oído y me llevo la mano a la oreja.

—¿Puedes repetirlo, por favor?

Deja escapar un bufido, pero dice:

—Lo pasé bien... A pesar de que tú estuvieras ahí, vaya.

—Lo voy a dar por válido porque sé que te ha costado un mundo decir eso.

Suelta una pequeña carcajada que reverbera en mi cabeza.

Estar así, de buenas con Iván, es algo extraño... Incluso diría que disfruto de su compañía. Algo que no pienso admitir en voz alta.

Debe de ser el café, sí, no me estará sentando bien.

Iván parece debatirse consigo mismo, al igual que yo. De vez en cuando revisa el móvil y resopla. Sin venir a cuento, me encuentro a mí misma preguntándome a quién diablos habrá escrito.

—¿Sigues sin comerte la corteza?

Me doy una bofetada mental, ¿en serio eso es lo único que se me ocurre decir?

—Ya empezamos.

—Eh, que solo he preguntado.

Niega con la cabeza, aunque me parece ver el inicio de una sonrisa en sus labios.

—Cuando éramos pequeños, me criticabas siempre por eso. Decías que era raro.

—Pues claro, porque es la mejor parte —respondo convencida mientras le robo un par de trozos del plato y me los llevo a la boca, igual que cuando teníamos siete años.

—Solo la gente que no es de fiar se las come —dice sin asomo de duda.

—Pues no entiendo entonces cómo puede ser que tú no te las comas.

—Mmm, ¿gracias?

Me coloco el pelo detrás de las orejas y lo miro con cara inocente.

—De nada, ser sincera es mi especialidad.

—Ya, claro.

Lo miro extrañada.

—Sí que lo es.

—No dudo que tú creas que eres sincera.

—¿Qué quieres decir?

Subo las piernas y apoyo los pies en mi silla; me quedo encogida sobre ella.

—Pues que tú crees que lo eres, y puede que en la mayoría de las ocasiones sea así, pero muchas veces te mientes a ti misma.

Vale, de repente el buen rollo que había entre nosotros se resquebraja tanto que casi me parece ver las grietas.

—No finjas que me conoces —le suelto sin más.

A Iván no parecen afectarle mis palabras porque se limita a contestar:

—Te conozco, Nuri.

Suelto una carcajada irónica.

—Y yo a ti. —Me pongo nerviosa—. Tú no eres un ejemplo de sinceridad precisamente, así que no vayas dando lecciones a quien no te las pide.

—No he dicho que yo lo sea —se defiende.

—Mejor, porque si esto fuera una competición, perderías tú.

—¿Una competición de sinceridad?

—Ajá.

Bufa.

—Venga ya, Nuri...

Me tenso, en parte porque sé que lo de la competición es una tontería, pero también porque de verdad estoy convencida de que Iván cree que, en el caso de que lo fuera, él ganaría.

Y eso es algo que no aguanto.

—Ayer lo estábamos pasando bien y pusiste cara de acelga, ¿por qué fue?

No tengo ni idea de por qué eso es lo primero que se me viene a la cabeza, pero lo he soltado sin más y ya no puedo retirarlo, así que revisto mi cara de un gesto neutro.

El rubio clava sus ojos en mí con una intensidad que hace que cada poro de mi piel se altere en respuesta. Ahora mismo creo que sería perfectamente capaz de lanzarme llamas de fuego con ellos.

¿Tanto le cuesta admitir que fue porque le jode que le caiga bien a sus amigos?

Porque estoy convencida al cien por cien de que ese es el motivo.

Sin decir nada, se levanta y se dirige al fregadero con su plato.

No pienso permitir que me deje con la palabra en la boca, así que me pongo en pie de un salto y le sigo.

—Venga, ¿no eras el sincero? Pues admítelo. —Le freno la mano, que estaba a punto de abrir el grifo del agua para lavar los platos, y le obligo a mirarme a los ojos—. Te molesta que pueda caerle bien a la gente y que tú seas el único que no me trague, es eso, ¿no?

Lo digo furiosa. Recuerdo las veces que Iván llegó a afirmar que yo era una amargada cuando éramos pequeños, cada una de las ocasiones en las que a un amigo suyo se le ocurría acercarse a mí y él lo ahuyentaba. Siempre ha sido así, un borde que no acepta que el problema es suyo, no mío.

Una risa estrangulada sale de su garganta.

—¿Eso es lo que piensas?

Asiento convencida.

—Pues no tienes ni idea. —La voz le sale más profunda de lo habitual y sus ojos adoptan un color más oscuro.

—Entonces explícamelo.

Toma una bocanada de aire y, tras unos segundos, le oigo murmurar una palabrota antes de dejar caer los platos en el fregadero.

En apenas un pestañeo lo tengo frente a mí.

Pone ambas manos alrededor de mis caderas y las deja apoyadas en la encimera de forma que quedo aprisionada entre ellas, pero no permito que me intimide y alzo la barbilla, segura.

—¿Tan ciega estás? ¿Estás tan encerrada en tus cosas que no te das cuenta?

—¿De que eres un chulo y un flipado que no aguanta que alguien le tenga calado? Oh, sí, de eso me di cuenta hace mucho tiempo.

Suspira, y su aliento se entremezcla con el mío.

Toda su presencia me envuelve, un aroma a coco y mar llega a mis fosas nasales y se apodera de cada una de mis respiraciones. Iván me saca unos cuantos centímetros, así que alzo la cabeza y me encuentro con sus ojos verdes taladrándome con la mirada. El mechón de pelo que antes se ha apartado ha vuelto a caerle por la frente y reprimo el estúpido impulso de apartárselo.

Cuando Iván está cerca de mí, tiene dos maneras de comportarse: la irónica, que consigue sacarme de mis casillas con esa sonrisa guasona y su actitud fanfarrona, y la seria, que delata que no se esperaba verme en ese momento y le fastidia mi presencia.

Pero, en este caso, veo una nueva en él, una que nunca me habría esperado.

Y es que está atormentado.

Abre la boca para decirme algo y la vuelve a cerrar, casi

como si estuviera librando una lucha interna. Su gesto también delata molestia, pero una que recubre las miles de dudas que parecen estar pasando por su cabeza mientras aprieta los dientes y traga saliva.

Es entonces cuando escucho su voz profunda:

—Estás ciega por no ver la atracción que hay entre nosotros.

De un momento a otro lo que me parecía ver en sus ojos cambia. Esas palabras salen de su boca de una forma distinta, casi parece que me está retando. Como si esperara que yo no fuera a entrar en ese juego, como si quisiera saber... mi reacción.

Y en cierta forma, creo que lo consigue. Porque me desarma por completo, me toma tan de sorpresa que noto cómo mi estómago da un vuelvo inesperado.

—No digas tonterías. —Es todo lo que respondo.

Todas las emociones que antes me ha parecido ver desaparecen y quedan sustituidas por una sonrisa ladeada y una mirada ardiente.

—No son tonterías, y ¿sabes por qué?

Pongo los ojos en blanco, tratando de ocultar mis nervios repentinos de alguna manera.

—Sorpréndeme.

Clava su mirada en la mía, como si buscara algo en ella que no sabe si va a encontrar. Casi me parece notar que duda antes de decir su siguiente frase, pero en el último momento, escucho:

—Porque ayer, cuando estabas hablando con Fer y de repente os quedasteis callados, al que buscaste con esos ojos azules fue a mí.

Mis pulmones pierden la capacidad de funcionar. El aire se queda atascado en ellos al comprender sus palabras y me cuesta unos segundos que se me hacen eternos volver a respirar.

—¿Qué? —Es lo único que se me ocurre decir.

Iván se remueve con un gesto algo nervioso que no concuerda con la actitud chulesca que ha adoptado de repente.

—Ya lo has oído. —Su aliento choca en mi mejilla cuando acerca su boca a mi oreja—. Me fijé en que no dejó de mirarte en toda la noche, en que se arrimaba a tu cuerpo cada vez que veía una oportunidad y cuando supo que entre tú y yo no había nada…

—¿Es eso? —le corto—. ¿Me has venido con el rollo este de la atracción porque te molesta que un amigo tuyo se sienta atraído por mí?

Gruñe y acerca su cuerpo a mí unos centímetros más, haciendo que nuestras narices se rocen. El calor que desprende provoca que mi temperatura ascienda varios grados.

—Me molesta que él pueda acercarse a ti y yo no.

Me quedo paralizada al escuchar su confesión.

No puedo haber oído bien, es imposible que esas palabras acaben de salir de su boca.

Pero su mirada decidida me indica que no ha sido un error.

«No, no, no, joder».

Otra vez no.

10

—¿Estás de coña? —La voz me sale más ronca de lo que pretendía.

Me parece ver un destello dolido pasar por sus ojos.

—He sido sincero, como tú querías. Ahora te toca a ti.

—¿A qué te refieres?

Mueve levemente los dedos de la mano izquierda de forma que entran en contacto con la piel descubierta de mi brazo, lo que me lanza una descarga eléctrica que me deja más noqueada de lo que ya estoy.

—Decías que eras sincera, ¿no? Pues adelante, esta es tu oportunidad. —Se humedece los labios e, instintivamente, trago saliva—. Ayer, cuando dijiste que salir juntos era el mayor disparate del mundo y que no lo harías nunca, ¿era verdad o mentira?

Me desarma por completo.

Su tono de voz es contenido, como si le hubiera costado un mundo formular esa pregunta por el miedo a mi respuesta. ¿Eso era lo que le había molestado? ¿Por eso se puso tan taciturno y se negaba a mirarme a la cara? ¿Por qué le habían dolido mis palabras?

No puede ser…

Esto tiene que ser un sueño. Una pesadilla, más bien.

Porque es imposible que Iván, el mismo que me metió grillos en la mochila, que se burló de mis dos trenzas cuando decidí empezar a peinarme yo sola y que fingía que no me veía cuando nos cruzábamos en los pasillos del colegio, demuestre ahora que tiene sentimientos.

Sentimientos por mí.

Este debe de ser uno de sus juegos. Sí, eso es.

Está intentando hacer que me sienta incómoda para que me vaya del piso. Seguro que lo que realmente le molestó es que ayer me quedara a cenar con ellos y no les dejara tener su noche de tíos.

Me lo repito unas cincuenta veces mientras la mirada de Iván me estudia como si fuera un enigma sin resolver. Finjo que su cercanía no me perturba, que su olor no hace que con cada respiración me entren ganas de fundirme en su piel y que no llevo dos minutos observando sus labios y preguntándome cuál será su sabor.

—Era verdad —termino respondiendo con la garganta seca—. Y deja de fingir que sientes algo por mí, porque no está funcionando.

Me mira con tanta intensidad que casi noto que me fundo bajo su escrutinio.

—¿Quién ha hablado de sentimientos? Yo he dicho que hay atracción.

—¿Acaso no es lo mismo?

Una pequeña sonrisa asoma por su comisura, aunque no le llega a los ojos, antes de contestar:

—Ni por asomo. De todas formas, no te creo.

—Pues créetelo.

Entonces levanta la mano que hasta hace unos minutos tocaba mi brazo para apartarme el pelo de la cara y colocármelo tras la oreja.

Yo me quedo tan quieta que casi parezco una estatua.

—Tu respiración delata que mientes. —Su aliento se entremezcla con el mío—. Tus ojos chillan que no es verdad y la forma en la que tu piel se eriza cuando te toco me indica que no soy solo yo el que siente algo cuando estamos juntos.

—Lo único que siento son náuseas.

Habría sido una buena respuesta si no me hubiera flaqueado tanto la voz, lo que ha hecho que su sonrisa se ensanche aún más.

En un intento por convencerle de mis palabras añado:

—No te tocaría ni con un palo.

Acerca su boca a mi oreja y susurra:

—Entonces ¿por qué no te apartas?

Es cierto, ¿por qué diablos no me aparto?

No tengo ni idea.

Su nariz roza levemente mi mejilla mientras vuelve a centrar sus ojos en mí. Noto cómo cada poro de mi piel se eriza en respuesta; ese simple tacto despierta mil sensaciones en mi cuerpo que ahora mismo no sé cómo catalogar.

Algo dentro de mi cabeza o, más bien, una vocecita que acallé cuando tenía dieciséis años y que no pensé que volvería a oír nunca reaparece con fuerza y me grita: «Atracción».

Ese pensamiento flota en mi mente y me deja suspendida durante varios segundos, unos en los que Iván capta un cambio en mí, uno que le da permiso para acercarse aún más, aunque mis palabras hayan intentado pararlo.

La última señal que necesitaba es ver cómo acerco mi cara unos centímetros a la suya, un gesto totalmente automático que intento frenar con todas mis fuerzas, pero mi cuerpo se niega a obedecerme.

Su respiración se agita al ver que inspiro hondo, preparándome para que sus labios se estrellen contra los míos en cualquier momento, y eso le da la última señal que necesitaba para lanzarse.

Su mano sigue en mi cuello y acaricia con el pulgar mi piel desnuda. Contengo un escalofrío y cierro los ojos de forma inconsciente.

Madre mía, va a pasar, Iván me va a besar.

Pero ¿qué estamos haciendo?

«Apártate, Nuri», me digo.

Sin embargo, no muevo ni un músculo

Noto el cuerpo de Iván acercarse.

Sus labios apenas rozan los míos cuando el timbre de casa nos saca de súbito de la burbuja en la que estábamos metidos y hace que abra los ojos.

—Mierda —masculla.

No me da mucho tiempo a preguntarle quién puede ser ni a registrar lo que está pasando. En un abrir y cerrar de ojos Iván se aparta de mí al mismo tiempo que suenan varios golpes en la puerta y una voz se superpone a ellos.

—¡Iván! Ya estoy aquí, un señor me ha abierto abajo.

El rubio me mira con un gesto incómodo y se dispone a abrir.

Se me cae la mandíbula al suelo al ver quién es. Con el pelo castaño largo perfectamente peinado y vestida con una sudadera que reconozco de haber visto en la colada de Iván, Natalia se adentra en el salón y se dirige al rubio.

—¡Hola! —Le da un breve beso en los labios y, acto seguido, me dedica una sonrisa maliciosa que he visto demasiadas veces a lo largo de estos años—. ¿Qué tal, Nuri?

Su voz me saca de mi estupefacción y me obligo a ponerme recta y a revestir mi cara con un gesto impasible cuando, en realidad, siento como si me hubiera hecho añicos y fuera imposible encontrar ninguno de los pedazos que hace tan solo unos minutos me componían.

—Bien —me limito a responder.

—Me alegro.

No, no lo hace. A mí no me engaña.

—Gracias por lo de anoche —añade con voz inocente mientras enreda su brazo con el de Iván—. No sé qué habría hecho sin ti.

La bilis sube por mi garganta e intento mantener la calma. Dirijo mis ojos a mi compañero de piso, que sigue de pie y totalmente mudo mientras la castaña se pega a él como si fuera una lapa. Conociendo el historial de ambos, no me quiero ni imaginar a lo que se refiere Natalia con «anoche».

«No me lo puedo creer... No me puedo creer que haya estado a punto de volver a entrar en su juego».

Estoy dolida, lo odio, pero es la verdad.

Pero más que con Iván, estoy enfadada conmigo misma, porque yo sabía lo que él estaba haciendo y no le he parado.

Me doy una reprimenda mental. Sabía que no era de fiar y he estado a dos segundos de caer otra vez por el precipicio de emociones que me causa estar cerca de él. Pensaba que era fuerte, que ya no me afectaba nada de lo que él hiciera o dijera, pero está claro que no es así.

Decido tomarme esto como un recordatorio, uno que me sirva para la eternidad como motivo suficiente para no volver a hablarle en mi vida. Si tuviera a donde ir me marcharía del piso hoy mismo, pero me consuelo diciéndome que en dos meses habré encontrado algo nuevo y no tendré que verle nunca más.

Intento mantenerme serena, aunque no sé si lo consigo; no pienso darle la satisfacción tan fácilmente de saber que ha conseguido abrir una grieta en la Nuri guerrera que siempre presume de ser impenetrable.

—¿Te he despertado? —dice entonces Natalia en tono inocente.

«Sí, de la peor pesadilla que he tenido en mi vida».

—Para nada, no te preocupes.

—¡Ay! —exclama cuando ve la mesa—. ¿Habías hecho el desayuno para los dos? ¿Por eso me habías pedido que viniera un poco más tarde? Perdona, no podía esperar, tenía muchas ganas de verte.

Se me escapa una risa estrangulada.

¿Así que eso era lo que estaba escribiendo en el móvil? Esto es increíble... El desayuno era para ella y yo, como una idiota, he supuesto que había tenido un gesto amable.

«Tonta, tonta, tonta», me digo una y otra vez.

En esta ocasión no puedo evitar mirarlo con un gesto dolido.

Me topo con sus ojos, que tratan de decirme algo que no alcanzo a entender y, siendo sincera, tampoco pienso intentarlo.

Iván se da cuenta porque, por primera vez en estos cinco minutos en los que ha estado mudo, abre la boca y dice:

—Nuri...

—Que aproveche —le corto tratando de controlar mi voz temblorosa.

No quiero oírle, no quiero escuchar mi nombre en sus labios, porque todo lo que sale de ellos son mentiras y juegos infantiles que hace ya mucho tiempo que dejé atrás, así que aparto la mirada de la suya y me encamino a la habitación.

—¡Gracias! —responde Natalia mientras lo arrastra para sentarse a la mesa.

Cierro la puerta a mi espalda y me apoyo en ella con un suspiro.

No me permito llorar, así que me limpio la única lágrima que ha conseguido escapar de mis ojos y me obligo a tomar una bocanada profunda de aire.

Iván no es de fiar, nunca lo ha sido.

Y lo que ha pasado esta mañana no ha hecho más que reafirmar algo que yo ya sabía desde hace tiempo: esos sentimientos que una vez llegué a albergar por él no pueden existir.

No deben existir.

Porque Iván no es un chico capaz de darme ese tipo de amor.

Y yo no soy una chica que esté destinada a recibirlo.

11

Ocho años antes

Hemos venido a la casa de la playa de Vega a celebrar su cumpleaños y, por primera vez, ¡sus padres nos han dejado solas! Ni siquiera nosotras nos lo creemos aún. Está claro que tienen la suficiente confianza en ella para suponer que no va a organizar una macrofiesta.

Pero por desgracia para ellos, eso es precisamente lo que hemos hecho.

La casa es lo bastante grande para albergar a unas quince personas sin agobiarse, por lo que nosotras, como buenas organizadoras que somos, hemos invitado a treinta.

Es evidente que ninguna destacamos en matemáticas.

Ni en estadística, porque cada vez que quiero ir al baño hay alguien dentro y hemos tenido que ir a comprar más vasos de plástico porque no había suficientes para todos.

—¡Sal ya! —Aporreo la puerta, impaciente.

No tengo ni la menor idea de quién puede estar dentro, pero lleva ahí diez minutos y yo me estoy meando viva.

Como no recibo respuesta, apago y enciendo varias veces las luces esperando que eso surta efecto.

Tres minutos más tarde, abren.

—¿Tanta prisa tenías? Dicen que la insuficiencia renal empieza cuando te haces viejo, pero puede que tú seas una excepción.

Pongo los ojos en blanco.

Cómo no, el que tenía que estar ahí metido es Iván.

—¿Tanto necesitabas mirarte en el espejo? Por más que lo hagas, te aviso de que tu reflejo no va a cambiar. ¡Sigues teniendo la misma cara de chulo con dos neuronas de siempre!

El rubio me mira de arriba abajo.

—Amargada.

—Idiota.

Paso por su lado y cierro la puerta.

Uf, tomo nota mental de recordarle a Vega por qué soy la mejor amiga del mundo; cualquiera no aguantaría venir a sus cumpleaños sabiendo que la rata inmunda va a estar también.

Cuando salgo, busco a las chicas y las encuentro cuchicheando en una de las esquinas del salón; no es muy difícil, ya que le hemos puesto una banda y una corona a Vega de un rosa chillón que hace juego con su ropa.

—¿Dónde te habías metido? —pregunta Carola cuando llego a su altura.

—En la cola del baño. —Obvio lo de que Iván es el que ha hecho que tuviera que esperar una eternidad, prefiero reservar mis quejas para mañana y no arruinar la fiesta de mi amiga—. ¿De qué hablabais?

La pelirroja mira a Vega y es ella quien responde:

—¡Víctor está aquí!

Su voz nerviosa hace que suelte una carcajada.

Víctor es un chico de cuarto por el que Vega lleva coladita un tiempo. Le invitamos sin saber si vendría, pero parece ser que, aunque un poco tarde, ya que la fiesta ha empezado hace dos horas, está aquí.

—Pues ya sabes, ¡a por todas! —la animo.

La morena me mira con cara de circunstancias.

—Me da vergüenza, ¿y si hago el ridículo? A lo mejor pasa de mí.

—¿Estás de broma? Eres una chica increíble. En cuanto te acerques, seguro que habla contigo —le dice Carola con voz cariñosa.

—Y si pasara de ti sería un idiota monumental —añado.

A pesar de nuestros ánimos, Vega sigue sin moverse, siempre ha sido un poco insegura con los chicos.

—¿Por qué no jugamos a algún juego primero? —propone.

—¿Un juego? —se extraña Carola—. ¿De mesa?

Suelto una carcajada.

—De beber —le explico yo, entiendo lo que Vega quiere decir—. A nuestra amiga le da corte acercarse a Víctor, así que quiere que juguemos a algo para tener una excusa o ¿me equivoco?

Vega le da un trago a su vaso y asiente.

—¿Pero vosotras sabéis alguno? —pregunta la pelirroja.

Me encojo de hombros.

No es solo la primera vez que celebramos un cumpleaños sin padres de por medio, también es la primera vez que estamos en una fiesta y que bebemos algo que no sean refrescos.

Ninguna habíamos tomado alcohol antes, al menos no del modo en el que lo estamos haciendo ahora.

—¿Verdad o atrevimiento? —se me ocurre—. Es el único que conozco, en el campamento de verano del año pasado siempre estaban jugando a eso.

—¡Sí! —responde Vega, emocionada.

No tardamos mucho en animar a los demás y ponernos todos alrededor de la mesa del salón.

Una compañera de clase deja una botella vacía de ginebra sobre la mesa y la hace girar. Vega, Carola y yo nos hemos sentado juntas y, frente a nosotras, Víctor charla con unos amigos suyos.

El cuello de la botella va señalando a la gente continuamente y pasamos un rato disfrutando de los retos que algunos deciden hacer y de las verdades que van confesando.

—¡Verdad o atrevimiento! —le pregunta alguien a Víctor.

Vega se pone nerviosa y yo le dedico una sonrisa.

—¡Verdad! —contesta este riéndose.

Entonces soy yo la que pregunta:

—¿Verdad que hay alguien en esta fiesta que te gusta?

Mi amiga me da un pequeño codazo, pero no me pasa desapercibida la mirada de anhelo que pone por saber la respuesta.

Veo la forma en la que Víctor posa la mirada sobre ella mientras contesta:

—Verdad.

Se escuchan algunos cuchicheos y risitas por el salón mientras Vega se pone roja como un tomate.

—Ahí tienes tu excusa para hablar con él —le susurro divertida.

—¡Madre mía, te ha comido con los ojos! —comenta Carola.

—¿Tú crees? —duda Vega.

—¿Estás ciega? —le digo—. ¡Pues claro!

Seguimos jugando un rato más. De vez en cuando hacemos ronda de chupitos entre todos, lo que provoca que aumenten las risas y los comentarios sin sentido. La música suena de fondo y cada vez más gente se ha ido animando a hacer retos; ahora la gracia es ver quién rompe la racha y elige atrevimiento en vez de verdad.

Una vez más, observo cómo la botella gira hasta quedarse quieta y señalar un punto en concreto.

Alzo los ojos, curiosa por saber a quién le toca esta vez, y me encuentro con el cuerpo de Iván.

—¡Verdad o atrevimiento! —vuelven a gritar.

El rubio se ríe, divertido por la emoción de los demás.

—¡Como elijas verdad te tiro el cubata encima! —le dice de broma un amigo suyo.

Iván se encoge de hombros y responde:

—Pues tendrá que ser atrevimiento.

Todos aplauden y beben.

—Vale —empieza la chica de antes—. La prueba de ahora es... ¡cinco minutos en el paraíso!

Resoplo.

Mientras todos se ríen, yo solo puedo pensar en la pobre chica a la que le toque compartir un espacio reducido con él.

Creo que no hay peor tortura que esa.

La gente empieza a decir nombres a diestro y siniestro de quién debería entrar con él en la despensa, incluso me parece que algunas chicas se ofrecen ellas mismas. En mi caso, me pongo a charlar con Carola y con Vega sobre la forma en la que esta última debería lanzarse a hablar con Víctor en cuanto el juego termine.

—¡Ya está bien! —dice alguien—. Giramos de nuevo la botella y a quien le toque se mete en la despensa con Iván.

Entre vítores, la hacen rotar mientras yo sigo a lo mío.

Un murmullo repentino hace que alce la vista.

—¿Qué pasa? —susurro sin entender nada.

Carola me mira con cara de circunstancias y Vega se ríe.

—Te ha tocado.

La miro extrañada.

—¿El qué?

Me señala la mesa, y es entonces cuando me doy cuenta.

—No —digo en voz alta.

—¡Te ha tocado! —repite alguien.

Todos se echan a reír y a animarnos a que lo hagamos.

Miro a Iván esperando encontrar en él la misma expresión de apuro que tengo yo, pero lo que no esperaba es verlo... ¿incómodo?

—¡Venga! No tenemos toda la noche —dice alguien.

No sé lo que estoy haciendo cuando me levanto.

Tampoco por qué me dejo guiar hacia la despensa de Vega.

Y mucho menos entiendo qué hago aquí dentro cuando Iván me sigue y cierran la puerta dejándonos a oscuras.

—¡Tiempo! —escucho que dicen desde fuera.

La música vuelve a sonar y los demás siguen jugando mientras nosotros tenemos que aguantar ahí cinco minutos.

Trescientos segundos encerrada y respirando el mismo aire que Iván.

Ay, Dios mío.

—Bueno... —empieza a decir el rubio.

—Esto es de locos —termino yo por él.

—De todas las personas con las que me podía tocar, tenía que ser contigo.

Lo dice en un tono de voz chulesco.

—Créeme, a mí tampoco me apetece mucho —le suelto, enfadada.

—Yo no he dicho que no me apeteciese.

Lo miro, sorprendida.

La luz que se cuela por la rendija de la puerta hace que distinga un poco el tono rosado que adoptan las mejillas de Iván.

Pero ¿qué...? No entiendo nada.

—Venga ya —exclamo un poco nerviosa—. No empieces con tus jueguecitos.

Me dedica un gesto ofendido.

—¿Qué juegos?

Suspiro.

—Pues los tuyos de ligón. Siempre estás igual: que si le sonrío a esta, que si ayudo a llevar los libros a la otra… Tienes a las chicas del curso coladitas por ti y te encanta.

—Eso es mentira.

—Lo que tu digas.

Noto el calor que procede de su cuerpo como si del mío se tratara. El armario es muy pequeño y apenas hay espacio para los dos, su aliento se entremezcla con el mío y su respiración se acelera un poco.

—¿Sabes? El otro día me encontré con Marga.

No puedo evitar soltar una exclamación de sorpresa.

—¿Qué dices?

Hace mucho tiempo que Marga se jubiló y se fue del colegio.

Asiente con una sonrisa.

—Estuvimos hablando un rato y me recordó el día del bocadillo.

—¿El día que nos conocimos?

—Sí —responde.

—¿Y qué te dijo?

Se encoge de hombros.

—Que sabía en todo momento que estábamos ahí y que cogimos la comida.

Lo miro, asombrada.

—Y yo que pensaba que la misión había sido un éxito —apunto en tono lastimero.

—Me recordó a la primera vez que nos peleamos.

Su voz se torna un poco más profunda y… ¿nerviosa?

—Sí, cuando me respondiste fatal —recuerdo.

—Me llamaste idiota —se defiende.

Suelto una carcajada.

—Sí, porque pensaba que así era como se hablaban los mayores, intentaba ser simpática y…

Me callo, pensando en aquella Nuri de siete años que sintió mariposas.

—¿Y qué?

—Nada.

Sus ojos se clavan en los míos; no llega a creerse del todo mi respuesta.

De repente, lo noto más cerca que antes si eso es posible siquiera.

El olor a mar que siempre desprende se cuela por mis fosas nasales y hace que inspire hondo de manera involuntaria.

Observo cómo alza una mano tímidamente, con miedo a tocarme y que rechace su contacto.

No sé qué ve en mis ojos, pero al final se decide y la posa sobre mi mejilla.

Ahogo una exclamación cuando una pequeña descarga eléctrica me recorre el cuerpo.

¿Qué está haciendo?

Cada vez está más cerca.

«Apártate, Nuri, el tiempo seguro que se ha terminado ya, abre la puerta y vete».

Sin embargo, no muevo ni un solo músculo.

Noto los labios de Iván sobre los míos de una forma suave, tímida.

El rubio separa su cara de la mía y veo… ¿miedo en sus ojos? Iván acaba de besarme, a mí.

No me lo puedo creer. Y lo que tampoco me creo es que me haya gustado.

Llevada por un impulso, ahora soy yo la que acerca mis labios a los suyos y vuelve a unirlos. Esta vez no es tímido, nos damos un beso que hace que me tiemblen las piernas y que me corta la respiración. Su pelo me hace cosquillas en la mejilla y su mano se posa sobre mi cintura, lo que provoca que se me erice la piel.

No sé qué estamos haciendo, pero tampoco quiero parar.

Escucho a Iván murmurar mi nombre y me aparto levemente.

El rubio me mira como nunca antes le había visto. Espero a que me diga algo, lo que sea, pero de repente la puerta del armario se abre y ambos nos separamos.

—¡Ya han pasado cinco minutos!

Iván sale de la despensa acelerado.

Varios amigos le preguntan qué es lo que ha pasado.

—Nada —responde este.

Con pasos vacilantes, me uno a mis amigas y retomamos el juego.

—¿Qué tal ha ido? —me pregunta Carola.

—¿Ha pasado algo? —Esa es Vega.

Involuntariamente me llevo los dedos a los labios y miro a Iván.

Descubro que tiene los ojos puestos sobre mí y, tan pronto me topo con ellos, los aparta.

—Nada —le digo a Vega—. No ha pasado nada.

12

Borro el párrafo que acabo de escribir por tercera vez y cierro la pantalla del ordenador, frustrada.

He pasado toda la mañana en la redacción del periódico aguantando al pesado de mi jefe e intentando agradarle cuando lo que realmente quería hacer era tirarle el portátil a la cabeza y por la tarde he estado haciendo el dichoso TFG. Por suerte, al final mi tutor aceptó el tema que elegí y llevo una semana trabajando en él.

Bueno, intentándolo, porque aunque me haya bebido tres cafés y lleve frente a la pantalla más de dos horas no consigo concentrarme.

Y el causante es un idiota de ojos verdes que se cree el culo del mundo y que piensa que puede jugar con los demás sin asumir las consecuencias.

Uf, si es que solo de pensar en él se me revuelven las tripas.

Después de lo que pasó «la mañana fatídica» (como la he bautizado), concluí que si quería seguir con mi estabilidad mental intacta cuando me fuera del piso, solo tenía una opción: hacer como si Iván no existiera.

Y eso es lo que he hecho.

Físicamente, al menos, porque mentalmente no deja de aparecer en mi cabeza y todas las noches tengo unas pesadillas horribles en las que rememoro una y otra vez lo que *casi* pasó entre nosotros.

Vale, puede que alguna de ellas suela terminar en algo un poco más caliente, pero son cosas que no puedo controlar y que achaco por completo a la sequía sexual que sufro desde hace tres meses.

Sacudo la cabeza para espantar las imágenes.

El caso es que ahora Iván, para mí, está muerto.

¿Que me habla para saber a quién le toca sacar la basura? Hago como si hubiera oído a un pájaro cantando.

¿Que me pregunta si necesito algo porque va a hacer la compra? Subo el volumen de los cascos porque, mira qué casualidad, está sonando un temazo de los buenos.

¿Que se le olvidan las llaves en el piso? Pues finjo que no estoy en casa para que tenga que ir a por la copia que guarda el casero.

Iván ha tratado de hablar conmigo varias veces, pero no he dado mi brazo a torcer. Las excusas que intente darme no me las voy a creer y, además, no necesito que lo haga. A mí él me da completamente igual y no me importa si se lía con Natalia o con media España, lo que me jodió fue que intentó confundirme.

Algo que, por supuesto, no consiguió.

Por suerte, parece que el rubio se ha dado por vencido y lleva dos días sin insistir en hablarme con cualquier tontería que se le ocurra. Pero, por desgracia, eso no quiere decir que yo haya dejado de darle vueltas a lo que pasó.

Por más que quiera borrarlo de mi mente, sigo sin comprender qué gana él con esos juegos sucios. Fingió que había tenido un gesto amable conmigo al hacerme el desayuno, luego se hizo el simpático para después atacarme con el tema de la sinceridad y, para colmo, va e intenta engañarme, me miente y me dice que le molestó que su amigo me pidiera salir con eso de que había atracción entre nosotros.

No sé qué me jode más, si su actitud o que yo estuviera a punto de tragarme toda esa pantomima.

Bueno, sí qué lo sé, lo que más me molestó fue lo dolida que me sentí cuando Natalia entró en casa. Al menos Iván tuvo la decencia de irse a una cafetería con ella después de que yo me metiera en mi habitación.

Suspiro y alejo como puedo todos esos pensamientos de mi cabeza.

Cojo el móvil del bolso y, mientras salgo de la biblioteca, mando un menaje por el grupo de las chicas:

> Sigue en pie lo de esta noche? Yo me arreglo en una hora y estoy lista

El otro día dijimos de ir hoy a tomarnos algo a un bar nuevo que han abierto en el centro, pero he estado tan ocupada que apenas he mirado el teléfono y no sé en qué ha quedado el plan al final.

> **Vega**
> No te lo ha dicho Iván?

> **Yo**
> Decirme? El qué?

Me paro en medio de la calle, de repente asustada por las siguientes palabras de mi amiga.

Vega
Lo de la noche de juegos

Trato de controlar mi respiración.
«Cálmate, Nuri. Inspira y espira».

Yo
No me ha comentado nada

Vega
Ostras, tía... No lo entiendo, pensaba que lo habíais organizado juntos

Me llamó ayer y me dijo de cenar en vuestro piso y llevar juegos de mesa!

Nico y yo vamos

Carola
Sí!

Perdonad, estaba dándole la llave de la habitación a un cliente

Gael y yo también!

Vega
Te parece bien?

Podemos dejar lo del bar para la semana que viene, puedo intentar salir antes del taller y nos vestimos y maquillamos juntas

Me encamino corriendo hacia el metro y cojo la línea que lleva a casa echando humo por las orejas.

Será cabrón... Lo conozco, Iván ha organizado esto con algún fin maligno.

No estoy molesta con las chicas, las pobres no saben nada de lo que pasó el otro día, y así se va a quedar porque no me apetece admitir en voz alta que estuve a punto de besar a la rata de cloaca. Aun así me da rabia, hoy tenía muchas ganas de salir, emborracharme y pasármelo bien con ellas. Solas.

Pero el rubio ha truncado mi plan y pienso averiguar por qué.

Yo
Claro!

Nos vemos ahora

☾

Ni siquiera me molesto en cerrar la puerta de casa cuando entro y me dirijo directamente a Iván.

—¿Se puede saber qué pretendes?

Se vuelve hacia mí con una sonrisa plantada en la cara.

—¿Ahora me hablas?

Tiro el bolso sobre el sofá y me cruzo de brazos.

—Momentos desesperados, medidas desesperadas. Venga, desembucha.

Miro a mi alrededor; ha preparado la mesa y sacado varios juegos que no sabía que teníamos en la casa. También hay patatas, cerveza, empanadillas...

—¿Celebramos algo y no me he enterado? —Agrando los ojos y finjo que me doy cuenta de algo—. ¡No me digas que han descubierto una cura para tu idiotez crónica!

Pasa de mí, solo se encoge de hombros y responde:

—Ya conoces el plan, ¿no? Estás aquí por eso.

—Sí, lo que no entiendo es el porqué.

—¿Acaso no te apetece?

Le dedico una mirada suspicaz.

—Toda actividad que conlleve compartir espacio físico contigo, no.

El muy idiota me mira con una sonrisa.

¿Tengo algo en la cara y no me he enterado? No lo entiendo.

—¿Se puede saber qué pasa?

Con pasos lentos y sin separar sus ojos de los míos, se acera a mí.

—Me estás hablando.

Pongo los ojos en blanco, exasperada y un poquito perturbada por su cercanía repentina.

Doy un paso atrás.

—Sí, ¿y qué?

—Que llevabas días sin hacerlo.

Vuelve a dar un paso hacia mi cuerpo y, una vez más, retrocedo.

—Eres muy observador —respondo con fingida ironía.

Al menos hasta que... Un momento.

—¿Has montado una noche de juegos solo para que te hable?

Su sonrisa, tan amplia que consigue marcar aún más esos hoyuelos del demonio, se ensancha.

No me lo puedo creer.

—Estás fatal —le digo.

—Pero ha funcionado.

—No por mucho tiempo.

Me doy la vuelta con la intención de irme a mi habitación y quedarme ahí, por lo menos hasta que nuestros amigos lleguen, pero me agarra del brazo y crea una corriente eléctrica allá donde la piel de su mano entra en contacto con la mía. Me detiene.

—No me toques —siseo, y me aparto de él.

En un pestañeo lo tengo de nuevo frente a mí, pero en esta ocasión con ambas manos a sus costados.

—Nuri, quiero hablar sobre lo que pasó el otro día.

—No tenemos nada de que hablar.

Trato de pasar por su lado, pero una vez más, me lo impide.

Resoplo, molesta.

—Déjame que te lo explique —pide.

La sonrisa se le ha borrado de la cara y ahora me dedica un gesto serio.

El muy condenado saber fingir muy bien.

—¿Quieres explicarme que intentaste jugar conmigo mientras tu novia venía a desayunar contigo?

—No es mi novia.

—Me da lo mismo.

Suspira.

—Nuri, yo... Simplemente pasó, ¿vale? Estaba haciendo el desayuno y saliste con ese pijam... —Carraspea y se remueve, incómodo—. Te vi ahí y me fijé en cómo se te cambió el gesto cuando pensaste que era para ti. Hacía tiempo que no veía ese brillo en tus ojos..., no cuando me miras a mí, y solo me dejé llevar.

Lo contemplo durante unos segundos. Reparo en sus ojos, algo rojizos de no haber dormido bien, en su camiseta con un tiburón que dice «No soy tan malo como parezco» y en la barba de varios días sin afeitar que lleva.

Lo miro y... me niego a dejar que me vuelva a engañar, Iván es un experto en eso.

—¿Y luego? ¿Todo ese rollo de la sinceridad y de la atracción?

—Yo... —duda.

—Déjame que responda por ti. —Me pongo recta y lo miro sin emoción alguna en los ojos—. Te apetecía jugar a que puedes tener a todas las tías que quieras a tus pies, viste una oportunidad conmigo porque me pillaste con la guardia baja al pensar que estabas siendo amable y decidiste aprovecharla.

Me dedica un gesto ofendido.

—¿Qué? ¡No!

Suspiro.

—Mira, me da igual lo que hagas o lo que no hagas, solo déjame en paz, ¿vale? Haz como si no existiera.

Me parece oírle murmurar algo así como «Eso es imposible», pero finjo que no lo escucho ni que mi corazón ha dado un salto involuntario.

—En realidad, lo que me molesta es que trajeras a una tía a casa sin avisarme —le digo resentida—. La próxima vez dilo y así nos evitamos situaciones incómodas.

—Venga ya, Nuri... —Suspira derrotado.

—¿Qué?

—Lo que te molestó no fue solo eso.

Lo dice serio. Me mira como si pudiera ver dentro de mí todas esas pequeñas partes que dejo ocultas para los demás, algunas incluso para mí, y que parecen no escapar de su escrutinio.

Respiro hondo.

—No tienes ni idea.

Por fin, me deja pasar y consigo meterme en mi habitación.

Me quedo allí un buen rato tratando de poner en orden mis pensamientos, esos que él consigue volver un caos cada vez que se le presenta la oportunidad.

Finjo que no me ha afacetado nada de lo que me ha dicho y que no me ha parecido tierno que organice una noche de juegos de mesa para que le hable, porque el muy condenado sabe que soy lo bastante competitiva para no perdérmela.

Incluso si eso significa tener que compartir espacio con él.

No sé cuánto paso despotricando en voz baja tumbada en mi cama, pero supongo que el suficiente para que a mis amigas les haya dado tiempo a llegar.

Oigo el timbre y suelto un suspiro.

Podría fingir que estoy enferma o que tengo mucho trabajo y escaquearme... Pero ¿a quién quiero engañar?

Pienso en los juegos que había sobre la mesa y, con un gruñido, me levanto de la cama.

Tengo que ganar y demostrarle a Iván que su presencia no me afecta.

Me lo repito unas cinco veces para intentar convencerme a mí misma antes de abrir la puerta.

13

—¡Lo tengo! —exclama Vega con voz triunfal.

—No es posible.

Carola suelta una risita a mi lado.

—Sí que lo es —afirma la morena, y me dirige una mirada de suficiencia—. Fue la señora Blanco, en el salón y con un cuchillo.

Miro mis cartas y me quedo callada, tratando de aguantar una sonrisa.

Entre una cosa y otra, ya hemos cenado y llevamos un buen rato jugando. Hemos empezado por el Monopoly, al cual, por desgracia, ha ganado Iván. Personalmente, tengo mis sospechas de que eso haya sido verdad y no haya hecho trampas. Viniendo de él, no me sorprendería, pero me he quedado callada porque quiero disfrutar de esta noche tanto como pueda, a pesar de que él esté aquí.

Después de echar varias partidas al Dixit, al Virus y a otros de los tantos juegos que mis amigos han traído, la cosa está así: Vega es malísima y no ha ganado nada; Nico, supongo que por no hacerla sentir mal, igual; Carola y Gael han ganado una partida cada uno; Iván lleva tres puntos a su favor, y yo…, uf, me pongo mala solo de pensarlo, tengo uno menos.

Así que, sí o sí, tengo que ganar esta partida.

—¿Estás segura? —le digo a Vega con voz cantarina.

Mi amiga me mira, ahora algo indecisa, y resopla.

—Venga ya, Nuri. ¡Al menos podrías dejarme ganar alguna! ¿Acaso no te doy pena? —se lamenta.

—Lo siento, pero nunca ha sido buena idea mezclar la amistad con el trabajo, el dinero y, lo más importante, los juegos de mesa —le explico riéndome—. A no ser que estemos en el mismo equipo, claro, pero no es el caso del Cluedo.

—Estoy en tu mismo equipo, ¡el de las amigas de toda la vida que te apoyan cuando lo necesitas!

Niego con la cabeza, divertida.

—No cuela, guapa.

—De todas formas —nos interrumpe Gael—, ¿cómo sabes que Vega está equivocada?

—Eso, ¡a lo mejor acierta! —añade Carola, y le da un apretón cariñoso a Vega en la pierna.

Vuelvo a mirar mis cartas y sonrío.

—No, porque... —Saco una de ellas y se la muestro—. ¡Yo tengo el cuchillo!

La morena resopla y, como ya es mi turno, suelto lo que llevo callándome desde que ha empezado la ronda.

—Fue la señora Blanco, pero en la cocina y con el trofeo —afirmo triunfal.

Iván, con la comisura izquierda ligeramente levantada, extiende la mano y abre el sobre para comprobar si el resultado es correcto.

—¿Y bien?

Lo pregunto convencida. Soy buenísima en este juego, y desde hace un rato ya sabía dos de las tres respuestas. Ha sido hace solo unos minutos cuando he caído en la que faltaba, pero no me fio de que Iván mienta y diga que está mal solo por molestarme, así que no pierdo detalle alguno de sus movimientos ni de sus gestos.

Sin embargo, el rubio clava los ojos en Vega y dice:

—Lo siento, vendedora de chuches, pero la respuesta de Nuri es correcta.

Mi amiga suelta un gruñido. Estaba deseando que me equivocara para restregármelo por la cara, estoy segura. Así que me levanto y le doy un pequeño abrazo mientras ella sigue quejándose.

—Te adoro —le digo riéndome.

—Ya, ya... Sabes que eres lo peor cuando jugamos a estos juegos, ¿no?

—Pero aun así, me quieres.

—Qué remedio. —Suspira, pero me devuelve el abrazo.

Cuando vuelvo a mi asiento, le dirijo una mirada triunfal al rubio, que está sentado en una silla a unos metros de mí, y gesticulo un «chúpate esa», ya que ahora estamos empatados, a lo que él solo responde negando con la cabeza y con una sonrisa chulesca.

—¿Cuál es el siguiente? —pregunta Carola.

Gael pone sobre la mesa la caja que ellos han traído.

—¿El Party & Co? —me extraño—. Pero si es de parejas.

Vega no tarda en arrimarse un poquito más a Nico y Gael coloca un brazo sobre los hombros de Carola.

Joder.

Miro al rubio, que, divertido, no pierde detalle de mi cara, supongo que esperando una reacción desmedida por tener que jugar con él. Y, en realidad, eso es lo que quiero hacer, pero me he prometido a mí misma demostrarle que me da igual y que su presencia me afecta lo mismo que la de un mosquito, así que me limito a decir:

—Genial.

El tono me sale un poco más irónico de lo que pretendía, pero algo es algo.

—¿Ya está? —pregunta Vega—. ¿No hay quejas, ni lamentos... ni por qué me han puesto con la rata de cloaca?» —termina imitándome con un tono exageradamente dramático que para nada se ajusta a la realidad.

—Eh —dice Iván, ofendido.

Mi amiga levanta ambas manos en un gesto inocente.

—Así es como te llama ella.

Niego con la cabeza.

—No.

—¿Eso quiere decir que ya os lleváis bien? —pregunta la pelirroja algo emocionada.

Yo suelto un gruñido, pero es Iván el que responde:

—Parece ser que sí. —Acerca su silla a la mía con una sonrisa guasona en la cara—. Somos un equipazo, ¡compañeros de piso al poder!

No me pasa desapercibido el tono jocoso de su voz; el tío se lo está pasando pipa con esto. Tengo que hacer un ejercicio de paciencia enorme y contar en silencio hasta diez para reprimir el impulso de tirarle a la cara lo primero que pille.

—¿Jugamos? —pido exasperada.

Mis amigas me miran con mil dudas en los ojos: ¿nos llevamos bien o nos llevamos mal? Pero contarles que ahora odio a Iván más que nunca significaría tener que explicarles el porqué, y eso no lo voy a hacer. Al menos de momento. Así que permito que divaguen en su mundo de fantasía en el que algún día el rubio y yo llegamos a ser amigos y decido centrarme en el juego.

—Déjate de tonterías —le susurro mientras los demás preparan el tablero—. Métete en la partida y ya está.

Observo cómo se aparta el pelo de la cara con un gesto altanero.

—Ay, Nuri, parece que no me conoces. —Me guiña un ojo—. Yo nunca pierdo, ¿por quién me tomas?

«Por el mismísimo diablo».

El juego empieza y elegimos el queso rojo.

Definitivamente, Nico es igual de malo en estas cosas que Vega. El castaño dibuja algo que parece un hipopótamo, pero que resulta ser distinto por completo y acaban perdiendo el primer turno. En cambio, Carola y Gael van un poco mejor, ambos ya han conseguido superar la prueba de las marcas y de las preguntas; sin embargo, fallan en las palabras prohibidas, y nos toca por fin.

Lanzo el dado y muevo la ficha.

—Mímica —señala Iván—. Lo hago yo.

—¿Y eso por qué?

—Porque se me da muy bien.

—Ya, y a mí también.

Sin darle tiempo a rechistar, me levanto y cojo una de las cartas; no pienso dejar que nuestro futuro en este juego dependa de sus capacidades limitadas. Quiero ganar a toda costa, incluso si eso significa compartir la victoria con él.

—¿Preparados? —anuncia Nico. Los ojos verdosos de Iván conectan con los míos y asentimos—. ¡Tiempo!

Leo lo que nos ha tocado y, unos segundos después, ya estoy moviendo el cuerpo.

—¿Estás duchándote?

Niego con la cabeza.

—¿Te pica el cuerpo?

Suspiro y le miro mal.

—Vale, vale. —Alza las manos en son de paz—. Hazlo mejor, que parece que te está dado un ataque epiléptico.

Pongo los ojos en blanco y bufo.

Trato de colocar los brazos mejor y exagero un poco los movimientos, esperando que así lo pille.

—¿Un mono?

Afirmo con la cabeza corriendo y entonces empiezo a moverme de forma diferente.

—¿Montando a caballo? —Niego con la cabeza—. ¿En bici?

Empiezo a dar saltitos y le señalo.

—¡Un mono montando en bici!

Justo en ese momento Nico grita «¡Tiempo!» e Iván se levanta, emocionado.

—¡Hemos ganado!

—Sí, gracias a mí —le digo molesta—. ¡Era evidente que estaba imitando a un mono! ¿En qué estabas pensando?

—Era tan divertido verte haciendo contorsionismo que no podía desaprovechar la oportunidad de disfrutar un ratito de ello. —Me dedica una sonrisa fanfarrona.

—Serás...

—Bueno —nos avisa Vega—, tirad, que os toca de nuevo por haber ganado.

Durante la siguiente media hora Iván y yo nos hacemos con el juego por completo.

A pesar de que la primera prueba casi la perdemos por el muy idiota, las demás nos las tomamos en serio y vamos superándolas sin problema. La verdad es que el rubio es casi tan competitivo como yo (aunque no tan bueno, por más que le joda), y poco a poco nos entendemos mejor y nos centramos en nuestro objetivo: ganar.

Acertamos todas las tarjetas a la primera, hasta el punto de que los demás se quejan por no poder jugar.

Me lo estoy pasando genial viéndoles las caras.

Cuando llegamos a la última ronda, el rubio me aparta y me dice en susurros:

—Es ahora o nunca, rubita. Concéntrate.

—Aplícate el cuento —contesto.

—Quiero ganar.

—Y yo —digo con suficiencia—. Nunca pierdo.

Ambos nos miramos, decididos. Casi parece que nuestra vida dependa de ello.

—Bien... —empieza Gael—. Solo os queda el de las palabras prohibidas.

Iván mira la tarjeta y me dedica un gesto serio.

Asiento, preparada.

—Vamos allá. —Cuando gritan «¡Tiempo!», empieza—: Personaje malvado con poderes que pertenece a uno de los universos de superhéroes con más éxito en la actualidad.

—¿Loki?

Niega con la cabeza.

—¿Soldado de invierno?

Vuelve a leer la tarjeta y dice:

—Quiere acabar con la mitad de los..., eh..., de las personas que viven en cada planeta.

—El tiempo se acaba —avisa Vega con voz cantarina.

—¿Thanos?

—¡Fin! —grita la morena.

Miro a Iván, esperando que me diga si he acertado.

El rubio me dedica una sonrisa de suficiencia.

—¡Lo conseguimos!

Doy un pequeño grito de emoción y me levanto de la silla. Iván me estrecha entre sus brazos y ambos nos ponemos a hacer el tonto mientras celebramos nuestra victoria.

—Son lo peor —oigo que dice Nico.

—Por lo menos ya se llevan mejor —responde Carola.

Me separo corriendo de mi compañero de juegos en cuanto escucho eso y carraspeo.

—Ha estado bien, sí —me limito a decir.

Vega suelta un bostezo y empieza a levantarse.

—Bueno, muchas gracias por invitarnos, chicos.

La miro con la boca abierta.

—¿Qué? ¡No os podéis ir ya!

Carola y Gael imitan sus movimientos y empiezan a ponerse las chaquetas.

—Nuri, ya es muy tarde, pero ¡repetiremos otro día! Lo hemos pasado genial. —Carola se acerca y me da un pequeño abrazo.

—Pero aún no tenemos ganador —me quejo.

—¿Cómo que no? —se extraña Nico—. Iván y tú.

Suelto un bufido.

—Aun así, tendremos que ver quién de los dos es el mejor.

La morena me mira divertida.

—Tú eres nuestra ganadora siempre —me susurra al despedirse en tono de guasa.

—Ja, ja, muy graciosa —respondo indignada.

Ambas parejas cruzan la puerta unos minutos más tarde, dejándonos a solas.

—Ha estado guay, ¿no? —dice Iván tras volverse hacia mí.

Su sonrisa de superioridad hace que ponga los ojos en blanco.

—Venga ya, admítelo —insiste mientras recojo algunos de los platos del picoteo—. Lo has pasado bien.

Me mantengo en mis trece y no le dirijo la palabra. El juego ya ha terminado y no tengo por qué hablar con él, y mucho menos darle el gusto de confesar que me ha encantado el plan que ha montado. Sin embargo, el rubio no se da por vencido, y cuando vuelvo al salón, dispuesta a guardar uno de los juegos de mesa, se interpone en mi camino y me impide avanzar otro paso más.

Lo miro exasperada y me cruzo de brazos.

—Somos un buen equipo —dice.

—No te flipes.

Intento pasar por su lado, pero se mueve y vuelve a bloquearme el camino.

—Hemos ganado.

Suelto una pequeña carcajada.

—Gracias a mí.

—A los dos —me corrige—. Si no fuera por mí, aún estaríamos respondiendo las dichosas preguntas.

—Y si no fuera por mí, seguiríamos intentando que aprendieras a dibujar —contraataco.

Su pecho vibra a causa de la risa.

—Cuando quieras, hacemos la revancha, rubita.

—Para eso tendría que apetecerme pasar tiempo contigo, y no es el caso.

Da un paso más hacia mí, haciendo que nuestros cuerpos queden peligrosamente cerca, pero no me dejo amedrentar y no me muevo ni un centímetro.

—Aaah... Así que es eso.

—¿El qué? —pregunto extrañada.

Acerca sus labios a mi oído y susurra:

—Te da miedo enfrentarte a mí porque sabes que puedes perder.

Suelto un resoplido.

—Me da pereza, que es distinto. Me gustan los retos de verdad, no esto.

Cuando su mirada se posa de nuevo sobre la mía, espero encontrar en su rostro un gesto ofendido o frustrado; en cambio, lo que encuentro es una mirada decidida. En sus ojos veo un desafío, pero uno que no tiene nada que ver con juegos de mesa.

—¿Así que quieres algo más emocionante?

Trago saliva.

—Yo no he dicho eso.

—Pero lo piensas.

Me quedo callada.

No entiendo qué estoy haciendo, por qué no me alejo de Iván y me meto en mi habitación, como quería hacer desde que he llegado a casa. Llevo días pasando olímpicamente de él y este sería un momento perfecto para demostrarle que no me afecta lo más mínimo su presencia ni lo que ocurrió el otro día.

Y, sin embargo, aquí estoy. Es como si mis piernas se negaran a moverse cuando están cerca de él. Mis ojos buscan los suyos de forma instintiva, y me doy una reprimenda mental. Es tan fácil perderse en ellos que, con que pase más de dos segundos en esta posición, estoy vendida.

Puede que lea algo en mi mirada que le indique lo que estoy pensando, porque de repente me parece que se pone algo más nervioso y su gesto divertido cambia a uno mucho más serio.

—Siento lo del otro día, de verdad.

Tomo una bocanada profunda de aire. Su voz casi es un susurro que se cuela por mis oídos y me hipnotiza.

—No tienes que disculparte —digo cuando han pasado unos segundos, y eso le sorprende.

En el fondo, es la verdad. Yo fui la tonta que se creyó que estaba pasando algo más cuando siempre he sabido que jamás sucederá algo entre Iván y yo, es antinatural e inviable. Él fue un idiota, sí, pero no me debe nada.

Nunca lo ha hecho, en realidad.

—Sí que tengo que hacerlo —responde.

Niego un tanto con la cabeza.

—No pasó nada. —Lo digo más para convencerme a mí misma que a él—. Y estabas esperando a Natalia. Por muy mal que me caiga, siempre he sabido que tenéis algo.

—Vale, sí, hemos tenido algo alguna que otra vez, pero ese día no habíamos quedado por eso.

Lo miro, extrañada.

—La noche anterior me la encontré de fiesta—me explica—. Iba muy borracha y me ofrecí a acompañarla a casa, ya está. Por la mañana me dijo que quería venir a darme las gracias y ponernos al día porque hace tiempo que no nos vemos, y me pareció bien.

Me quedo unos segundos callada, registrando todo lo que me ha contado.

—Vale.

—¿Vale?

Asiento con la cabeza.

—¿Qué quieres que te diga? Es tu vida, no me importa. —Revisto mi cara de un gesto serio, esperando que pase del tema y acepte mi respuesta.

Pero claro, es Iván. No va a dejarlo estar.

—Nuri…

—Hay algo que no entiendo —le corto—. Fuiste tú el que afirmó que no podía haber nada entre nosotros y ¿ahora me vienes con esto?

Se encoge de hombros.

—Puedes decirme que soy un hipócrita —responde entonces—. A lo mejor lo soy, o un ingenuo por haber pensado que poner esa regla serviría de algo, pero solo me dejo llevar por mi instinto.

Suelto una risa irónica.

—¿Tu instinto? ¿Y qué te dice? Si se puede saber.

No se deja achantar por la burla que desprende mi voz; en cambio, acerca su rostro al mío y me dedica una mirada intensa.

—Que lo que vi en tus ojos aquella mañana no era simple odio. De hecho, es lo mismo que veo ahora. No puedes esperar que lo olvide y ya está. Las cosas no funcionan así.

—No puedes estar viendo nada, porque no lo hay. —La

voz me sale más temblorosa de lo que pretendía y me maldigo para mis adentros.

Me dedica una mirada intensa que me deja sin aliento.

—Te aconsejo que no hagas eso.

—¿El qué?

Traga saliva y se aproxima un poco más.

—Fingir que no sientes nada y ponerme las cosas más difíciles. —Su voz es tan solo un susurro, su nariz roza la mía—. Porque no sirve de nada, ya sabes que me encantan los retos.

Los ojos verdes de Iván me escrutan la cara, esperando que le diga o haga algo, buscando una pista que le indique si sus palabras me han afectado de alguna forma, pero trato de contenerme. Durante unos segundos, al menos.

Mis piernas rehúsan moverse y mi respiración se agita al ver cómo su pecho sube y baja, algo nervioso. Sin embargo, su mirada es seria, decidida. Se desliza por mis labios, traga saliva y, de manera inconsciente, me inclino un poco hacia delante.

La tensión flota entre los dos mientras nos miramos, el aire se intensifica y de repente parece que la temperatura del salón sube varios grados.

Quiero decir algo, lo que sea, y no se me ocurre nada.

«Vete, Nuri».

Pero se me hace imposible, he perdido la batalla contra mí misma.

E Iván lo sabe.

En un pestañeo sus labios se posan sobre los míos.

Al principio es algo suave, parece que está tanteando el terreno. Me besa con cautela, dándome la oportunidad de apartarme si quiero.

Pero no lo hago. En cambio, espanto todas las voces de mi cabeza que ahora mismo se agitan nerviosas y le devuelvo el beso con ganas, unas que no tengo ni la menor idea de dónde salen y, sin embargo, ahí están, furiosas, ansiosas, hambrientas. Disfrutando de cada segundo.

Su lengua se introduce en mi boca con agilidad cuando percibe el permiso y se apodera de mis labios. Apenas puedo respirar, sus manos se posan sobre mis caderas, apretándome aún más contra él sin darme tregua, y un intenso fuego se adueña de cada centímetro de mi piel y hace que prácticamente me derrita contra su pecho.

Alzo una mano y le acaricio el pelo de la nuca.

Este beso es completamente distinto a aquel que nos dimos hace lo que ahora parece una eternidad.

Entonces fue algo sencillo, intenso, primerizo.

Pero este... Este no tiene nada que ver.

Iván besa como si hubiera estado diseñado para ello. No es un beso bueno y ya está, es ensordecedor; parece que sabe lo que necesito y cuándo lo necesito de manera instintiva, y no duda en dármelo, provocando que pierda el sentido con ello. Un gemido ahogado escapa de mi garganta cuando muerde por un instante mi labio inferior y su nariz roza la mía. Nuestros alientos se entremezclan agitados, y yo solo puedo pensar en que quiero más.

Ahora que he probado de nuevo cómo saben, siento como si una droga se hubiera colado en mi sistema y me crease una nueva adicción.

Adicción a él, a sus dichosos ojos verdes, algo nublados cuando volvemos a mirarnos. A sus manos, demasiado suaves, que se han colado por el bajo de mi camiseta y me provocan escalofríos. A su respiración ligeramente entrecortada y a su olor a coco, que ahora impregna todo mi ser.

A todo él.

Y eso no es nada, pero nada bueno.

14

Catástrofe. Hecatombe. Cataclismo. Apocalipsis.

Esas son las palabras que no dejan de repetirse en mi cabeza desde que ayer por la noche probé los labios de Iván por segunda vez en mi vida.

Si lo buscas, la definición general de estas es: «Suceso desdichado en el que se produce una gran destrucción y muchas desgracias con una grave alteración del desarrollo normal de las cosas». Y, tras analizarlo, he llegado a la conclusión de que se ajusta a la perfección a lo que pasó.

Estoy segura de que mucha gente pensará que estoy siendo una exagerada. ¿Darme un beso con Iván supone todo eso?

Rotundamente sí.

Haber caído de nuevo y, lo más importante, haber sido yo la que lo profundizara mientras sentía la necesidad imperiosa de que nunca terminara el dichoso beso con mi insufrible compañero de piso y archienemigo de toda la vida ha supuesto la destrucción de todos esos muros inquebrantables (o eso creía yo) que construí hace tanto tiempo. Ha hecho que todas aquellas veces que reprendí a mis amigas y les di el discursito justificando lo indeseable que era Iván queden ahora en una gran mentira. Ha causado que me traicione a mí misma y que, está claro, «el desarrollo normal de las cosas» no solo quede alterado en su totalidad, sino destruido por completo.

En resumidas cuentas: liarme anoche con Iván ha provocado el mayor de los desastres.

No solo por todas las cosas que he enumerado, sino porque (y esto nunca lo voy a admitir en voz alta) me gustó.

Mierda, me encantó.

Por eso, cuando ayer fui capaz de volver a respirar y mis ojos conectaron con esos iris verdes tan hipnóticos, colapsé.

Creo que mis piernas no se han movido tan rápido en la vida.

En cuanto mi mirada se topó con la suya fui consciente de lo que acababa de pasar y de las posibles consecuencias de ello. La burbuja se rompió y dejó tras de sí a una Nuri incapaz de articular palabra. Así que hice lo único que se me ocurrió y me encerré en mi habitación, dejando a Iván plantado en mitad del salón con la cara de confusión más grande de la historia.

Y ahora estoy aquí, mirando fijamente la pantalla del ordenador de la oficina fingiendo que trabajo en mi artículo de esta semana cuando lo que estoy haciendo en realidad es plantearme mi existencia.

—Nuri. —La voz de Marina me saca de mi cacao mental y parpadeo—. ¿Estás bien?

—Sí, claro —respondo enderezándome en el asiento—. ¿Por qué lo dices?

Con una media sonrisa, arrastra su silla hacia mí y le echa un vistazo a mi pantalla.

—Porque llevas una hora sin moverte ni un centímetro y, por lo que veo, has buscado en internet «Maneras de sobrevivir a una catástrofe» —lee en voz alta—, cuando tengo entendido que esta semana te toca cubrir un partido de baloncesto.

Me muerdo el labio inferior y muevo el ratón, sustituyendo el buscador por el borrador de mi artículo.

—¿Alguna vez te has liado con quien no debías?

Lo suelto sin pensar, pero la realidad es que de verdad estoy interesada en su respuesta. Después de estar un mes trabajando juntas, Marina ha pasado de ser una compañera de oficina a una amiga; nos tiramos más horas de las que deberíamos en la sala del café, hablando de nuestras cosas, y he cogido cierta confianza con ella. Además, necesito hablar de lo que ha sucedido con alguien. Si no lo hago, es posible que me vuelva loca.

La morena, en vez de extrañarse por mi pregunta, se reclina en el respaldo y me mira con una sonrisa.

—Más veces de las que me gustaría.

—¿Y qué haces luego?

—Pues depende, si no me ha gustado y encima va a tener consecuencias paso de él —responde segura—. Y si me ha gustado repito.

—¿Sin importarte las consecuencias?

—Chica, hoy en día es tan difícil conectar con alguien que ya tienen que ser muy graves para negarme a disfrutar de ello.

—¿Y si lo son? —Me inclino hacia delante y le hablo en un susurro—: Las *más graves*, tanto que podría afectar a mi grupo de amigos, mi vida en Madrid y, lo más importante, mis valores.

Entrecierra los ojos, ahora mucho más curiosa que antes.

—¿Qué has hecho, tía? No te habrás liado con el ogro.

Pongo cara de asco al pensar en mi jefe, es una imagen que habría preferido ahorrarme.

—¿Qué? ¡No!

«Con alguien mucho peor».

—¿Entonces...?

Me muerdo el labio inferior, indecisa.

—Es con un tío con el que me llevo fatal de toda la vida —decido contestar—. Que pase algo entre nosotros sería como atentar contra las leyes de la naturaleza. Es ridículo, ¡no pegamos ni con cola!

—Y, sin embargo, ha pasado —responde.

—Por desgracia, sí.

—Y quieres repetir.

—¡Ni de broma!

—No era una pregunta —aclara divertida.

Le dedico una mirada de suspicacia y resoplo.

—No va a volver a pasar. —Trato de sonar segura.

Marina apoya la espalda en la silla y vuelve a arrastrarla hacia su mesa.

—Si estás tan convencida de ello, ¿por qué te preocupas tanto? Que se quede en un mal recuerdo y ya está —dice con voz cantarina y, entonces, me guiña un ojo—. Tuvo que ser horrible, si estás así.

—La peor experiencia de mi vida —refunfuño mientras vuelvo a fijar la vista en el ordenador.

No me pasa desapercibida su risa silenciosa, pero decido ignorarla y centrarme de una vez en mi artículo. Aparto de mi mente todos los pensamientos que incluyen a Iván, sus labios o sus manos asquerosamente suaves.

Cuando salgo de la oficina tres horas más tarde, no he conseguido escribir ni una mísera palabra.

Después de estar toda la tarde en la biblioteca, ir al supermercado a por cosas que no necesito y dar tres vueltas al barrio con la excusa de que hace buen tiempo, llego a casa.

No me reconozco. No entiendo por qué estoy tan nerviosa ni por qué siento como si las piernas fueran a flaquearme de un momento a otro. Solo es Iván, por Dios. Sí, ayer nos dimos un beso tonto, ¿y qué? Se va a quedar en eso y ya está, yo no quiero que vuelva a suceder y estoy segura de que él tampoco después de que lo dejara ahí plantado.

Para el rubio eso era un reto, un juego, más bien. Y para mí fue un error, un lapsus en toda regla. Algo que ambos vamos a olvidar en cuanto todo vuelva a la normalidad.

Así que tomo una bocanada profunda de aire y, tras estar más minutos de los que me gustaría mirando la cerradura y replanteándome mi existencia, abro.

Pero a pesar de que llevo todo el día preparándome para este momento, me quedo paralizada en cuanto pongo un pie dentro del piso.

—Hola.

Iván me mira desde el salón, de pie, con un plato entre las manos junto a la mesa del comedor. Lleva puestos esos pantalones de chándal grises que tantas veces le he visto por casa y una camiseta básica blanca con el dibujo de una rana en medio. En cualquier otra ocasión no me habría afectado lo más mínimo verlo así, pero después de lo que pasó anoche... un cosquilleo para nada bienvenido recorre mis labios y baja peligrosamente por mis piernas.

—Hola... —respondo con vacilación.

Al cerrar y adentrarme un poco más en la estancia, me doy cuenta del lío que hay montado en la cocina: está repleta de ingredientes aquí y allá, el horno está encendido y un olor que provoca que me rujan las tripas lo inunda todo.

Dirijo mis ojos hacia la mesa y veo que hay cubiertos para dos personas.

Carraspeo, un poco incómoda. Dejo las cosas que he comprado en el suelo junto a mi bolso y digo:

—¿Esperas a alguien? Yo puedo picar cualquier cosa en mi habitación y así no molesto.

«Ni tengo que verlo».

Debería sentir algo de alivio, ¿no? Iván ha hecho como si no hubiera pasado nada. Puede que haya invitado a Natalia a cenar, como el día del desayuno, aunque habría agradecido que me avisara y así ahora mismo no tendría ganas de irme a dormir a un banco en la calle en vez de tener que escucharlos coquetear toda la noche.

—Eh..., no. Es para ti —responde revolviéndose el pelo—. Y para mí —aclara con una media sonrisa—. He pensado que tendrías hambre.

Decir que me deja boquiabierta sería quedarme corta. Ahora mismo no sé muy bien qué pensar. ¿Está haciendo esto por algún motivo oculto? ¿Quiere hablar sobre lo que pasó anoche? En mi cabeza suenan mil alarmas distintas. Casi todas me dicen que no lo haga, que es mejor que le diga ya lo que pienso y que dejemos las cosas tal y como están, sin líos ni conversaciones incómodas. Hacer como si fuera una tirita: cuanto más rápido, mejor.

Pero, tras sopesarlo durante unos segundos, acabo ignorándolas todas. En parte porque quiero hacerlo bien y no complicar esto más, pero también porque la curiosidad por saber lo que piensa me mata, así que afirmo con la cabeza y me siento.

—Vaya..., gracias. ¿Quieres que te ayude en algo? —me ofrezco por tratar de ser amable.

—Ya casi está lista, no te preocupes.

Lo observo dirigirse al horno y apagarlo. La camiseta se ciñe a sus hombros y hace que los músculos de sus brazos se marquen todavía más.

Cojo la servilleta y me abanico con ella, repentinamente acalorada.

—*Et voilà* —dice con una sonrisa—. Pizza cuatro quesos, especialidad del chef.

—No sé qué me sorprende más, que la hayas presentado en francés o que todas esas cosas que veo en la encimera hayan dado como resultado esto —contesto divertida. Juraría que había visto alcachofas, olivas negras, atún...

Se rasca la cabeza y deja el plato sobre la mesa mientras se sienta a mi lado.

—*Buon appetito*, entonces —rectifica—. La idea era hacer dos, una cuatro estaciones y esta, pero puede ser que la primera se haya chamuscado un poco.

—¿Un poco?

—Casi vienen los bomberos —admite.

No puedo evitar reírme.

Algo dentro de mí se deshace ligeramente al pensar en la posibilidad de que Iván haya querido hacer justo mis dos pizzas favoritas, pero quizá tan solo sea casualidad, ¿no? Aunque no puedo evitar recordar aquella vez que las chicas y yo nos fuimos a cenar y se trajeron a los chicos. Estuve tanto tiempo debatiéndome entre si pedir una u otra que al final Carola acabó compartiendo conmigo.

Pero es imposible, claro. Para eso Iván habría tenido que fijarse en mí, y por aquel entonces nos odiábamos a muerte.

Al igual que ahora, por supuesto, aunque ayer nos besáramos y en este momento estemos cenando como si fuéramos dos compañeros de piso normales... Es solo una pequeña pausa en nuestra enemistad, supongo. Una bandera blanca izada a tiempo para que las cosas no se confundan ni se salgan de madre.

Cojo el trozo que me ofrece y le doy un mordisco. La verdad es que está riquísima, así que no tardo en hacerme con otro y ponerlo sobre mi plato.

—Está tan buena que no voy a preguntarte si la has envenenado.

—¿Y si fuera así?

—En ese caso seguiría comiendo, total, ya estaría intoxicada. Mejor morir con la barriga llena que hacerlo hambrienta.

—Es una buena decisión.

—Lo sé.

Le dedico una mirada de suficiencia y doy otro mordisco.

Iván me observa divertido mientras mastica. Nunca me había dado cuenta de que cuando se ríe sus ojos se entrecierran un montón, el verde que los caracteriza casi desaparece y su cara es toda hoyuelos y pecas aquí y allá. Es uno de esos gestos que se contagian, lo que pasa es que a mí nunca me había ocurrido, no con él. Supongo que porque estaba más ocupada sacándolo de quicio que provocándole una carcajada.

De repente, me siento un poco triste al pensar en todas las sonrisas suyas que me he perdido.

—¿Te meten mucha caña en las prácticas?

Suelto un resoplido.

—Bueno, me tienen ahí todos los días, a veces más horas de las que toca, con trabajos que se supone que no debería estar haciendo, así que supongo que en ese sentido sí. Pero no me importaría si al menos estuviera aprendiendo algo.

—¿Sientes que no es así?

—Mi jefe pasa de mí, solo me habla para mandarme el artículo que me toca cada semana o para echarme la bronca cuando se me ocurre proponer algo nuevo. Creo que lo único que estoy descubriendo es que la manera en la que funcionan los periódicos es una mierda y que lo de la libertad de expresión es un mito. —Es entonces cuando caigo en algo—. Por cierto, ¿tú no tienes prácticas?

Me avergüenza un poco haber estado viviendo con él casi dos meses y no saberlo. Sé que por las mañanas tiene clase y que antes de ir sale a correr, al igual que yo, pero nada más. Por las tardes yo suelo ir a clase y estudiar en la biblioteca, por lo que cuando llego a casa Iván está ya en su habitación.

—Las hice el año pasado —me explica—. Iba bien en las asignaturas y decidí probar en una empresa que se dedica al análisis y el diseño de soluciones para cuestiones medioambientales.

—¿Y te gustó?

Asiente con la cabeza.

—No me encantaba, pero era interesante. Siempre me han gustado mucho el mar y los animales.

—Sí, me acuerdo de tu tortuga Peggy —recuerdo.

—Era genial. —Se ríe.

—Te la llevabas a clase y los profesores siempre tenían que llamar a tus padres para quejarse. —Pongo los ojos en blanco—. Sabías que su nombre es el mismo que el de un cerdo, ¿no?

—¡Eh! —se queja, ofendido—. Era pequeño y me parecía gracioso.

Me termino el último trozo mientras me cuenta una de las tantas broncas que sus padres le echaban cada vez que se la llevaba del terrario.

—¿Y qué quieres hacer cuando acabes la carrera? —pregunto al cabo de un rato.

Iván también ha terminado, así que se recuesta en la silla y me mira.

—Sacarme un máster en Biología marina. Me vine a Madrid porque quería estudiar en una ciudad nueva algo más ambiguo dentro de ese ámbito, ya sabes, por si luego cambiaba de opinión. Pero ahora lo tengo más claro que nunca, mi vida está cerca del mar.

Me quedo unos segundos pensativa mientras le doy vueltas a su respuesta. Me encantaría saber dónde está mi vida, pero siento que no soy de ningún sitio y, al mismo tiempo, sí. Nací y crecí en Murcia, adoro a mi madre y allí conocí a Vega y a Carola, se supone que debería sentirlo como «mi sitio», ¿no?

Sin embargo, no es así. Hace unos meses creía que tenía claro mi futuro, pero ahora me siento totalmente perdida. Estoy en unas prácticas que lo único que hacen es desmotivarme cada día más, no sé qué quiero hacer cuando acabe y vivo en el piso del chico que juré y perjuré que jamás soportaría durante más de cinco minutos.

—Eh... —Iván me devuelve a la realidad. Se acerca un poco más a mí y me dedica una mirada seria—. ¿En qué piensas?

Sopeso durante unos segundos decírselo de verdad. En cambio, suelto lo que llevo callándome desde que he entrado por la puerta.

—Iván, ¿por qué has hecho esta cena?

—Mmm... ¿Porque me apetecía? —responde con guasa.

Suspiro.

—¿Y no es por lo que pasó ayer?

Se encoge de hombros.

—Sí, también.

No lo entiendo. Lo dice tranquilo, como si que nos besáramos no fuera lo más raro y antinatural del mundo.

Debe de ver algo en mi gesto confundido porque sigue, esta vez en un tono de voz algo más serio:

—¿Querías que te dijera algo como: «Estoy arrepentido y no puede volver a pasar»?

—Pues sí —admito.

Me sostiene la mirada un breve instante.

—Solo voy a decirte eso si me respondes a una pregunta.

Asiento, un poco dubitativa.

—¿Te molestó el beso? —dice entonces—. ¿Te hice sentir incómoda?

La estupefacción se adueña de mí en cuanto lo escucho. ¿Incómoda? Pues claro que me hizo sentir así, pero no de la manera en la que él se piensa, sino porque no logro entender cómo pude llegar a disfrutar tanto de algo que debería haber repudiado. Por eso no puede volver a suceder.

—No —acabo por responder. Por más que no soporte a Iván la mayor parte del tiempo, eso no quiere decir que quiera que se sienta mal por lo que pasó. Yo era plenamente consciente de todo—. Pero fue un error...

Se queda en silencio sopesando mi respuesta, aunque no me parece que le haya sorprendido para nada. Aun así, el ambiente se enrarece y se tensa tanto que me levanto, recojo los platos y los llevo al fregadero, buscando cualquier excusa para alejarme de él y poner en orden mi cabeza.

—Entonces no puedo decirte eso.

Escucho cómo se levanta y, un segundo después, lo tengo a mi lado. Sin embargo, no alzo la vista del cubierto que estoy fregando.

—Ni me arrepiento ni quiero que no vuelva a pasar, Nuri. El caso es... ¿qué quieres tú?

Su pregunta impacta de lleno en mi pecho y hace que suelte un suspiro sonoro. Mierda, mierda, mierda...

Posa su mano derecha sobre las mías, llenándose de jabón y agua, y por fin consigue que levante los ojos y lo mire.

—Iván —digo tratando de aparentar seguridad—. Tú y yo... No tiene sentido.

Ambos nos quedamos callados con nuestras miradas enredadas y me dedica un gesto cargado de intensidad. No noto confusión en sus ojos, ni siquiera enfado, más bien es como si se hubiera esperado mi respuesta y estuviera preparado para rebatirla.

—¿De qué tienes miedo, Nuri?

—De nada.

Pero la voz no me sale muy convencida.

Ladea su cuerpo hasta quedar por completo frente a mí, con las manos aún cogidas. Tengo que alzar un poco la cabeza para poder mirarlo directamente.

—Mentirosa —susurra.

Yergo los hombros, tratando de aparentar confianza, y le dedico un gesto seguro.

—Iván, para tener miedo de algo ha de importarme, y tú no lo haces.

Una sonrisa socarrona aparece en sus labios.

—Demuéstralo, entonces. Si tan poco te importo, no te supondrá un problema volver a besarme. Total, para ti solo es un beso, ¿no? No significa nada. —Cuando ve que dudo, sonríe de esa forma que tanto me saca de quicio—. ¿Ves? No eres capaz.

Leo el reto en sus ojos y me muerdo el labio inferior.

Será...

No sé si es por el desafío que flota entre nosotros ahora mismo, por la tensión sexual que hay en el aire o porque quiero demostrarle (también a mí misma) que de verdad me importa una mierda.

La cuestión es que caigo en sus provocaciones, como una tonta.

Mis labios chocan con los suyos de una manera decidida y algo agresiva, como si con ese gesto quisiera transmitirle de lleno todo lo que lo detesto.

Iván no tarda en responderme. Sus manos me rodean la cintura con firmeza y me pega a él aún más, haciendo que apenas quede un centímetro de nosotros que no esté en contacto.

Esto no tiene nada de romántico, es todo furia contenida y pura atracción física. O, al menos, de eso intento convencerme. Pero esa forma de besarme, de tocarme, hace que me derrita.

Decido disfrutar de ello sin pensar en nada más.

Le hundo las manos en el pelo mientras me agarra por detrás de los muslos y me levanta. Lo rodeo con las piernas y mi cara queda unos centímetros por encima de la suya. Nuestras lenguas siguen enredadas sin darse tregua, y un pequeño gemido escapa de mis labios cuando me aprieta contra él y noto su erección entre mis muslos.

—Conque no te importo, ¿eh? —murmura con voz ronca entre beso y beso—. Vas a tener que demostrármelo mejor, rubita.

Desliza su boca por mi mandíbula y mordisquea ese punto exacto en mi cuello, bajo mi oreja, provocando que un escalofrío me recorra todo el cuerpo.

—¿Eso es lo único que tienes? —Respiro de forma entrecortada—. Menuda decepción.

El rubio sonríe con socarronería y, aún conmigo entre sus brazos, nos guía a su cuarto.

No sé qué estoy haciendo, no lo entiendo. Pero no quiero parar, no ahora.

Me posa sobre su escritorio con un cuidado que contrasta con la agresividad con la que seguimos besándonos y tocándonos. Escucho cómo varios objetos de la mesa se caen al suelo mientras roza con las yemas de sus dedos la piel de mi estómago, bajo mi camiseta, unos segundos antes de quitármela.

Noto que ahoga un gemido cuando sus ojos recorren mi sujetador. Imito sus movimientos y me deshago de su parte de arriba para quedar en igualdad de condiciones. Acaricio su pecho mientras él aprieta ligeramente el mío, haciendo que la temperatura de mi cuerpo ascienda varios grados y que tenga que reprimir un suspiro.

Sus labios vuelven a apresar los míos y nuestras lenguas se mueven juntas mientras nos tocamos sin pudor. Bajo la mano y acaricio su erección por encima de los pantalones.

—Parece que a ti todo esto sí que te provoca algo... —murmuro con seducción.

El rubio me agarra del culo y me pega todavía más a él, haciendo que suelte un pequeño ruido cuando lo noto presionando mi centro.

—Es que yo nunca he dicho que no me importara.

Le desabrocho los pantalones mientras él se encarga de los míos. No tardamos mucho en quedarnos en ropa interior. Nos volvemos a besar con ganas. Iván me agarra de nuevo, tratando de levantarme para llevarme a la cama, pero me resisto un poco.

—Aquí —digo decidida.

—No.

—Iván... —Un gemido estrangulado escapa de mis labios cuando noto su pene contra mi entrepierna con más fuerza.

—La primera vez que te oiga gritar mi nombre no va a ser así.

Sus ojos me miran con una intensidad que me quita el aliento y lo único que alcanzo a decir es:

—No estés tan seguro de eso.

—Ya lo veremos.

Mi espalda toca la cama tan solo unos segundos después.

Iván me mira desde arriba y no separa sus ojos de los míos mientras me baja las bragas con una lentitud que me impacienta y enciende a partes iguales. Me incorporo un poco y tiro de sus calzoncillos.

No puedo evitar que mi mirada se centre en él. Parece un dios griego esculpido a la perfección. Sabía que estaba bueno por todas las veces que lo he visto por casa, pero esto... Cuando le miro el miembro, no puedo evitar tragar saliva.

Joder con Iván.

Se tumba encima de mí con cuidado, haciendo que cada parte de mi piel que entra en contacto con la suya sufra una descarga eléctrica.

Con agilidad, cuela una mano entre nuestros cuerpos y empieza a acariciarme el clítoris con destreza. Ahogo un gemido ronco y me muerdo la lengua.

Acerca sus labios a los míos y, rozándolos, murmura:

—Si tan poco te importa... —Mete un dedo en mi interior y me estremezco—. Debería parar, ¿no?

Una risa entrecortada escapa de su garganta cuando suelto un quejido, molesta al notar que se detiene.

—Ya decía yo —continúa.

Pierdo las fuerzas para hablar mientras suma otro dedo y empieza a moverlos en mi interior. Me remuevo, cachonda, disfrutando como jamás pensé que podría disfrutar del sexo con alguien. Todas las experiencias que he tenido hasta ahora han sido completamente diferentes. Fueron efímeras, buenas, aceptables. Pero Iván... Iván me vuelve loca y hace que sienta que en cualquier momento me voy a deshacer entre sus brazos.

Noto un pequeño cosquilleo en los muslos, anticipando lo que va a pasar, pero en ese momento aparta la mano de mí.

—Eh —me quejo—. ¿Tengo que explicarte de qué manera funcionan las cosas?

Observo cómo agarra un condón de la mesilla y se lo pone con destreza.

Me retuerzo mientras busco desesperada que entre en

mí. Entorna los ojos y acerca la cabeza para juntar su nariz con la mía.

—Quiero que te vayas conmigo y escucharte gemir mientras mi polla está dentro de ti.

Todo se queda en silencio a excepción de nuestras respiraciones agitadas.

Una oleada de fuego me atraviesa cuando Iván empuja hacia mí. Lo hace lento, con cuidado, como si tuviera miedo de hacerme daño, y siento que algo se tambalea en mi interior al ver su preocupación.

Aparto esos pensamientos de la cabeza y me muevo contra él para que profundice más. Iván intenta frenarme, pero no se lo permito y vuelvo a retorcerme bajo su cuerpo, provocándole, mientras le muerdo el labio inferior hasta que se rinde. Cuando la mete de nuevo lo hace con fuerza, sin miramientos, y soy incapaz de controlar el jadeo que sale de mis labios.

Le clavo las uñas en la espalda y se le escapa un gemido de la garganta.

Nuestros cuerpos se mueven, sincronizados, desesperados, dejando salir por fin esa tensión que había entre nosotros.

Mi autocontrol desaparece por completo mientras noto cómo las piernas empiezan a fallarme y un cosquilleo que reconozco amenaza con explotar.

Iván baja el rimo y me quejo.

—Eeeh…

—Dilo.

Me remuevo, buscando más contacto. La saca y la mete con una lentitud dolorosa.

—Dilo —insiste.

Resoplo, molesta y cachonda.

Empuja de nuevo dentro de mí y gimo.

—Iván... —suelto en un jadeo. Repite el movimiento, ahora con más fuerza, y pronuncio su nombre de nuevo sin siquiera darme cuenta—. Iván.

Nuestras respiraciones se tornan más y más desenfrenadas con cada embestida. Las yemas de sus dedos me acarician el pecho y su nariz roza la mía conforme nos movemos al unísono.

Esto, todo, parece irreal.

Mi cuerpo entero se tensa mientras grito su nombre por última vez y un millón de sensaciones me invaden. Iván suelta un gruñido bajo al mismo tiempo, dejándose llevar.

Aún palpitando en mi interior, me da un beso que termina de dejarme sin sentido y me estrecha contra su pecho entre jadeos.

Cierro los ojos y suelto un suspiro antes de caer rendida entre sus brazos.

15

Un rayo de sol se cuela por la ventana y hace que poco a poco abra los ojos, perezosa.

No entiendo por qué el despertador no ha sonado, o a lo mejor lo ha hecho y yo no me he dado cuenta, porque seguro que son más de las ocho de la mañana. Cierro los párpados de nuevo, irritados por la cantidad de luz que entra en la habitación. Como es sábado, decido darme a mí misma un capricho y quedarme remoloneando en la cama un ratito más.

Me siento rara o, mejor dicho, tengo un despertar raro. Noto cada parte de mi cuerpo como si hubiera tenido la sesión de sexo más intensa de mi vida.

Sigo medio dormida, así que achaco esa sensación al aturdimiento típico de cuando acabas de salir de un buen sueño.

Suelto un suspiro y me froto los ojos, llenos de legañas.

Estoy a punto de volver a caer rendida cuando… Un momento.

Es imposible que acabe de notar una caricia en mi cadera, ¿verdad?

Varios flashes aparecen en mi cabeza de golpe, unos que

dan sentido a lo agarrotadas que siento las extremidades y que hacen que mi corazón dé un vuelco violento. Me digo a mí misma que no puede ser, que debe de haber sido un sueño o algo, pero cientos de imágenes de lo que pasó anoche empiezan a sucederse sin parar en mi mente haciendo que me despierte por competo: Iván con la cara entre mis piernas, Iván rozándose contra mi centro, Iván introduciéndose en mí...

Iván, Iván, Iván.

Es como si tuviera resaca de él; las piernas doloridas y mis partes íntimas aún sensibles me recuerdan sin descanso lo que hemos hecho.

Es entonces cuando me doy cuenta de que no estoy sola en la cama. Su cuerpo está pegado al mío, transmitiéndome ese calor tan característico suyo e impregnando con su olor a coco cada bocanada de aire que tomo. Para cuando la caricia se repite, mis pulmones ya han colapsado por completo. Ahora mismo soy incapaz de respirar.

Me quedo petrificada, con miedo a abrir los ojos de nuevo.

«No puede ser».

Su pulgar se mueve otra vez, haciendo que mi piel queme allí donde siente su tacto. Me decido a separar los párpados y termino de comprobar dónde estoy realmente.

Lo primero que veo es el reloj que indica que son las diez de la mañana. Una de las paredes blancas está cubierta por un corcho repleto de fotos de Iván, recuerdos, banderas de cosas que no tengo ni idea de lo que significan, portadas de discos de algún que otro grupo de música y, sobre todo, pines de animales marinos.

De eso hay un montón.

El escritorio está algo desordenado, y entonces recuerdo que anoche insistí en hacerlo allí y no en la cama. Los papeles están arrugados, y los bolígrafos que contenía el estuche, esparcidos por la superficie y el suelo.

La habitación de Iván es enorme, prácticamente el doble o el triple que la mía, y frente a mí, junto a la silla, veo los pantalones vaqueros que llevaba ayer.

Siento que estoy viviendo en una simulación. Me muero de vergüenza y todavía más al pensar en tener que hablar de esto con él... Agarro la sábana gris, la aprieto un poco más contra mi pecho y, despacio, giro la cabeza.

El rostro de Iván, relajado, con el pelo un tanto alborotado y la comisura derecha un tanto levantada, como si estuviera soñando con algo excepcionalmente bueno, me impacta de lleno.

Trato de no entrar en pánico. Iván está dormido, ¿no? Su pulgar ahora está quieto, seguro que ha sido un movimiento inconsciente. Puedo salir de aquí sin hacer ruido, ya me enfrentaré a esto después.

O no, quién sabe.

Quizá pueda mudarme a Alaska, a algún sitio lejano en el que nadie me encuentre. Hace poco vi un documental sobre un hombre que vivía en una de esas montañas cubiertas de nieve y cuya única compañía era un husky siberiano.

Estoy sopesando los pros y los contras de irme a la otra punta del mundo con tal de no tener que enfrentarme a esta situación cuando Iván abre los ojos.

—Buenos días —murmura con voz ronca.

Esas dos palabras hacen que mi cuerpo entero salga de esa especie de trance en el que me encontraba.

No tardo ni un pestañeo en moverme hacia el borde de la cama, arrastrando conmigo la sábana, y levantarme de un salto.

—Eh... Buenos días. —La voz me sale demasiado chillona.

Iván hace una mueca y, sin pretenderlo, mi mirada se posa en su cuerpo.

Sí, está completamente desnudo. Y aunque él está desperezándose y con la mirada aún somnolienta, está claro que hay partes de su anatomía que no están para nada dormidas.

—¿Qué haces ya levantada? —pregunta mientras se tapa con un cojín y bosteza.

Tengo los ojos como platos... ¿Cómo puede ser que esté tan tranquilo?

—¿No estás flipando? ¡Nos acabamos de despertar juntos! Después de... —Trago saliva—. Bueno, ya sabes.

—¿Pasarnos toda la noche teniendo sexo?

Mis mejillas se sonrojan al instante. Mierda, ¿qué me pasa? Ni que yo fuera una persona puritana en cuanto al sexo se refiere. Pero, joder, es Iván...

Al ver mi gesto apurado, el suyo se vuelve algo más serio.

—¿Qué pasa?

Su pregunta resuena una y otra vez en mi cabeza como un eco. ¿Que qué pasa? Pues que es un desastre. Una cosa es darse un beso, pero esto es algo muy distinto. Se suponía que solo era un juego tonto, un desafío en el que yo le iba a demostrar a Iván que me da totalmente igual. En cambio, la presión que siento ahora mismo en el pecho me indica lo equivocada que estaba. No soy capaz de asimilar tantas sensaciones de golpe: vergüenza, arrepentimiento, tensión... Pero también fuego, calor al recordar todo lo que hemos hecho y algo desconocido y más profundo a lo que decido no dar vueltas en este momento.

Joder, Iván no tiene culpa de nada, tampoco quiero que se sienta mal. Todo ha sido consentido, me ha gustado demasiado, de hecho... Y eso es un problema enorme. No puedo afrontar esta situación, no ahora, al menos. Sé que es injusto, que yo misma entré en el juego, pero es que... No quiero sentir todas esas cosas, sean buenas o malas, no puedo permitirme albergar ningún tipo de sentimiento por lo que ha pasado porque eso significaría que, de alguna forma, Iván me importa lo suficiente para notar como si cada poro de mi cuerpo estuviera ardiendo.

Y eso no es nada bueno, porque yo no puedo, no quiero, sentir nada por nadie. Porque eso solo trae problemas y decepciones, y yo ya he pasado bastantes.

—Nada —termino por responder—. Solo tengo cosas que hacer.

Espero haber sonado convincente.

Su mirada pasa de estar seria a confusa. Creo que atisbo un poco de dolor en sus ojos, pero es algo tan rápido que no me da tiempo a comprobarlo.

—¿En serio? —Se sienta en la cama y apoya la espalda en la pared—. ¿Te vas a ir así, sin más?

Me quedo callada.

—Habla conmigo, Nuri —me pide entonces.

Cada parte de mi cuerpo se resiste cuando me dirijo hacia la puerta. Mi corazón se encoge un poco al sentir su mirada sobre mí, pero no me achanto.

—No tengo nada que decir... Me pediste que te demostrara que no me importaba y ya lo he hecho.

Traga saliva y yo bajo los ojos, incapaz de sostenerle la mirada.

—Mejor olvidamos lo que ha pasado, ¿vale?

Asiente con la cabeza y cierro la puerta.

Yo
QUEDADA DE URGENCIA
ESTO NO ES UN SIMULACRO

Carola
Qué ha pasado?

Yo
Os lo cuento en persona

Vega
Pero es grave?

Yo
Cuándo os he pedido yo una quedada de urgencia que no fuera grave?

Vega
El día en el que miraste mi horóscopo y te creías que me iba a morir...

Carola
La vez que tuviste un sueño con el actor ese que te encanta y viste superurgente contárnoslo en persona...

Yo
Cosas superimportantes! Pero lo de ahora... lo es aún más. Necesito veros. De verdad

Vega
En una hora en el bar?

Yo
Vale

Carola
Salgo ya

Sabes que las cosas no van bien cuando te plantas media hora antes de lo acordado en el bar en el que has quedado con tus amigas con el pelo hecho un estropicio y los restos de maquillaje de la noche anterior aún en la cara.

Pero es que no podía esperar. O, mejor dicho, no podía seguir en el piso sabiendo que Iván estaba en la habitación de al lado después de lo que ha pasado.

Así que me pido una cerveza y un pincho de tortilla porque, aunque tenga el estómago cerrado, sé que si no como nada voy a desfallecer, y espero a mis amigas mientras pienso qué les voy a decir.

Cuando les he pedido vernos, no he pensado muy bien las consecuencias de esta quedada; solo sabía que las necesitaba, necesitaba charlar con ellas y estar juntas un rato. Saber que aún hay algo en mi vida que sigue en orden y no es un caos.

Sin embargo, cuanto más lo pienso, más nerviosa me pongo. ¿Cómo se lo voy a contar? Van a flipar... Y no sé si en el buen sentido o en el malo. Vega siempre me ha estado insistiendo en que haga buenas migas con Iván, pero de ahí a acostarme con él... Las cosas se pueden salir de madre. Mucho más que ahora, claro.

No me da demasiado tiempo a pensarlo porque, tan solo unos minutos más tarde, aparecen las dos al final de la calle.

—Nos hemos encontrado en el metro —me dice Vega mientras me da un abrazo.

—¿Estás bien? —Carola también se une, y quedo envuelta en un lío de brazos superapretados en torno a mi cuerpo y muchos besos en la mejilla.

—Sí... —miento—. Pero necesitaba veros.

Ambas se sientan y me miran, expectantes.

—¿Ha pasado algo? —pregunta preocupada la pelirroja.

Las palabras se quedan atascadas en mi garganta cuando las miro, dispuesta a contestar.

¿Y si fastidio las cosas? No creo que se enfaden, ellas no son así, aunque puede que esto cambie la dinámica del grupo. Por más que siempre me haya quejado de ello, Nico, Gael e Iván han hecho piña y siempre se unen a los planes con nosotras. Sé que a ellas eso les gusta mucho, y si ahora les cuento esto, puedo echarlo a perder.

Será más difícil vernos, tendremos que hacer planes más divididos y si ya me quejaba este año de verlas poco, me imagino cómo sería en ese caso y me vengo abajo... No quiero perderlas, a pesar de que sé que eso nunca va a pasar. Carola y Vega son como una familia para mí, pero aun así no quiero crear una situación en la que tengan que elegir, porque no es justo para ellas.

De repente, me agobio mucho. Trato de recogerme el pelo corto en un moño mal hecho y las vuelvo a mirar, acongojada.

—Nada, es que... —Trago saliva—. Os echo mucho de menos, eso es todo.

Ambas me dirigen una mirada de sospecha.

—Nuri, puedes contárnoslo, sabes que siempre te vamos a ayudar en lo que necesites —dice Vega con voz suave.

Los ojos se me llenan de lágrimas de repente y Carola acerca su silla un poco más a la mía.

—Es... —Duda unos segundos, mira a la morena y luego a mí—. ¿Es por tu padre?

La pregunta me pilla por sorpresa.

Ambas saben que es un tema tabú. Nunca les hablo de él, y eso que son mis mejores amigas.

Tampoco saben nada de las llamadas que he estado recibiendo. Una vez a la semana, como mínimo, tengo que colgar y bloquear un nuevo número a sabiendas de quién se esconde al otro lado del teléfono. No tengo nada que hablar con mi padre, ha sido así desde hace mucho tiempo y no entiendo qué ha cambiado ahora. Por lo general reaparece dos o tres veces al año y luego se da por vencido cuando ve que no sirve de nada, aunque últimamente está más persistente.

Comprobar que esa es otra de las cosas que les estoy ocultando hace que me sienta aún peor. Ellas están siempre para mí y nunca me han juzgado por nada, pero es que me cuesta demasiado hablar de este tema. Ni siquiera la psicóloga que mi madre contrató hace unos años sirvió de mucho.

Sin embargo, eso no quiere decir que desee mentir a mis amigas, así que les contesto:

—No. Bueno, no del todo... Son muchas cosas. —Suelto un suspiro—. Mi vida se ha puesto del revés y no sé cómo enderezarla. Os echo de menos y hoy he explotado, supongo.

Ambas pillan la indirecta y se quedan calladas. Me conocen lo suficiente para saber que no me apetece hablar del tema, solo estar con ellas e intentar olvidarme un poco de todo.

Son mi oasis, mi sitio seguro.

—Pues aquí estamos para ayudarte a poner en orden tu vida de nuevo o para disfrutar un poco del desastre, lo que quieras —dice Carola.

—Esta noche podemos dormir las tres en mi piso, si queréis —ofrece Vega—. Nico va a pasar el fin de semana en su casa para celebrar los dos años de rehabilitación de su padre.

Sonrío, agradecida.

—Y... una cosa más —empiezo—. ¿Podéis ayudarme a buscar piso nuevo?

Carola me mira sorprendida.

—¿Tan mala es la convivencia con Iván?

—Después de la noche de juegos de mesa, juraría que os veía mejor —añade Vega con suspicacia.

Niego con la cabeza, nerviosa.

—Eh... Bueno, quedamos en que después de Navidad me iría a otro sitio y solo faltan dos semanas para eso, así que...

Aunque ese no sea el verdadero motivo por el que quiero buscar un piso nuevo, no deja de ser cierto.

—Pues claro que te ayudaremos. —La pelirroja me da un apretón fuerte en el brazo—. Y esta noche hacemos maratón de *Mamma mia*. Donna y las Dynamos consiguen subirle el ánimo a cualquiera.

Apoyo la cabeza en su hombro y sonrío. Ya me siento un poco mejor.

16

Al día siguiente vuelvo a casa. Estoy un poco más animada después de haber dormido con las chicas y pasado tiempo juntas, aunque el hecho de no haber hablado con ellas sobre lo que me pasaba realmente ha hecho que me comiera la cabeza cada vez que tenía un rato libre.

El piso está a oscuras cuando entro, se me hace raro no encontrarme con Iván sentado en el sofá viendo alguna serie o leyendo uno de sus libros de biología. Por un momento pienso que habrá ido a tomarse algo con sus amigos, pero cuando me dirijo a mi habitación mi lado cotilla sale a relucir y me detengo frente a su puerta a la espera de encontrar un silencio que me indique que, efectivamente, no está en casa. Sin embargo, me doy cuenta de que no es así.

Un ligero murmullo procedente de su interior me demuestra lo equivocada que estaba; parece que está viendo algo en su ordenador. Miro al suelo y una luz tenue asoma a través de la rendija.

Una sensación extraña me recorre el cuerpo... Iván nunca se encierra en su cuarto a no ser que tenga que estudiar; si lo ha hecho ahora, es porque no quería verme. No lo culpo, después de lo de ayer yo tampoco querría, aunque no puedo evitar que una pequeña molestia se instale en mi pecho.

Con sigilo, suelto un pequeño suspiro y entro en mi habitación. Un rato después, ya en mi cama, paso más tiempo del que debería tratando de quedarme dormida, pero mi cabeza no me deja tranquila.

Me repito una y otra vez que así es mejor; Iván debe ir por su lado y yo por el mío. Sin embargo, una parte de mí no termina de creérselo.

Estoy tirada en el sofá cuando el rubio entra por la puerta.

El único saludo que recibo por su parte es un movimiento de la cabeza que no tardo en devolverle. Finjo que miro la televisión cuando en realidad todos mis sentidos están atentos a sus movimientos. El silencio que se ha instalado entre nosotros desde lo que pasó me pesa como nunca creí que lo haría.

Pensaba que así la convivencia sería más fácil, que no me iba a importar volver a nuestros inicios y pasar el uno del otro, pero añoro un poco nuestros piques y que me cuente qué tal le ha ido el día, incluso cuando le digo en broma que no me importa. Nunca nos había visto así de distantes; sí que habíamos estado serios el uno con el otro, pero de ahí a esto...

Observo cómo saca algo del frigorífico y lo pone a calentar en el microondas. Me levanto de un salto y rebusco en la despensa hasta encontrar un sobre de palomitas. Me digo a mí misma que lo hago porque la película cutre de la televisión está muy interesante y no porque quiero buscar una excusa para que Iván me hable.

Ya a su lado, me remuevo en el sitio, algo impaciente. Dirijo mi mirada hacia su cara.

—Si lo calientas tanto se te va a quemar —digo en un intento de hacer una broma.

Justo entonces el microondas pita e Iván saca el plato.

Su brazo roza el mío y ambos damos un pequeño respingo involuntario. Nos miramos, algo incómodos, y se rasca la cabeza con la mano que tiene libre.

—Está bien. —Me lo señala y procede a prepararse una bandeja para cenar en su habitación.

No lo ha dicho en un tono seco ni cortante, aunque no puedo evitar sentir un atisbo de decepción al ver que no lo ha acompañado con uno de sus piques bromistas.

Me muerdo el labio inferior mientras lo veo desaparecer por el pasillo e intento convencerme a mí misma de que es lo mejor.

«Está todo bien».

Después de pasar toda la mañana en el periódico, comer en la facultad, ir a clase y estudiar un rato en la biblioteca, llego a casa más tarde de lo que pretendía. Siento como si mi cuerpo se fuera a derrumbar de un momento a otro por el cansancio.

—Hola —saludo mientras cierro la puerta.

Iván solo hace un gesto con la cabeza y sigue viendo la tele desde el sofá.

Llevamos así una semana, prácticamente evitándonos el uno al otro y comunicándonos a base de monosílabos. A la Nuri de hace unos meses eso le habría encantado. ¿Siete días sin tener que escuchar la voz «del insufrible»? Un sueño hecho realidad. Pero a la Nuri de ahora... Bueno, digamos que, aunque sea un poco contraproducente porque parte de esta situación la he creado yo, no me siento muy cómoda con la tensión que hay en casa cada vez que estoy aquí.

Y, siendo sincera, puede ser que eche un poquito de menos charlar con Iván. Pero solo un poco.

Dejo las cosas en mi habitación y me cambio la ropa del día por un pijama calentito. Arrastro los pies hasta la cocina, abro la nevera y rebusco para hacerme lo primero que pille e irme a la cama temprano.

—Me ha sobrado algo, por si lo quieres —me informa el rubio.

Saco un plato con lo que parecen noodles y se lo señalo.

—¿Esto? —pregunto, y asiente—. Vaya, gracias.

Lo caliento en el microondas y me siento a la mesa.

Desde aquí solo se ve parte de la pantalla de la televisión, así que me limito a cenar en silencio mientras escucho la película que está viendo Iván. Mis ojos, movidos por un impulso, se posan sobre él y se quedan mucho más tiempo del que deberían observándole.

Lleva unos pantalones de pijama básicos y una de sus camisetas características con el dibujo de un animal en medio. En este caso, un cangrejo. Sin pretenderlo, me recuerdo a mí misma quitándosela y poniendo mis manos sobre su pecho mientras sus labios se hacían cargo de los míos.

Un calor repentino hace que apriete las piernas, incómoda.

—Puedes cenar aquí —dice al cabo de diez minutos, lo cual me sorprende—. Si quieres, claro.

Agrando un poco los ojos. Después de tantos días rehuyéndonos se me hace extraño que me diga eso. Supongo que está intentando ser amable; al fin y al cabo, seguimos siendo compañeros de piso.

Decido hacer un esfuerzo y aceptar la invitación, no quiero que las cosas continúen tensas entre nosotros. Puede que sea algo contraproducente, pero es que después de haber estado tantos días sin oír su voz... tal vez le haya echado más de menos de lo que me esperaba.

Y no es justo para ninguno que sigamos en esta especie de guerra de silencios.

Carraspeo y me levanto con el plato entre las manos.

Me acomodo a unos metros de él con las piernas cruzadas y me llevo el tenedor a la boca mientras me fijo en la pantalla.

—¿*Buscando a Nemo*?

El rubio se encoge de hombros.

—Me gusta.

—¿No es para niños?

Una pequeña sonrisa asoma a sus labios.

—Depende de cómo lo mires, hay una teoría muy trágica sobre esta película.

Observo a Dori en la pantalla cantando su frase mítica «Sigue nadando» y a Marvin tras ella, agobiado.

—¿Trágica? Al final lo encuentran, tiene un final feliz.

Iván se recoloca en el sofá y ladea levemente su cuerpo hacia el mío para clavar en mí sus ojos verdes.

Después de una semana sin verlos así, fijos sobre mí, un pequeño estremecimiento recorre mi cuerpo.

—Al principio se supone que Marvin pierde a toda su familia menos a Nemo. Pero hay quien dice que en realidad este sí que murió en el ataque de la barracuda y que la película realmente representa las cinco etapas del duelo. De hecho, si lo buscas, *nemo* en latín significa «nadie».

—Entonces, según esa teoría, ¿durante toda la película Marvin está buscando a su hijo imaginario?

Iván asiente.

—Que tétrico.

—Es triste, pero solo si decides mirarla desde ese punto de vista, claro.

—¿Y tú desde cuál la ves?

Sonríe.

—Desde la de un chico de veintidós años al que le siguen gustando las películas de dibujos y no se avergüenza de ello.

Vale, ahí me ha pillado.

—No lo decía a malas, perdona. Solo me había sorprendido porque no sabía que te gustaban.

Vuelve a atender a la pantalla y responde:

—No te preocupes, me encantan. Este fue el primer contacto que tuve con el mar cuando era pequeño. Mi madre dice que me quedaba embobado viendo a los peces y que cuando me llevaron al acuario por primera vez lo único que hacía era llorar porque quería que fueran libres.

Suelto una carcajada.

—Razón no te faltaba.

Dejo el plato en la mesita del salón y me recuesto en el sofá.

—¿A ti te gustan estas películas? —pregunta al cabo de un rato.

—Algunas más que otras, pero si pones *El planeta del tesoro,* no te libras de que la vea contigo y cante «Sigo aquí» a pleno pulmón.

Siempre la amé, creo que en cierta forma me sentía identificada con Jim, el protagonista. En fin, su padre también lo abandonó cuando era pequeño.

—Recuerdo que por la noche soñaba con ser como él y surcar el cielo en un barco, ser capaz de rozar con las manos un mar repleto de estrellas —termino con una sonrisa algo melancólica.

—Navegar por el cielo hoy en día es algo imposible, por desgracia —me dice con la cabeza apoyada en la mano—. Pero te ofrezco un día de surf esta Navidad. Puedes cerrar los ojos y fingir que te bañas entre cientos de esferas brillantes. Yo te seguiré el juego.

Me guiña un ojo, algo guasón. Pero no me pasa desapercibida la intención que hay detrás de esa proposición.

—Iván, yo...

—Es una quedada de compañeros de piso, Nuri, no una proposición de matrimonio —aclara sospechando lo que voy a decir.

Me muerdo el labio inferior y, por fin, me decido a decirle lo que llevo pensando toda la semana.

—Siento haberme ido así de tu habitación aquella mañana, no quería que las cosas se pusieran así. Yo solo... —Suspiro—. Colapsé. Tú y yo... No puede volver a pasar. No va a volver a pasar.

Aparta su mirada de la mía y se revuelve el pelo, pensativo.

—Lo sé.

—¿Lo sabes?

Asiente.

—Por muy raro que te parezca, te conozco bastante. —Vuelve a conectar sus ojos con los míos.

Le dedico un gesto asombrado y toqueteo nerviosa el cojín que forma un pequeño muro entre los dos.

—Vale.

Una pequeña sonrisa asoma a sus labios.

—También sé que te mueres porque se repita, pero aún no estas preparada para admitirlo.

Ahora sí que se me desencaja la mandíbula.

—No seas tan creído, Iván. Que tampoco fue para tanto.

Su pecho vibra a causa de la risa.

—No lo soy, me ciño a los hechos. —Acerca su cuerpo unos centímetros al mío.

Si no fuera por el bendito cojín, ahora mismo nuestros pechos se estarían tocando y el gesto decidido que intento plasmar se vería totalmente comprometido.

—¿Qué hechos?

Su mirada me atrapa por completo y hace que la respiración se me entrecorte.

—La manera en que gritabas mi nombre y me besabas el cuello, las marcas de tus uñas que aún tengo en la espalda...

Nunca he sido una puritana con el sexo, pero por cómo habla Iván, con la voz ronca y unos tonos más grave al rememorar cada una de las cosas que pasaron hace una semana hace que me sonroje de repente y que mi corazón dé un vuelco.

—Sé que te gustó, Nuri, no soy tonto. Por más que me dijeras que no te importó, yo vi en tus ojos que no fue así.

Me quedo callada, sin saber muy bien qué responder.

—Pero llevo una semana sintiéndome como una mierda por cómo reaccionaste a la mañana siguiente. Por eso esperaré a que me lo pidas para volver a tocarte.

—¿Tan seguro estás de ello?

Sus ojos recorren mi cara lentamente y bajan hasta mis labios. Observo cómo traga saliva y, despacio, vuelve a reclinarse en el sofá.

—No he estado más convencido de algo en mi vida.

17

—Mamá, no hace falta que hagas nada —repito por tercera vez.

—Tonterías, ya verás como esta me sale bien.

Suelto una carcajada cuando consigue darle la vuelta a la tortita y hace un bailecito al comprobar que no está quemada.

Ayer por la noche, después de estar todo el día haciendo la dichosa maleta y de esperar al tren que, como siempre, iba con retraso, llegué tan cansada a casa que lo primero que hice fue tumbarme en la cama y quedarme dormida.

Así que esta mañana mi madre me ha despertado con miles de besos y abrazos, ansiosa por pasar algo de tiempo juntas, y se ha ofrecido a hacerme un desayuno que, según ella, iba a ser «incapaz de rechazar».

Lo que no sabe es que, aunque me hubiera plantado la comida más asquerosa del mundo, me habría quedado con ella y me la habría tomado. La he echado tanto de menos que quiero aprovechar cada minuto que tengamos juntas.

Cuando por fin consigue hacer unas cuantas algo más decentes que las primeras (estas por lo menos no están chamuscadas), nos sentamos en el sofá y pasamos la mañana poniéndonos al día.

—Y bien, cuéntame —me dice al terminarse su plato—. ¿Cómo vas con los amores?

—Mamá... —me quejo. Menuda cotilla está hecha.

—Venga, que sabes que no me voy a asustar.

Le dedico una sonrisa irónica.

Es cierto, mi madre nunca ha sido de esas con las que no puedes hablar de chicos ni de sexo. De hecho, todo lo contrario. Ella fue la primera que me explicó todo lo que necesitaba saber para estar segura y sentirme cómoda cuando tomara la decisión de hacerlo, pero eso no quiere decir que me apetezca contarle que he sucumbido a los encantos de Iván.

Porque, desgraciadamente para mí, es la única persona del mundo que sabe toda mi «historia» con él, los encontronazos, las peleas, el beso tonto que nos dimos... Todo. Y, por si fuera poco, tiene la extraña y disparatada teoría de que hay algo inevitable entre nosotros.

Por eso sé que si le cuento lo que ha pasado, estas pequeñas vacaciones (es una lástima, pero tengo que volver a la oficina más pronto de lo que pensaba) van a convertirse en un interrogatorio constante y en un monólogo sobre las señales que siempre ha habido y que, según ella, he negado.

—Estoy en sequía, mamá —terminó diciéndole. Es una mentira a medias porque, a parte de Iván, llevo meses sin hacer nada con nadie—. Estoy tan centrada en las prácticas y en acabar la uni que apenas he salido.

Me dedica una mirada sospechosa.

—Nuri, ¿estás intentando engañar a la mujer que te dio la vida?

Suspiro.

—No.

—Sabes que tengo un sexto sentido.

—Bruja...

—¡Desembucha!

Me llevo las manos a la cabeza. Esta mujer...

—Puede que haya habido algo.

—¿Con...?

Pongo los ojos en blanco, dejo el plato de tortitas en la mesa y me llevo un cojín a la cara, avergonzada.

—Con el insufrible. —Mi voz sale amortiguada, pero la tela no evita que escuche el minichillido que sale de sus labios.

—Me parece increíble que hayas tardado tanto en contármelo, ¡llevas aquí quince horas! —me riñe—. Pensaba que te había educado mejor, hija.

Me quita el cojín de la cara y me mira con esos ojos marrones. Mi madre y yo somos prácticamente idénticas: rubias de pelo corto, estatura media, complexión delgada... Lo único en lo que nos diferenciamos es en eso; yo saqué los ojos azules de mi padre.

—Es que no hay nada que contar, simplemente pasó y no va a repetirse.

La muy condenada se ríe.

—Mi niña, hay cosas que son inevitables, están escritas en nuestro destino.

Gruño, cansada, y me quedo algo pensativa.

Es justo por eso por lo que sé que entre Iván y yo nunca podrá haber nada romántico, porque desde pequeña he sabido que ese tipo de cosas no están hechas para mí. Mi padre es un ejemplo claro de ello, alguien que se suponía que debía darme todo su amor y, en cambio, se marchó una y otra vez. No necesito volver a pasar por eso, depositar mi confianza en una persona, caer en la trampa y luego llevarme un chasco. Y mucho menos si es con Iván... ¡Si casi tenemos la palabra «fracaso» escrita en la frente!

Decido pasar del tema y abrazarla. Me encanta estar en casa. Está igual que cuando me fui, hace tres años ya. Sigue siendo un piso pequeño en el que no caben los secretos, pero no me molesta. No con ella.

—¿Tienes que trabajar mucho esta Navidad? —le pregunto.

Me devuelve el abrazo y deposita un beso en mi frente. Inspiro hondo su olor avainillado.

—Solo unos días, ya sabes que las residencias no descansan.

—Reconoce que aunque te dieran todas las vacaciones del mundo, no las cumplirías e irías de todas formas. —Sonrío.

—Tienes razón —responde divertida—. Pero el día de Nochebuena es para nosotras, como siempre.

—¿Churros con chocolate e ir a ver la casa cutre de Papá Noel? —adivino.

—Por supuesto.

Estoy volviendo a casa cuando me vibra el móvil. Después de pasar la tarde buscando pisos en internet y llevarme otra decepción al comprobar que la cosa sigue igual que hace unos meses (lo único que hay disponible son habitaciones compartidas con gente muy rarita o a precios estratosféricos), he quedado con las chicas para tomar chocolate caliente en nuestro sitio favorito y hacer compras navideñas. No sé qué habría hecho si Vega no me hubiera ayudado, soy lo peor en lo que a hacer regalos se refiere, así que ahora voy con una bolsa gigantesca que continente una manta para mi madre y el amigo «no tan invisible» que la morena ha autoseleccionado para que se lo dé la próxima vez que nos veamos y así hacerse la sorprendida.

Me detengo en un semáforo y miro la pantalla.

El insufrible
Paso a por ti mañana a las nueve

Un escalofrío me recorre el cuerpo. Lo achaco a la ráfaga de viento que me envuelve de repente y no a la impresión que me invade al leer el mensaje. Llevo casi cinco días sin saber nada de él y ya había dado por hecho que se le había olvidado el plan que me propuso. Por desgracia, mi corazón da un pequeño salto al ver que no ha sido así.

Dichoso órgano traidor, ¿puede dedicarse solo a bombear sangre y no a confundirme cada vez que pienso en Iván? Es desesperante.

Yo
Lo das muy por hecho. Quién te dice a ti que mañana no tengo un plan superimportante?

El insufrible
Lo tienes: ir conmigo a hacer surf

Aunque no pueda verme, pongo los ojos en blanco.

Yo
Se te ha olvidado un pequeño detalle...
Estamos en invierno.

Pretendes que muera congelada y dejar
mi cuerpo flotando a la deriva toda la Navidad?

El insufrible
Ay, rubita... Puede que te haya
sobreestimado.

A lo mejor no eres tan aventurera
como dices, ni tan deportista. No
eras tú la que alardeaba de que todos
los deportes se te daban bien?

El semáforo se pone en verde y bufo mientras cruzo.

Este tío tiene el poder de sacarme de mis casillas incluso cuando no está presente.

Yo
Me va a dar pena hacer que
te tragues tus palabras

El insufrible
Estoy deseando ver cómo lo intentas

Yo
A las nueve, no te retrases

Sonrío al escribir el último mensaje.
Joder.

18

Froto mis manos entre sí mientras entro en el coche de Iván.

—Vaya, qué puntual.

—Es una de mis muchas cualidades.

Bufo y me pongo el cinturón.

—Claro, como la de ser un creído.

—Exacto.

Miro a través de la ventana mientras el rubio se incorpora a la autovía.

El coche de Iván es bastante grande, un jeep verde algo antiguo pero perfecto para hacer actividades al aire libre. Hace un día bastante soleado. Aunque no sé de qué me sorprendo, estamos en Murcia. Pero eso no quiere decir que no haga el frío suficiente para que la calefacción no esté puesta y sienta un pequeño escalofrío al pensar en meterme en el mar en pleno invierno.

—Toma. —Me tiende su móvil—. Puedes poner la música que quieras.

—¿Estás intentando ser amable conmigo porque crees que voy a hacer el ridículo en el agua? —sospecho mientras lo tomo y rebusco en su lista de reproducción.

Se ríe.

—Puede ser. Quiero que estés del mejor humor posible para que luego no te salga humo por las orejas.

—Ja, ja. En tu lista de cualidades no está la de ser gracioso.

—Ni en la tuya la de ser previsora. —Echa un vistazo a la bolsa que he dejado a mis pies de la que sobresale una tela azul—. Dime, por favor, que no eres tan ingenua como para pensar que vas a hacer surf en biquini.

Me quedo callada y me muerdo el labio inferior.

La carcajada que suelta a continuación hace que lo mire con mala cara.

—¡No tengo neopreno, idiota! —Verme indignada hace que se ría aún más fuerte—. Ya sé que es necesario, pero la vez que hice surf alquilé el equipo y ahora no me ha dado tiempo.

Me mira con sus ojos verdes ligeramente cubiertos por un mechón de pelo rubio y una gorra roja. Trago saliva al observar los hoyuelos que se crean en sus mejillas mientras extiende el brazo, cubierto por una camiseta básica gris, y rebusca en la parte de atrás del coche sin dejar de sonreír.

—Tranquila —dice. Saca una mochila negra y la pone en mi regazo—. Lo suponía y he venido preparado. ¿No creerías en serio eso de que voy a dejarte flotando en medio del mar congelado?

Le dedico una mirada dubitativa.

—Es increíble la mala imagen que tienes de mí —añade fingiendo indignación.

Dejo su móvil en el salpicadero tras seleccionar «Island in the sun». La música suena a través de los altavoces y tarareo en voz baja mientras cotilleo la bolsa que me ha dado. La verdad es que no se le ha escapado nada: hay varias toallas, dos neoprenos, agua, gafas de buceo, comida...

—¿Nos mudamos a la playa y no me he enterado? —pregunto mientras saco una manta.

Se encoge de hombros.

—Pensé que podrías tener frío; después de pasar tanto tiempo en el agua, es normal destemplarse.

Mi corazón se salta un latido y me obligo a recordarle que ese gesto tan «mono» que ha tenido Iván seguramente solo sea una estrategia suya para que me ablande, pero no lo va a conseguir.

—Gracias.

En respuesta, solo asiente y canta en voz baja mientras da pequeños golpecitos en el volante.

Un rato más tarde, subimos por una montaña y estacionamos en un aparcamiento casi vacío.

—¿Dónde estamos?

Bajamos del coche y lo ayudo a desenganchar las tablas del techo.

—En Calblanque. Es una de las mejores playas para hacer surf, las olas no son muy grandes pero sí potentes, perfectas para primerizos. —Eso último lo dice guiñándome un ojo.

—Entonces podrás caerte de culo sin problema mientras yo surfeo —contesto con suficiencia, y me gano una carcajada suya en respuesta.

Tenemos que atravesar un pequeño camino para llegar a la playa, pero cuando llegamos, no puedo evitar quedarme un poco impresionada por lo que veo.

—Es increíble, ¿eh? —dice al ver mi expresión—. Siempre que puedo vengo aquí, aunque sea solo para admirar el mar.

«Increíble» se queda corto para describir lo que tengo ante mis ojos. Una playa inmensa, tan larga que no alcanzo a ver el final desde aquí, se despliega frente a nosotros y nos muestra un agua cristalina bañada por los rayos del sol, rodeada por una arena tan fina que, cuando me quito las zapatillas y mis pies se hunden en ella, me hace cosquillas.

—¿Nunca habías venido?

Niego con la cabeza, incapaz de decir nada.

Nos adentramos en ella y, una vez hemos decidido cuál es el mejor sitio para dejar nuestras cosas, Iván saca las toallas y lo que necesitamos para empezar.

—Toma. —Me tiende un neopreno.

Lo agarro y me remuevo en el sitio sin saber muy bien qué hacer mientras observo cómo él se quita la camiseta, dejando a la vista todo un espectáculo de músculos y piel dorada.

Me quedo más tiempo del que debería contemplando cada uno de sus movimientos, pero en mi defensa diré que una no es de piedra... El muy condenado parece que está hecho a medida por una mujer. Una con mucho gusto. Porque verlo con el torso descubierto y la gorra roja aún puesta hace que por mi cabeza se empiecen a suceder imágenes con las que no disfruto nada.

Bueno, puede que un poco sí.

—¡Un momento! —exclamo cuando empieza a desabrocharse los pantalones—. ¿Pretendes desnudarte aquí?

El rubio me mira con una sonrisa socarrona en los labios.

—No hay nadie, Nuri. La persona más cercana está por lo menos a dos kilómetros —aclara, y me señala una manchita que parece una figura a lo lejos.

Pongo los ojos en blanco.

—Eso ya lo sé. Pero ¡yo sí que estoy aquí! Y no me hace falta ver... —Lo recorro de arriba abajo con la mirada; tiene la bragueta desabrochada y los calzoncillos asoman por el borde—. Esto. —Trago saliva.

El muy idiota me dedica una mirada chulesca, como si supiera todas las cosas que está imaginándose mi cabeza y quisiera utilizarlas en mi contra.

—A mí no me importa, puedes mirar si quieres. —Sonríe—. No te tenía por una chica vergonzosa, Nuri.

Unas ganas repentinas de estrangularlo se apoderan de mí.

—No, es verdad. Pero valoro mi estabilidad emocional, y verte así me va a crear un trauma. —Suelto aire, nerviosa—. Y, además, yo también tengo que cambiarme.

Retrocedo varios pasos.

—Date la vuelta —le pido.

—No voy a ver nada que no haya visto antes —responde con cachondeo.

El color sube hasta mis mejillas sin previo aviso; hasta creo que echo chispas por los ojos.

—Vale, vale. —Se voltea—. No voy a mirar.

—¿Prometido?

Aun estando de espaldas, noto la tensión que se crea en sus hombros.

—En mi vida haría algo en contra de la voluntad de una mujer, Nuri. Pero si te quedas más tranquila, te lo prometo.

Algo dentro de mí se remueve al oírle decir eso.

—Vale —respondo únicamente.

Cojo el biquini y me lo pongo con rapidez, muerta de frío. El neopreno me cuesta un poco más, es bastante ajustado y no llego bien a la cremallera, pero no pienso pedirle ayudar a Iván, solo me faltaba eso. Así que unos minutos después, tras casi romperme la muñeca haciendo contorsionismo, estoy lista.

Cuando alzo la mirada, compruebo que el rubio sigue en la misma posición que antes, respetando lo que le he pedido y con el equipo ya puesto también.

—¿Empezamos? —le digo cuando me acerco.

Se da la vuelta y comprueba que me lo he puesto todo bien.

—Antes de meternos en el agua debemos hacer un pequeño calentamiento, practicar los movimientos básicos por si hay algo que tenemos que corregir.

—Iván, yo ya he hecho surf.

Me dedica una mirada sospechosa.

—Haberlo practicado tres tardes en un campamento del norte hace varios años no es hacer surf, rubita.

Abro la boca, anonadada.

—¿Se puede saber cómo sabes tú eso?

Se encoge de hombros.

—Vega me lo dijo en su día.

Resoplo.

—Es igual, me acuerdo de todo perfectamente —insisto.

Me dedica un gesto desesperado, pero no doy mi brazo a torcer.

—Esto va a ser divertido... —murmura mientras sacamos las tablas de las fundas y las limpiamos.

Tras encerarlas, nos dirigimos a la orilla, el uno junto al otro.

—¿Lista?

—Sí —contesto decidida.

—Allá vamos —me anima.

En cuanto mi pie toca el agua doy un pequeño respingo. Joder... Está más fría de lo que me imaginaba. Noto la mirada guasona de Iván sobre mí, supongo que esperando a que suelte algún improperio, pero me trago mis palabras y, aguantando un escalofrío, lo adelanto y me adentro en el mar apretando los dientes tanto como puedo. Es hora de callarle la boca.

Me sumerjo y me mojo el pelo. Agarro la tabla y nado hasta llegar a una zona perfecta para coger las olas.

—Está bien —oigo al rubio decir a unos metros de mí. Él también tiene el pelo empapado y sus mechones rubios ahora parecen más oscuros—. Supongo que lo recuerdas, ya que eres una profesional —dice con guasa—. Pero por si acaso: nos tumbamos en la tabla, remamos, nos colocamos bien y esperamos una buena ola. Cuando llegue, nos ponemos...

—Veo que te sabes la teoría a la perfección —le corto para chincharle.

—Bueno, la práctica siempre se me ha dado mejor.

Lo dice en un tono que me da a entender que no se refiere solo al surf, pero no me da tiempo a replicar. Al fondo, tan solo a unos metros de nosotros, observo el movimiento del mar al formar lo que intuyo que va a ser una buena ola.

Me tumbo y empiezo a remar antes de colocarme en la posición correcta para poder cogerla.

Vale, puede que me haya venido un poco arriba con eso de que se me da genial, pero lo que Iván no sabe es que aún recuerdo todas las clases de aquel campamento y que he pasado la noche practicando movimientos y viendo tutoriales. Mi vena competitiva no me permite dejarle entrever que puedo ser peor que él en esto, a pesar de saber que el surf es su deporte preferido y se le da de miedo.

Así que actúo tan rápido como puedo y me preparo para la acción.

—No te precipites, espera a...

No escucho el final de su frase. Empiezo a bracear al ver que la ola se aproxima, pongo las manos en la tabla cuando está a punto de romper, me impulso hacia arriba, trato de colocar los pies en la posición que he memorizado durante toda la noche y...

Joder.

El mar me traga y hace que dé varias vueltas hasta que consigo nadar y salir a la superficie.

—¿Estás bien? —me pregunta al tiempo que se aproxima hacia mí.

Gruño mientras me apoyo en mi tabla, sujeta por una cuerda a mi tobillo.

—No lo entiendo...

Escucho su risa y le pongo mala cara.

—¿Me dejas ya explicarte los movimientos?

—Eres un fanfarrón.

—No lo has hecho mal, solo te ha faltado algo de paciencia y un poco de técnica —termina con voz suave.

Me rindo, algo enfurruñada.

Iván se pasa la siguiente hora dándome consejos y explicándome cosas que ha aprendido a lo largo de los años. Coge varias olas para que vea la posición de sus pies y cuál es el momento exacto en el que tengo que levantarme mientras yo lo observo sentada a horcajadas sobre mi tabla. El problema es que mis ojos dedican más tiempo a admirarlo a él que a fijarse en las cosas clave que trata de enseñarme.

No pienso admitirlo en voz alta, pero es increíble.

No es solo que Iván lleve toda la vida haciendo esto, sino que es como si formara parte del agua. Se desliza sobre ella como si se integrase con la propia ola; el manejo que tiene sobre la tabla y la forma en la que flexiona las piernas parece un sueño, algo imposible. Sin embargo, él hace que parezca tan fácil que casi me creo capaz de subirme y hacerlo exactamente igual.

Por desgracia, no es el caso. Un rato más tarde hago varios intentos que acaban conmigo tragando mucha agua y con dolor de brazos.

—Esto es una tontería. —Me enfado—. ¡El mar me odia!

Se aproxima a mí con una sonrisa.

—Venga, prueba una última vez. Puedes hacerlo, Nuri, solo tienes que dejar de pensar.

—Eso es imposible. —Bufo.

—Intenta dejarte llevar. Imagina que estás surcando un mar lleno de estrellas, como querías.

Que se acuerde de eso, de esa conversación absurda sobre películas Disney, hace que mi corazón se salte un latido.

Tomo una bocanada profunda de aire y respiro.

Vuelvo a intentarlo. Esta vez trato de dejar la mente en blanco y guiarme tan solo por lo que siento, como me ha dicho.

Él está a mi lado, preparado para la siguiente ola.

Meto la mano en el mar; mi cuerpo ya se ha acostumbrado a la temperatura y ahora no me parece que esté tan frío. El sol brilla en lo alto del cielo y cierro los ojos, disfrutando de la luz que baña mi rostro. No se escucha nada más que el ir y venir de las olas y el aleteo de algunos pájaros. Este sitio parece un mundo aparte, una isla desierta en la que no existen los problemas diseñada especialmente para transmitirte paz.

Noto el breve ajetreo del agua y me preparo, esforzándome por acallar mis pensamientos.

Cuando creo que es el momento indicado, remo y apoyo las manos en la tabla. Me agacho y coloco los pies en la posición que me ha explicado Iván, trato de levantarme y, aunque al principio me tambaleo un poco, lo consigo.

He cogido la ola.

—¡Iván! —grito—. ¡Mira!

El agua me arrastra varios metros con fuerza, pero me mantengo en la posición y disfruto de la sensación que me embriaga al comprobar que lo he logrado.

—¡Lo estás haciendo genial! —oigo que me dice.

Siento que vuelo, una ligera brisa me roza la cara y el olor a salitre se cuela por mis fosas nasales.

Empiezo a reírme, feliz.

—¡No la alargues mucho, Nuri! —me avisa al cabo de unos segundos—. ¡Cerca de la orilla hay algunas rocas!

Giro la cabeza hacia él, algo confundida, pero entonces la tabla choca con algo y caigo al agua con fuerza.

Mi cabeza impacta contra una de las rocas y doy varias volteretas, sacudida por las olas. Me quedo unos segundos conmocionada e intento mover los brazos, pero no me responden. La corriente me arrastra de nuevo mar adentro. Trato de llegar a la tabla, pero se ha debido de soltar en algún momento y estoy tan desorientada que no consigo ubicar dónde está la superficie. Solo veo oscuridad.

Empiezo a sentirme algo mareada, noto cómo mi mente poco a poco se queda aletargada en un intento de evadirme del dolor que siento en la frente y del ardor de mis pulmones, ya casi sin oxígeno.

Casi he perdido la consciencia cuando una mano fuerte me agarra del brazo y me impulsa hacia arriba.

—¡Nuri!

«¿Es la voz de Iván?».

Mis oídos captan sonidos en la lejanía, algo amortiguados y repetitivos, como un eco.

—Tranquila, ¿vale? —me grita con la respiración agitada—. Voy a sacarte de aquí, tranquila.

Noto que me rodea el cuerpo y me aprieta contra su pecho con fuerza mientras me sube a su tabla, y rema con algo de dificultad hasta llegar a la orilla.

La mía flota abandonada entre las rocas que me han hecho caer.

Me llevo la mano a la cabeza por inercia y suelto un pequeño quejido al sentir un dolor intenso en la frente.

—Auch... —murmuro.

Con cuidado, me posa sobre las toallas.

—No te toques —me pide con suavidad mientras aparta mi mano y pone en su lugar lo que creo que es un paño—. Respira con calma.

Acaricia con mimo mi brazo, haciendo que me relaje poco a poco.

Abro los ojos y lo encuentro a mi lado. Tiene un gesto preocupado, el pelo revuelto lleno de arena y varias gotas de agua caen por su cuello.

—¿Qué...? —Toso y me tiende una botella de agua. Doy un pequeño trago con su ayuda—. ¿Qué ha pasado? Un segundo estaba sobre la tabla y al siguiente...

—Joder, Nuri, te he dicho que pararas... —Su voz suena atormentada—. Creo que te has chocado con alguna de las rocas que hay en la orilla, hay que tener cuidado porque solo están en algunas zonas y con la arena es difícil verlas. Yo... Lo siento mucho.

Lo miro, extrañada.

—No ha sido culpa tuya.

Sus ojos verdes, algo vidriosos, me miran cargados de preocupación.

—Yo te he traído aquí, si te hubiera pasado cualquier cosa... —Se calla y traga saliva con dificultad—. ¿Te duele algo?

Niego con cuidado.

—Solo la frente un poco...

Aparta el paño y la mira.

—Debes de haberte dado un buen golpe. Por suerte no te has hecho ninguna herida, pero mañana vas a tener un chichón como una pelota de tenis de grande. —Hace el amago de una sonrisa—. ¿Te notas mareada o aletargada?

Vuelvo a negar.

—Me encuentro bien, solo... —Se me rompe un poco la voz—. Me he asustado mucho.

Suaviza la mirada y me aprieta la mano.

Se remueve, parece que quiere hacer algo más, pero en el último momento se queda quieto y sonríe.

—Nuri la invencible… ¿asustada? No te creo.

—Si se lo dices a alguien, te seguiré hasta el rincón más recóndito de la tierra y haré que te arrepientas —lo amenazo con guasa.

Cuando ya me encuentro mejor, Iván me ayuda a incorporarme y bebo un poco más de agua.

Me desabrocho el neopreno y me bajo la parte de arriba.

—Nunca dejaría que te pasara nada —dice casi en un susurro.

—Lo sé.

Nuestros ojos se quedan enredados durante unos minutos, reacios a separarse. Mi corazón late desbocado y los dedos de Iván siguen entrelazados con los míos, haciéndome pequeñas caricias en la muñeca.

—Supongo que la lección de surf ha terminado por hoy, ¿no? —digo entonces.

El rubio traga saliva y se aparta un poco de mí.

Cruza las piernas y sonríe, ahora un poco más relajado.

—Sí, creo que ya hemos tenido suficiente.

—Pero ¿has visto cómo he cogido la ola? —digo animada, tratando de quitarle hierro al asunto—. Estaba haciéndolo genial. Antes de casi matarme, claro.

Hace una pequeña mueca.

—Creo que es demasiado pronto para hablar de ello con tanta naturalidad —responde mientras saca algo de comida de la mochila y me la tiende—. Pero sí… Lo estabas haciendo genial.

19

Por suerte, durante el resto del día no ha habido más accidentes que casi terminen en tragedia ni piques tontos entre Iván y yo. De hecho, si no fuera porque casi muero, diría que hoy ha sido una de esas ocasiones en las que me he sentido completamente relajada y... feliz.

Después de comer hemos pasado la tarde charlando de tonterías y recordando cosas de cuando éramos pequeños que me han hecho reír con ganas más de una vez. Nos hemos quedado en la playa hasta que ha atardecido. Iván me ha dejado una sudadera extra que llevaba en la mochila cuando ha visto que la mía no me calentaba lo suficiente y me ha sorprendido con un termo de chocolate caliente que me ha sabido a gloria bendita.

Observo su gesto alegre y tranquilo mientras me habla con pasión sobre las miles de especies desconocidas que hay en el mar. Lo cierto es que creo que podría escucharlo durante horas y horas y no me cansaría nunca; hay algo en su forma de transmitir que atrapa por completo.

—Piénsalo —dice entonces—. Poder sumergirte hasta el fondo del océano y ser capaz de ver lo que hay realmente.

—Pero eso ya se hace, ¿no?

Niega con la cabeza.

—Incluso con los submarinos y las nuevas tecnologías, sigue habiendo sitios que no han sido explorados. Se dice que solo conocemos el veinte o el treinta por ciento de las especies que habitan el océano, imagínate todo lo que aún hay por descubrir.

No puedo evitar contagiarme de su sonrisa.

—A mí me da un poco de miedo, la verdad —admito—. Me gusta el mar, pero al mismo tiempo me parece tan peligroso... No sé si sería capaz de meterme en una de esas máquinas y bajar hasta lo más profundo solo para encontrar un pez gigante que me coma en menos de tres segundos.

—Vaya...

—¿Qué? —pregunto ante su tonto extrañado.

Me mira con diversión.

—Por fin he descubierto uno de tus miedos, es increíble.

Le saco la lengua, burlona, y suelta una carcajada.

—Yo no le tengo miedo a nada —miento—. Solo... le tengo un poquito de respeto al mar, aunque me encantaría irme a una de esas islas paradisíacas a bucear.

Asiente.

—No está mal tener miedo —añade al cabo de unos segundos—. Es algo natural.

—¿Y qué temes tú? Si se puede saber —pregunto con un tono algo guasón.

Se encoge de hombros.

—A muchas cosas, en realidad —admite—. A perder a la gente que quiero, a fallar, al olvido...

Se queda callado durante unos segundos, pensativo.

—¿Al olvido?

Fija sus ojos en mí.

—Sí. —Esboza una pequeña sonrisa que trata de parecer tranquila, pero no lo consigue—. Es que... Se diría que hoy en día tienes que hacer cosas increíbles para que la gente te recuerde, no solo después de la muerte, sino en general. Si no estás presente todo el rato, si no estás a la altura, pasan a lo siguiente. Vivimos en un mundo en el que todos están tan centrados en sí mismos que no miran lo que hay a su alrededor ni se molestan en cuidar a las personas, y yo no quiero ser así.

Una brisa de aire fresco me hace estremecer y me encojo un poco en su sudadera. Iván alza la mano y me aparta del rostro unos cuantos mechones de pelo rebeldes para colocármelos tras la oreja.

—Nadie te va a olvidar, Iván —respondo entonces, algo conmovida por su confesión—. Eso es imposible.

Las palabras escapan de mi garganta sin darme tiempo a registrar siquiera lo que estoy diciendo, pero es la verdad.

—¿Tú crees? —pregunta.

Sonrío.

—Eres tan insufrible que estoy segura de que todo el mundo te recordará siempre, yo incluida, por desgracia.

Los hoyuelos de sus mejillas resaltan cuando suelta una carcajada.

—Es tu turno. —Aparta su mano de mi mejilla y la pone en su regazo—. Yo te he contado algunos de mis miedos, lo justo es que me hables de uno tuyo en respuesta.

Pongo los ojos en blanco y pienso en negarme.

Y no sé si es la comodidad que siento ahora mismo en esta playa, a su lado, mientras el sol se esconde y empieza a llenar el cielo con los últimos ratos de luz en tonos rosados y anaranjados, pero cojo un poco de aire y acabo por responder:

—Me da miedo no ser suficiente.

Trago saliva y me callo el final de la frase.

«Me da miedo no ser suficiente y que vuelvan a abandonarme».

La mirada del rubio se vuelve algo más intensa al observarme. El tono de su piel parece aún más dorado mientras la última luz del día baña su cara.

—Tú eres suficiente, Nuri —dice, y suelto el aire que contenía en mis pulmones—. Siempre lo has sido.

Reprimo las ganas repentinas de llorar que me han entrado y aparto mi mirada de la suya para centrarla en el mar, ahora más revuelto.

Unos minutos después recogemos nuestras cosas.

Ya sentada en el coche, mirando a través de la ventana mientras «Stop the clocks» de L. A. suena de fondo, no puedo dejar de darle vueltas a la cabeza. ¿Qué significa todo esto? Podemos fingir que lo de hoy ha sido una quedada inocente entre compañeros de piso, pero ambos sabemos que no es así.

Ni muchísimo menos.

No soy tonta. Noto la tensión que hay entre Iván y yo, sobre todo después de lo que pasó hace unas semanas; le dejé claro que eso no se iba a repetir y no soy de las que dicen las cosas en vano. Entonces ¿por qué estoy tan nerviosa? Me da la sensación de que el destino está jugando conmigo, que me pone a prueba para reírse de mí. Casi escucho su voz decirme: «¿Ves, Nuri? Esto es todo lo que podrías tener, pero tú no has sido elegida para ello».

Por eso odio esta sensación. No me gusta nada que mi piel se erice cada vez que Iván está cerca ni que mi respiración se entrecorte cuando nuestros ojos coinciden, y mucho menos cómo mi cuerpo se calienta cada vez que contempla mis labios.

Es agotador.

Y, para colmo, la letra de la canción no ayuda. El rubio canta en voz baja el estribillo, que habla sobre parar el tiempo y disfrutar del momento. Parece un chiste que justo el lema que siempre decía de pequeña ahora aparezca como una señal.

Intento dejar la mente en blanco y disfrutar de los pocos minutos del día que quedan. La luna empieza a aparecer, alta y regia en el horizonte, y me entretengo observando las estrellas y jugando a recordar el nombre de las constelaciones.

—Tengo que pasar un segundo a comprar unas cosas y llevárselas a mi madre, ¿te importa? Si no lo hago, posiblemente el que acabe el día con un pie en la tumba soy yo. —Se ríe.

—Claro, no te preocupes.

Después de ir al supermercado, llegamos a su barrio.

—Solo tardaré un minuto —me dice.

—Vale.

Reconozco la calle de las incontables veces que he venido a casa de Vega, que vive tan solo unos bloques más adelante. Durante unos segundos se me forma un pequeño nudo en la garganta; me siento un poco extraña al estar aquí con él y no con mi mejor amiga. Al fin y al cabo, aunque Iván y yo llevamos siendo compañeros de clase desde pequeños, nunca había estado en su casa.

Bajo del coche cuando veo que el rubio empieza a descargar del maletero todas las bolsas repletas de comida.

—No hace falta, puedo yo solo —me dice cuando le quito dos y camino junto a él.

Resoplo.

—¿Por qué no me sorprende que seas de esos que tienen el ego masculino por las nubes y no dejan que una chica los ayude?

—Claro, porque la posibilidad de que simplemente quiera ser educado y que no te hagas daño en las manos es impensable, ¿no? —se queja.

—¿Hablando de ti? —Me río—. Más bien es imposible, chulo de turno —termino con guasa solo por chincharle.

Pone los ojos en blanco y, tras subir varios pisos en ascensor, se saca las llaves del bolsillo.

—¡Mamá! —grita en cuanto abre—. Ya estoy aquí.

Entra y deja las bolsas a un lado.

—Pasa. —Me invita con un movimiento de la cabeza.

—¡Ya era hora! La cena no se va a hacer sola.

Una mujer con un delantal puesto y el pelo recogido en un moño aparece por el pasillo. Aunque no la hubiera visto tanto cuando iba al colegio, sabría que es la madre de Iván con tan solo echarle un vistazo. Él es su copia exacta, aunque ella ya está entrada en años, hasta tienen los ojos del mismo color. La única diferencia es que su gesto es algo más amable, no como el del rubio, que con tan solo mirarlo durante un segundo se ve a leguas que es un creído.

—¡Vaya! —se sorprende al verme—. No sabía que teníamos una invitada.

Se acerca y me da dos besos.

—¿La saludas a ella antes que a tu propio hijo? Ya te vale.

Ella le da un pequeño golpecito en el hombro y le besa en la mejilla con cariño.

—Mira que eres celosillo. —Me guiña un ojo—. Sufre de mamitis.

Iván suelta un quejido.

—Hola, soy Nuri —me presento—. Encantada.

Al escucharme, su madre me mira de una forma que me desconcierta y, acto seguido, suelta una carcajada.

—¿Qué pasa? —pregunto extrañada.

—Ay, perdona, cielo —dice mientras me da un breve abrazo—. Sé perfectamente quién eres. Tus batallitas con mi hijo me han tenido entretenida durante años. Menudos lamentos me traía a veces, el pobre.

Le dedico una pequeña sonrisa.

—Si te soy sincera, ¡me quedé muerta cuando me contó que te ibas a vivir a su piso! Pero supongo que era lo que tenía que pasar. —Se encoge de hombros con una sonrisa—. Me ha hablado mucho de ti. Yo soy Lorena.

Creo escuchar que Iván le reprocha algo por lo bajini, pero no llego a entender muy bien lo que dice. Su madre se limita a dedicarle una sonrisa un poco pícara y entonces añade:

—Te quedas a cenar, ¿no? Necesito que me cuentes cómo aguantas vivir por voluntad propia con él. Yo tengo cincuenta y tres años y aún no lo entiendo —susurra con la mano a un lado de la boca en tono confidencial, y no puedo evitar soltar una carcajada.

—Bueno, eso de que es voluntario... Era una situación de extrema necesidad —contesto divertida—. Es muy amable por su parte, pero no quiero molestar...

—¡Tonterías! —Me dedica una sonrisa amigable—. Hay comida para un regimiento. Voy a terminar de hacer el asado, ahora que habéis traído lo que me faltaba, y a colocar todo lo demás en su sitio. Poneos cómodos en el salón mientras tanto. ¡Alfonso! —grita entonces—. ¡La mesa!

Iván me dedica una sonrisa algo incómoda, pero me indica el camino a la sala contigua y le sigo.

—Perdona, a mi madre le encanta que venga gente nueva, es muy sociable.

—Es genial —respondo sincera.

—No tienes que quedarte si no quieres. —Se rasca la cabeza, repentinamente tímido.

—Ah, bueno... —dudo unos segundos.

En realidad ni siquiera yo misma entiendo qué hago aquí,

sentada en el salón decorado en tonos marrones de la casa de Iván. Echo un pequeño vistazo a mi alrededor. Hay un montón de fotos suyas de cuando era pequeño, un radiador que simula ser una chimenea junto a la tele, varios adornos de Navidad repartidos aquí y allá y, por supuesto, el árbol en una esquina.

Todo tiene una apariencia acogedora que invita a pasar tiempo aquí, en familia.

Lo que ocurre es que yo nunca he tenido una. No como la de Iván, al menos.

Mi madre y yo siempre hemos celebrado la Navidad solas, ni siquiera tenemos mucha relación con mis abuelos. Ellos siempre estuvieron en contra de que mamá me tuviera tan joven e incluso después de tantos años siguen sin hacer el mínimo esfuerzo por tratar de arreglar las cosas. Se conforman con mandar un mensaje de vez en cuando para ver que todo está bien, supongo que buscando mitigar ese pequeño cargo de conciencia porque lo que hicieron y siguen haciendo está mal, pero luego continúan con sus vidas como si nada.

Me remuevo en el sofá, un poco incómoda.

Sé que si le digo a Iván que no me apetece quedarme, no tendrá problema en llevarme a casa. Pero el caso es... ¿De verdad quiero irme de aquí? Una parte de mí no desea que acabe el día, ha sido tan increíble que no puedo evitar echar un vistazo al reloj que hay sobre la chimenea, esperando que las agujas dejen de avanzar, se queden donde están y se pare el tiempo, justo como decía la canción.

Señales, todo son señales.

Puede que no pase nada por quedarme... Al fin y al cabo, solo será por hoy. Cuando termine, todo volverá a la normalidad.

Tomo una bocanada profunda de aire y lo miro.

No me ha quitado los ojos de encima desde que hemos

llegado y no puedo evitar sentir un poco de calor en el pecho al toparme con sus iris verdes algo nerviosos, esperando mi respuesta.

—Me apetece —acabo diciendo—. No te preocupes.

Una sonrisa genuina asoma por sus labios y se la devuelvo.

La siguiente media hora la pasamos charlando. En un momento dado aparece por el salón Sergio, su hermano pequeño de quince años, al que recuerdo haber visto de vez en cuando en el colegio; se sienta con nosotros un rato mientras no deja de teclear cosas en el móvil.

—Está hablando con una chica —canturrea Iván.

—Cállate, imbécil —se enfada el otro.

Alfonso, su padre, entra justo en ese momento y le amonesta por haber dicho una palabrota, ganándose un resoplido por parte de su hijo. Se presenta y me da dos besos. Es un hombre de pelo canoso y ojos castaños cuya mirada afable te invita a sonreír al instante. Me ofrezco a ayudarle a poner la mesa cuando lo veo con el mantel en la mano, pero se niega y, unos minutos después, Lorena entra con un plato enorme mientras nos pide que nos sentemos.

—Es increíble —susurro a medio comer.

—¿El qué? —pregunta con curiosidad Iván.

—Lo majos que son todos. —Finjo que medito durante unos segundos—. ¿No serás adoptado?

El rubio frunce el ceño, aparentando molestia, y no puedo evitar soltar una pequeña carcajada.

—Siento decepcionarte, pero no. Y soy un tío muy simpático. —Acerca su boca disimuladamente a mi oreja—. Aunque te cueste admitirlo.

Pongo los ojos en blanco mientras vuelve a separarse y niego con la cabeza.

Me llevo el tenedor de nuevo a la boca, saboreando el delicioso asado que ha hecho su madre. Me entran ganas de repetirle lo bueno que está, pero ya lo he dicho tres veces y no quiero ser pesada.

La cena va genial.

La familia de Iván no deja de hacerme preguntas. Se ríen entre ellos y charlan sobre cómo les ha ido el día, mi compañero de piso les cuenta qué tal por Madrid y el tema acaba derivando en las diferencias que hay entre una ciudad y otra.

—La calidad de vida, por ejemplo —dice Lorena—. Es innegable que aquí se está mejor que en ningún sitio.

—Mamá, eso lo dice todo el mundo del lugar en el que ha crecido, no eres objetiva. En Madrid se está muy bien.

—Tonterías, la capital siempre está llena de gente y es una locura ir de un sitio a otro, aquí todo es diferente.

—Por cierto, ¿has hablado con el abuelo? —le pregunta entonces Sergio tras dejar el móvil a un lado—. Se supone que mañana comemos juntos.

El que contesta es su padre.

—Sí, ya he hablado con los de la residencia y pasaremos a por él a las doce.

Alzo los ojos del plato y no tardo ni un segundo en preguntar:

—¿En una residencia? —Veo que todos asienten—. ¿Cuál?

La madre de Iván me dirige un gesto curioso, pero responde:

—Soller, ¿por qué lo preguntas?

—Mi madre trabaja allí.

Me miran, sorprendidos.

—¡No me lo puedo creer! ¿Quién es? —pregunta Alfonso.

—Amelia.

Las sonrisas que se dibujan en sus rostros hacen que se me caliente un poco el pecho.

—¡Qué casualidad! —añade Lorena con verdadero agradecimiento—. Ella es uno de los motivos por los que seguimos dejándolo allí. Al principio la idea no nos gustaba mucho... Ya sabes, sentíamos que lo estábamos abandonando, pero con el trabajo y todo no podíamos atenderle como necesitaba. Tu madre es una mujer increíble, siempre lo trata como si fueran familia y hace que nos sintamos bien.

—Gracias a ella el abuelo está mejor y dice que no quiere irse de allí nunca —apunta Sergio.

Todos sueltan una pequeña carcajada.

—¿Y cómo es que no la conocimos antes? —se extraña el padre de Iván—. No recuerdo haberla visto en las reuniones que había a veces en el colegio.

Me muerdo el labio y tenso un poco los hombros. De repente me siento incómoda.

No la habían visto porque la pobre se mató a estudiar y trabajar para poder darnos una vida digna, ya que mi padre nunca nos envió ni un céntimo para ayudarnos, por lo que no solía tener tiempo para ese tipo de reuniones y actividades extraescolares que organizaban para los padres. Ella siempre ha intentado estar presente y para mí lo ha conseguido, pero al fin y al cabo no puedo fingir que nuestra situación familiar no ha afectado muchas veces a cosas como esas.

—Trabaja mucho —respondo al final.

Por suerte, creo que no notan la tensión en mi voz y siguen hablando como si nada.

Noto un pequeño apretón en la pierna y giro la cabeza. Iván me mira con sus intensos ojos verdes y gesticula: «¿Estás bien?».

El corazón me da un pequeño vuelco al caer en la cuenta de que él sí se ha percatado, pero no dejo que vaya mucho más allá.

Asiento, tratando de esbozar el intento de una sonrisa, y vuelve a darme un apretón reconfortante. Mientras nos tomamos el postre, llueven halagos sobre mi madre y su labor en la residencia y no puedo evitar emocionarme al escucharlos hablar así de ella. Es genial, eso lo sé desde hace mucho tiempo, pero hay algo especial en que te lo diga gente externa. Saber que los demás también lo ven es reconfortante.

Para cuando llega el final de la noche, Lorena me ha hecho prometerle unas cincuenta veces que volveré y que traeré a mi madre. No tengo las agallas para decirle que no creo que eso pase, pero asiento y le doy un beso de despedida.

El trayecto a casa en coche no es muy largo, apenas dura diez minutos, pero eso no quita que me note algo nerviosa y extraña.

Iván también está raro, mira al frente con gesto serio mientras la radio suena de fondo. Me sorprende después de lo bien que ha ido la cena, hemos estado todo el rato riéndonos y charlando y casi parecía que éramos amigos de toda la vida.

«Precisamente amigos no parecíais», me dice una vocecita molesta, pero la acallo rápido.

—Gracias por traerme —digo cuando aparca frente a la puerta de mi casa—. Y por la cena, por el día... Por todo.

El rubio asiente y clava en mí sus ojos de tal forma que prácticamente me quita el aliento.

—Ha estado bien —se limita a decir.

—Sí.

Nos quedamos callados, mirándonos. El ambiente del coche se carga y parece que el aire se condensa mientras mil pensamientos empiezan a sucederse en mi cabeza. Iván traga saliva y observo cómo sus ojos me recorren el rostro lentamente hasta llegar a mis labios, haciendo que mi cuerpo entero se caliente al instante y que un remolino de dudas y deseo se instale en mi pecho.

Reúno toda la fuerza de voluntad que puedo (que no es mucha) y soy la primera en romper el contacto visual.

Carraspeo y abro la puerta.

—Buenas noches.

Apenas he puesto un pie fuera cuando la mano de Iván me retiene del brazo.

—Te dije que no volvería a tocarte a no ser que me lo pidieras y no pienso hacerlo. —La voz le sale ronca, contenida—. Pero quiero que sepas que, si de mí dependiera, ahora mismo te besaría hasta dejarte sin aliento, subiría a tu casa y te haría todas esas cosas con las que llevo soñando desde que pusiste un pie en mi piso, y luego te estrecharía entre mis brazos hasta que te durmieras a mi lado.

Joder.

Abro la boca intentando decir algo, lo que sea.

Pero Iván ha conseguido lo que nunca nadie había hecho: dejarme sin palabras.

Mis extremidades me piden que acorte la distancia que hay entre nosotros y que le bese. Una voz interior me chilla que le deje hacer todas esas cosas que sus ojos, ahora ligeramente oscurecidos, me prometen; mi entrepierna se calienta al instante y cada centímetro de mi piel grita, buscando su contacto.

Sin embargo, me obligo a mí misma a bajarme del coche y a cerrar la puerta. Con cada movimiento mi cuerpo se resiente más conmigo, molesto por no darle lo que mi corazón me pide a gritos.

Pero no puedo, no puede ser. Por más que ahora mismo lo quiera con todas mis fuerzas, el día ha terminado y con él, esto tan extraño que hay entre nosotros.

Iván parece entenderlo, porque simplemente me mira a través de la ventana abierta y dice:

—Buenas noches, Nuri.

Camino con las piernas algo temblorosas hacia mi edificio y, cuando abro la puerta de entrada y me doy la vuelta, lo veo a él.

Solo escucho su motor al alejarse cuando se asegura de que estoy dentro.

Suelto un suspiro entrecortado.

Esto... Esto se me está yendo de las manos.

Cuando entro en casa, aún sigo con los nervios a flor de piel y se me revuelve el estómago, repleto de miles de mariposas que revolotean en su interior.

Dejo la bolsa en el suelo y miro la sudadera que Iván me ha prestado y que aún llevo puesta. Giro la cabeza a ambos lados para asegurarme de que no hay nadie y, como si fuera a hacer algo ilegal, me llevo la manga a la nariz e inspiro su aroma, todavía presente en la ropa.

Siento que floto un poco cuando me dirijo a mi habitación, pensando aún en todas las cosas que han pasado hoy y recreándome de más en algunas de ellas, cuando escucho a mi madre susurrar en la cocina.

—No, no puedes venir.

Me quedo quieta.

—¿Que la has estado llamando? ¡¿Te has vuelto loco?!

La escucho soltar un resoplido.

—No puedes forzarla, Gerardo. Si no quiere hablar contigo, tienes que respetarlo.

Cierro los ojos al oírla decir ese nombre, no me lo puedo creer.

Con sigilo, me asomo por el pasillo y la veo, ya con el pijama puesto, de pie al teléfono.

—Ella está bien, sí... Estamos bien. —Se lleva la mano a la frente—. Intentaré hablar con ella.

Niego con la cabeza, anonadada.

—Buenas noches a ti también, feliz Navidad.

En cuanto cuelga, entro en la cocina y me pongo frente a ella.

Todo lo que sentía hace cinco minutos se desvanece de un plumazo y un enfado que cada vez se hace más grande lo sustituye.

—¡Jesús! —exclama, ahora con la mano en el pecho—. Me has dado un susto de muerte. ¿Cuándo has llegado?

—Justo cuando le decías a ese señor que ibas a intentar hablar conmigo —respondo fría—. No me lo puedo creer...

Mi madre se acerca a mí con pena en los ojos.

—Cariño... Quiere arreglar las cosas.

Bufo, estoy flipando.

—¿Me lo estás diciendo en serio? Después de todo lo que ha hecho, ¿sigues tragándote sus mentiras?

—Hace tiempo que no me las creo, Nuri. Pero esta vez es distinto.

—¿En qué sentido? —pregunto con ironía—. Déjame adivinar: quiere que hagamos las paces y ser una familia feliz, ¡toda una novedad!

—Quiere hablar contigo, solo eso.

—Pues no va a pasar.

Hago el amago de irme a mi habitación, pero mi madre me detiene.

—Se va a casar, Nuri.

Me quedo petrificada.

—¿Qué?

La miro y veo que se muerde el labio inferior, dudosa.

—Conoció a una mujer hace un tiempo y ahora quieren tener una vida juntos.

—¿Desde cuándo lo sabes?

Me mira, agotada.

—Desde hace un año y medio.

—¿Y en todo este tiempo no creíste que sería una buena

idea decírmelo? —pregunto molesta—. De todas formas, no me importa. Ese hombre no es mi padre, nunca lo ha sido.

—Entiendo lo que sientes, cariño, de verdad, pero no puedes estar enfadada con él eternamente, no es sano para ti.

Resoplo.

—Lo que no es sano para mí es que siga acosándome a llamadas. Dile que si no para, voy a denunciarle. Y tú deberías hacer lo mismo.

Me dirige un gesto dolido.

—No eres la única que lo ha pasado mal, Nuri —dice seria—. Nunca voy a olvidar todo lo que ha hecho tu padre, pero eso no quiere decir que desee vivir con rencor el resto de mi vida. No te diría esto si no me pareciera que esta vez es de verdad. Quiere hablar contigo, solo eso.

—No se lo merece.

—Pues claro que no —dice. Se acerca y me sujeta los brazos con ambas manos—. Pero eso no significa que nosotras nos rebajemos a su mismo nivel y hagamos las cosas mal. Yo he rehecho mi vida, y él, la suya; todos nos merecemos ser felices.

—¿Y la mía? —pregunto frustrada—. ¿La mía quién la arregla?

Abre la boca para contestar, pero no le permito continuar.

—Las veces que nos dejó tiradas, las mañanas que se quedaba dormido y llegaba tarde al colegio, las tardes que se olvidaba de recogerme, los cumpleaños sola... ¿Todo eso quién lo arregla, eh?

Me mira triste.

Suspiro y trato de tranquilizarme.

Sé que la única culpa de mi madre es la de tener un corazón lo suficientemente grande para perdonar todo eso. Pero por suerte o por desgracia, yo no soy así.

—Me niego a tener nada que ver con él, ¿vale? Para mí solo es un nombre en un certificado de nacimiento, ya está. No quiero escuchar sus disculpas ni que me diga cuánto la cagó, porque eso ya lo sé, y mucho menos quiero que intente venderme la idea de que las cosas se pueden solucionar. Si ahora se va a casar, pues bien por él, solo espero que a sus futuros hijos no les haga lo mismo.

Con eso último la voz se me rompe un poco.

No tarda en rodearme con sus brazos.

—Lo siento, cariño... —me dice al oído—. No pienso obligarte a nada, respeto tu decisión y es totalmente válida.

Asiento en su hombro, reprimiendo las lágrimas que amenazan con salir de mis ojos.

No voy a llorar, no se lo merece.

Nadie lo hace.

20

La vuelta a Madrid está resultando ser mucho más interesante de lo que me esperaba.

Y no me siento muy orgullosa de ello.

Después de la no cita que tuve con Iván siento que las cosas han cambiado entre nosotros. Es como si todo lo que antes nos dividía y hacía que nos llevásemos mal hubiera evolucionado; ahora seguimos picándonos por tonterías, chinchándonos, discutiendo de cosas sin sentido, pero... todo ello lo hacemos con una connotación distinta.

Ahora es más divertido, más interesante..., más seductor.

Porque parece que lo que empezó como un error y una tregua en nuestra enemistad ha acabado convirtiéndose en un juego.

Uno que disfruto demasiado.

El rubio se ha propuesto hacer que le pida un beso. Realmente cree que puede conseguir que yo, Nuri, la persona más cabezona del mundo, que nunca dice nada en vano, le diga al tío más presumido y chulo sobre la faz de la tierra que me bese.

No he oído mayor disparate en mi vida.

Pero reconozco que es divertido ver cómo lo intenta. Utiliza sus tácticas de seducción más eficaces (o eso se cree él) siempre que tiene una oportunidad. Cuando le pido que me pase el mando de la televisión, me acaricia la mano de tal forma que casi parece que voy a cambiar el canal a uno erótico y no a poner las noticias; cada vez que me pilla haciendo la cena, se acerca por detrás, me roza el cuello con la nariz y finge que va a coger algún utensilio mientras pega su cuerpo a mi espalda... El tío incluso se ha paseado por la casa medio en pelotas después de salir de la ducha solo para exhibirse.

Bueno, puede que eso ya lo hiciera antes, lo que pasa es que ahora me fijo un poquito más en sus dichosos y demasiado bien definidos pectorales.

Después de buscar mil respuestas en mi horóscopo que me puedan dar a entender por qué está pasando todo esto, he llegado a la conclusión de que es mejor que me deje llevar y no interferir. ¿El destino quiere que me vaya cada noche con un calentón de mil demonios a la cama? Pues nada, tendré que aguantarme.

Porque no es una opción caer en la tentación. Otra vez, no.

Aunque detrás de todo eso, reconozco que me he acostumbrado a pasar tiempo con él y, lo más increíble de todo, a disfrutarlo.

No creo que nunca llegue a decir esto en voz alta, pero Iván es... un buen tío.

Sigo sin pensar que es «don perfecto», tal y como lo pinta siempre Vega. Al fin y al cabo el rubio no ha dejado de ser un tocapelotas de campeonato al que le gusta sacarme de mis casillas, pero es cierto que no es mal chico y que..., bueno, tiene muchas cosas que están bien.

Cuando no está intentando seducirme en vano ni sacándome de quicio, es bastante atento. Siempre que supone que voy a llegar tarde, me deja un plato de comida en la nevera por si tengo hambre; por las mañanas, cuando salimos a correr, no me pasa desapercibida la manera en la que adapta «disimuladamente» sus rutas a las mías para asegurarse de que llego bien a casa. Y a veces, cuando me quedo dormida en el sofá, me despierto con una manta puesta y un vaso de leche caliente en la mesa. Creo que se ha dado cuenta de que en ocasiones me desvelo y eso es lo único que me ayuda a volver a dormirme.

Son pequeños detalles que me han hecho tener una mejor imagen de él.

Hoy, al ser viernes, vuelvo a casa un poquito más temprano de lo normal. Hace una semana que terminé los exámenes finales y, por suerte, han ido muy bien, así que hoy he quedado con algunos compañeros de clase para salir a tomar algo y celebrarlo.

—¡Feliz viernes! —exclamo cuando llego a casa.

Iván, repantigado en el sofá con el pijama puesto y el pelo algo revuelto, simplemente responde:

—Hey.

Lo miro, extrañada por el tono desanimado que ha utilizado. Cierro la puerta y dejo las cosas en el suelo.

—¿Qué te pasa?

El rubio se encoge de hombros.

—Nada.

—Pues no lo parece. —Aparto una de sus piernas extendidas y me siento a su lado—. Cuéntame.

—No es nada.

Pero la voz le sale algo débil, así que insisto.

—¿Puedes dejar de hacerte el machote y el interesante y contármelo?

Entonces clava sus ojos en mí.

—Menuda forma de animarme a hablar, ¿no has pensado en ser psicóloga?

Resoplo.

—Soy demasiado impaciente, volvería loca yo a la gente.

—En eso te doy la razón.

Le saco la lengua y se ríe.

—Venga, ahora en serio… —digo con un tono más suave—. ¿Estás bien?

Se incorpora y apoya la espalda en el respaldo, cansado.

—He suspendido una de las asignaturas más importantes del curso.

—Oooh… —respondo, ahora más comprensiva—. Bueno, no es el fin del mundo. Todos hemos suspendido alguna vez.

—Lo sé. —Suspira—. Es solo que no me lo esperaba, pensaba que había ido bien. Ahora tendré que preocuparme por la dichosa asignatura mientras hago el trabajo de fin de grado.

—Yo te ayudo, si quieres.

Me dirige una mirada repleta de desconfianza.

—Nuri… ¿Ofreciéndome ayuda? —Alza la mano y la pone sobre mi frente—. Joder, ¿debería llamar a emergencias? Tienes que estar enferma.

Le doy un manotazo y se la aparto.

—Idiota. En unas semanas acabo las prácticas en el periódico digital y tendré más tiempo libre, por eso lo digo.

Una pequeña sonrisa se dibuja en sus labios mientras acerca su cuerpo al mío, haciendo que nuestras rodillas se rocen y que nuestros rostros queden frente a frente.

—Así que me ofreces tu ayuda…

Bufo.

—Sí, aunque empiezo a arrepentirme.

Una risa baja escapa de su garganta.

Clava sus ojos en los míos y dice con voz ronca:

—Ten cuidado, Nuri, o me voy a pensar que te gusto de verdad.

Le devuelvo una mirada nerviosa.

—Deja de decir tonterías.

—Ya sabes que solo tienes que pronunciar esa palabra mágica y seré todo tuyo —susurra seductor.

Su mano acaricia mi pierna con lentitud y un pequeño escalofrío me recorre el cuerpo. Decido seguirle el juego y rozo su antebrazo con las yemas de mis dedos mientras deslizo mis ojos por su rostro.

Observo cómo traga saliva y me río para mis adentros.

—Ay, Iván... Eres un ingenuo, eso nunca va a pasar.

—¿Estás segura?

Le sonrío.

—Completamente. —Me levanto de un salto, fingiendo que lo hago para fastidiarle y no porque yo misma estaba disfrutando demasiado del contacto de mi piel con la suya—. ¿Hoy sales?

Me dirijo a la cocina y me sirvo un vaso de agua.

Le oigo suspirar.

—No, había quedado con los chicos, pero lo he cancelado.

Bebo un trago y lo miro.

A pesar de haber intentado revestir la tristeza con su típica fanfarronería, a mí no me engaña. Está de bajón.

—¿Y tú? —pregunta entonces—. ¿Tienes algún plan?

Dudo.

Hasta hace unos minutos mi cuerpo me pedía a gritos salir de fiesta, hace meses que no lo hago en condiciones y me apetecía muchísimo. Pero en cuanto he atravesado la puerta y he visto el gesto de Iván..., ya no me apetece tanto.

Decido no darle muchas vueltas a este hecho. Solo se trata de tener algo de empatía, e Iván prácticamente me salvó la vida hace unas semanas, lo mínimo que puedo hacer es apoyarle si está triste.

Eso es, me apetece estar con él porque se lo debo.

—¿Ver una peli y cenar helado? —ofrezco.

El rubio clava en mí sus ojos verdes, sorprendido.

Estudia mi rostro, buscando algo que le indique que estoy de broma.

—¿En serio?

Pongo los ojos en blanco y saco del congelador los tres sabores que tenemos.

—¿Chocolate, vainilla o...? —Le doy la vuelta al último—. ¿Fresa? Puaj, no sé por qué no me sorprende que seas de esos raritos que toman helado con sabor a fruta.

Sonríe un tanto.

—Los tres —decide al final.

Asiento con la cabeza y saco el teléfono de mi bolsillo.

Trato de no pensar mucho mientras tecleo un mensaje por el grupo de mis amigos de la universidad con la peor excusa del mundo, esperando que cuele y no me pregunten mucho por el verdadero motivo por el que no salgo.

Estoy a punto de bloquear el móvil cuando me doy cuenta de que tengo un par de mensajes sin leer de hace solo unos minutos.

> **Fer**
> Hola, Nuri, este fin de semana estaré por Madrid. Te apetece que nos tomemos algo?

> Podemos ponernos al día, ya sabes. He pensado mucho en ti desde que nos volvimos a ver

Me quedo unos segundos pensativa, un poco abrumada.

—¿Te da igual la película? —pregunta Iván.

—Eh… —Trago saliva—. ¡Sí!

Entro en mi habitación con la excusa de que me voy a poner cómoda y releo de nuevo los mensajes mientras sopeso qué contestar.

Fer es muy buen chico, hemos sido amigos desde que llegó al colegio y nunca ha pasado nada entre nosotros, pero esto… Esto no sería una quedada entre amigos.

Me doy una bofetada mental, molesta por el remolino de emociones que se agita en mi interior. La Nuri de hace unos meses habría aceptado sin dudarlo, decidida a quedar y pasar un buen rato sin ataduras ni líos, pero la Nuri de ahora…

Resoplo.

No, sigo siendo exactamente igual, solo que ahora Iván me cae un poquito mejor y nunca ha estado bien dejar a un amigo tirado cuando está pasando por un mal momento.

Me digo eso a mí misma una y otra vez mientras escribo en el móvil.

Yo
Hola, Fer!

No puedo, perdona.
Otra vez será!

Mientras me pongo un pijama cómodo y calentito recibo su respuesta.

Fer
Eso espero, un beso

Me muerdo el labio y apago el móvil con una sensación extraña rondando por mi pecho.

Salgo de mi habitación y me siento junto a Iván en el sofá.

—¡Eh! —exclamo—. Ya te has tomado media tarrina de chocolate, serás...

—Quien no corre vuela, rubita.

Suelto un quejido y se la quito de las manos.

—Y bien, ¿cuál has escogido? No sé si me fío mucho de tu gusto en pelis.

El rubio se ríe y se acomoda un poco más a mi lado.

Prefiero no pensar mucho en la forma en la que mi cuerpo agradece de inmediato su calor ni la manera en la que mi corazón se salta un latido cuando Iván agarra una manta y la extiende sobre los dos, asegurándose de que me tapa también los pies.

Y mucho menos la forma en la que una sonrisa tonta asoma por mis labios cuando me dice:

—*El planeta del tesoro.* —Posa sobre mí su mirada—. No podía dejar pasar la oportunidad de oírte desafinar mientras cantas «Sigo aquí».

Le doy un manotazo en el hombro y suelta una carcajada.

—Yo no desafino.

Le da al *play* y, mientras los primeros personajes aparecen en la pantalla, miro al chico sentado a mi lado.

Un pequeño escalofrío atraviesa mi cuerpo.

Joder.

21

—¡No me lo puedo creer! —exclamo.

—Ni yo —responde Vega, emocionada.

Miro de nuevo la invitación que nos ha dado y le doy un abrazo torpe, tratando de que no se derrame el contenido de mi copa.

Mi amiga ha conseguido aquello por lo que lleva trabajando todo el curso: participar en el desfile que organiza su universidad cada año. Lo especial de todo esto es que es la primera alumna de tercer curso en hacerlo cuando lo normal es que únicamente sean los de último año los que presentan sus proyectos, pero el de Vega era tan bueno que pasó las fases sin problema.

—Estará lleno de gente superimportante; normalmente los que más destacan en el desfile luego consiguen trabajos muy notables y hacen muchos contactos. Un chico que participó hace varios años ahora está trabajando en Milán como diseñador de una de las franquicias más famosas de Italia.

—Te lo mereces. —Carola le sonríe—. Vas a ser la mejor de todas y ¡allí estaremos para apoyarte!

—Claro que sí —lo secundo.

—Pero eso no es lo mejor.

—¿Hay más? —pregunto con guasa.

Mi amiga asiente emocionada y continúa:

—Uno de los organizadores se enteró de que Nico era mi novio y parece ser que le gusta mucho su grupo... ¡Así que Red Velvet va a dar un concierto en directo durante el desfile!

Carola y yo soltamos un grito de exclamación y todas empezamos a dar saltitos.

—¡Vas a ser una diseñadora de esas famosas con un novio cantante!

—No nos olvides cuando estés en lo alto, por favor —suplico con ironía.

Vega suelta una carcajada y nos estrecha entre sus brazos.

—Eso jamás, vosotras sois las que más me habéis apoyado en todo esto.

Las tres nos sonreímos, felices.

Hemos venido a uno de los locales nuevos que están ahora de moda en Madrid. Es un sitio moderno, lleno de luces de neón por las paredes con cientos de mensajes distintos y donde la música no deja de sonar.

Me balanceo al son de la canción que está sonando mientras le doy otro trago a mi copa.

—¿Y tú, Nuri? —me pregunta entonces la pelirroja—. ¿Echas de menos tus prácticas?

Niego con la cabeza.

Hace una semana que terminaron oficialmente y no me ha dado ninguna pena despedirme de mi jefe cascarrabias y quitarme de encima los artículos tan aburridos y clasistas que tenía que hacer cada semana. Lo único que añoro un poquito son los descansos con Marina, pero hemos congeniado tanto que ya hemos quedado la semana que viene para charlar un rato y tomarnos algo, aunque en realidad lo que quiere mi excompañera de prácticas es que la ponga al día de todo lo que está pasando con Iván.

Me siento un poco mal al estar aquí con las chicas y no haberles contado nada, pero es que no sé muy bien cómo abordar el tema y, si soy sincera, me agobia un poco. Estas últimas semanas las cosas han ido muy bien, aunque no ha pasado nada más entre nosotros... Nada físico, al menos. Pero lo cierto es que cada día me pregunto a mí misma qué se supone que estoy haciendo. Pasamos mucho tiempo juntos..., bastante más de lo normal, de hecho.

Y me he acostumbrado demasiado rápido a ello.

Me muerdo el labio, sopesando si decirles algo o no, pero entonces la morena se termina el vaso, agranda un poco los ojos y me mira.

—¡Tía! Se me ha olvidado decírtelo, ¡te he encontrado un piso en Madrid!

Me quedo congelada al escucharla y planto en mi cara el intento de una sonrisa.

—¡No me digas! —exclama emocionada la pelirroja—. Eso es una buena noticia, ¿no, Nuri?

Sí. O debería serlo, al menos.

Una incomodidad nada bienvenida se asienta en mi estómago y trago saliva. Se supone que esto debería alegrarme, ¿no? Fui yo la que animé a Vega a que me ayudara, e Iván y yo quedamos en que después de Navidad me iría del piso, pero ninguno ha sacado el tema estas últimas semanas y lo cierto es que hace tiempo que yo misma dejé de buscar.

Me remuevo en el sitio sin saber muy bien qué contestar ni entender qué siento en este momento, hasta que noto las miradas extrañadas de mis amigas sobre mí y digo:

—Sí, está genial. —Trato de sonar animada—. Pásame la información cuando puedas y lo miro, ¿vale?

La morena entrecierra los ojos; sospecha que algo pasa, pero no le doy tiempo a preguntar.

—Hablando de lo del piso... ¿Y los chicos?

—Como hacía tiempo que no pasábamos tiempo juntas, no les hemos dicho nada —me explica Carola—. Creo que han quedado entre ellos, pero no tengo ni idea de adónde han ido.

—¡Noche de chicas! —exclama Vega, y me da un pequeño codazo en el brazo.

Sonrío y me acabo mi copa, algo decepcionada de repente.

Lo cierto es que esperaba verlos aquí a todos..., o bueno, a Iván.

Estos dos últimos días el rubio ha estado a tope con cosas de la universidad, intentando sacar créditos extra y haciendo trabajos para la asignatura que suspendió y no lo he visto mucho en casa.

Tras pedirnos otra ronda, nos ponemos a bailar entre nosotras. Conforme la noche avanza el sitio se va llenando más y más hasta que prácticamente estamos todas sudando, y eso que me he puesto un vestido largo y sin mangas negro.

Los efectos del alcohol se van apoderando de mis movimientos y nos reímos mientras hacemos el tonto. Lo estoy pasando bien, me apetecía mucho estar con ellas y salir un rato, pero no puedo evitar que algo dentro de mí se agite cuando pienso en que, justo esta vez, no me habría importado que invitaran a los chicos.

El universo debe de escucharme o algo porque un rato después Vega mira a mi espalda y dice:

—No me lo puedo creer.

Sigo la dirección de sus ojos y un hormigueo se asienta en mi pecho cuando reconozco los mechones rubios de Iván junto a Nico y Gael.

—Qué fuerte, mira que hay sitios para salir —sigue la morena—. Perdona, Nuri.

La miro algo extrañada hasta que caigo en que lo dice porque Iván está aquí.

—Ah... No te preocupes —la tranquilizo—. Ya me he acostumbrado a su presencia.

Carola llama la atención de Gael con la mano, sonriente.

—Joder, ¡qué casualidad! —exclama Nico cuando se acercan a nosotras.

—¿Acaso me estás espiando? —le chincha la morena.

Se encoge de hombros y le da un beso en los labios.

—Me has pillado —responde divertido.

Me coloco un mechón de pelo tras la oreja y mis ojos buscan los de Iván por inercia. Me sobresalto un poco al encontrarlos ya puestos sobre mí.

—Hola —saluda con voz cálida.

—Hola. —Sonrío.

Nos quedamos mirándonos durante unos segundos y noto un calor extraño subiendo hasta mis mejillas.

—¿Quieres una copa? —me pregunta entonces.

Alzo la mano.

—Ya estoy servida.

—Ah... Ya ves. —Se ríe, algo nervioso.

—No esperaba veros aquí —digo entonces.

El rubio se revuelve un poco el pelo y traga saliva.

—¿Te molesta?

Me mira, intrigado y algo dubitativo. No sé si es porque llevo unas cuantas copas ya encima o porque cada vez que él está cerca todas las cosas de las que siempre creo estar segura se desvanecen. Eso hace que pierda la coherencia de la que a todas horas presumo, pero noto cómo mi corazón se encoge un poco. ¿De verdad cree que puede fastidiarme el hecho de que él esté aquí?

Hace unos meses lo habría entendido porque, a ver, era así. Pero después de haber estado conviviendo y de todo lo que ha pasado, no creo que haya ni una décima parte de mí a la que ahora le moleste su presencia.

De hecho, lo único que me preocupa es la forma en la que me altera.

—No —termino por responder—. Me gusta.

Sus labios se curvan en una ligera sonrisa que hace que me cosquillee la piel.

—Qué felices os veo —dice Vega mientras se acerca y abraza a Iván por detrás—. ¿Se lo has contado ya?

El rubio me mira extrañado y yo me muerdo el labio.

—¿Contarme el qué?

Abro la boca sin saber muy bien qué decir, pero entonces la morena continúa:

—Le he encontrado un piso en Madrid. Tendrá su propia habitación con una cama enorme y solo una compañera de piso que conozco y es supermaja. —Me guiña un ojo con complicidad y le devuelvo una sonrisa que parece más una mueca.

El gesto de Iván pasa de estar confundido a serio en cuestión de segundos. Escruta mi cara, esperando que confirme lo que acaba de anunciar Vega.

—Sí, bueno... Como dijimos que me iría después de Navidad... —acabo por soltar.

—¡Ya no tendréis que aguantaros! —La morena se ríe—. Aunque debo añadir que nos habéis sorprendido a todos; Nico apostó a que Nuri se iría del piso a las dos semanas después de incendiarlo.

El rubio carraspea y aparta sus ojos de mí.

—Ya, bueno. ¿Qué puedo decir? Mis dotes de seducción no fallan nunca —le responde Iván en un tono de voz que pretende ser divertido—. Voy a por una cerveza.

Sin decir nada más, se aleja de nosotras en dirección a la barra.

—Vaya, ¿soy yo o está raro? —se extraña Vega.

Me encojo de hombros.

Paso los siguientes minutos charlando con los demás y tratando de divertirme de nuevo, pero se me hace difícil. En mi cabeza no deja de repetirse el semblante algo triste de Iván.

—Por fin os encuentro —dice entonces una voz que reconozco a mi espalda—. El baño estaba hasta arriba.

Me doy la vuelta y me topo de lleno con Fer quien, al igual que yo, me dedica un gesto de sorpresa.

—¿Fer? —pregunto—. ¿Qué haces aquí?

El castaño me sonríe y nos damos un breve abrazo.

—Esta mañana avisé a Iván de que estaría en Madrid y me ha invitado a tomar algo con ellos. —Señala con un gesto de la cabeza a Nico y Gael quienes, al darse cuenta de que está de vuelta, se acercan y le dan varias palmaditas en la espalda.

Las chicas se sorprenden al percatarse de quién ha llegado. Ellas también tenían buena relación con Fer, aunque no tanto como yo, así que durante los siguientes minutos escucho cómo se ponen al día los unos con los otros.

No puedo evitar mirar a mi alrededor de vez en cuando y buscar con los ojos el pelo rubio de Iván. Hace ya un rato que ha desaparecido entre la gente y aún no ha vuelto.

—Qué sorpresa verte aquí —me dice entonces Fer.

Lo miro y sonrío.

—No sabía que estarías en Madrid este finde.

—Ya... Bueno, no te avisé porque como la última vez no podías... Pensé que ahora tampoco tendrías tiempo.

Ladeo la cabeza; entiendo lo que dice entre líneas.

Pensó que ahora tampoco habría querido quedar.

—Lo siento, es que... No sé, últimamente estoy hasta arriba —miento.

El castaño fija sus ojos en mí.

Está increíble con esa camiseta negra algo ajustada que le marca los músculos de los brazos. Varias chicas y algún que otro chico se vuelven para echarle un vistazo nada disimulado.

—Mañana tengo el día libre, por si te apetece que comamos o algo...

Entonces detrás de él, a unos metros de nosotros junto a la barra, encuentro por fin a Iván.

Respiro un poco más tranquila. Empezaba a pensar que se había marchado. Se me pasa por la cabeza acercarme y hablar con él sobre el piso que ha mencionado Vega, pero Fer interrumpe mis pensamientos.

—¿Eso es un no?

Parpadeo.

—Perdona, ¿qué?

Voltea su cuerpo y sigue la misma dirección que han tomado mis ojos hace unos segundos.

—Ya entiendo...

—¿El qué? —pregunto extrañada.

Una pequeña carcajada escapa de sus labios.

—Pues que las cosas no han cambiado mucho, por lo que veo.

—No sé a qué te refieres.

Se mete una mano en el bolsillo y se acerca un poco más a mí.

—Sigues coladita por Iván.

Le dedico un gesto ofendido al mismo tiempo que le doy un pequeño manotazo en el hombro.

—No digas tonterías. —La voz me sale más nerviosa de lo que pretendía—. Nunca me gustó y ahora tampoco.

—Nuri... —me dice en tono confidencial—. No tienes que fingir conmigo. Cuando éramos pequeños lo sabía, se veía a leguas, y ahora también.

—Son alucinaciones tuyas —le reprocho.

Su risa se cuela por mis oídos, lo que me pone aún más nerviosa.

—Somos amigos desde hace mucho, así que no hace falta que me lo admitas. Supongo que sigues sin aceptarlo tú misma, en eso tampoco has cambiado —dice, y hago una mueca—. Solo me alegro de saberlo.

—Te estás equivocando.

Se encoge de hombros.

—No lo creo. Y no pienso meterme en medio.

—¿Pretendías hacerlo? —le pregunto.

Sus labios se curvan hacia arriba en una sonrisa irónica.

—Sabes que sí, al menos hasta que me he dado cuenta de que es recíproco.

Mi corazón me da un vuelco en el pecho.

—¿Qué quieres decir con eso?

Se inclina hacia mí, como si quisiera contarme un secreto que nadie más pudiera oír a pesar del estruendo de la música.

—Que él también estaba, y está, coladito por ti.

—¿Y eso cómo lo sabes?

—Llámalo observación o sexto sentido, lo que tú quieras. —Me da un apretón amistoso en el brazo—. Voy con los demás otra vez.

Me quedo pensativa durante unos minutos.

Le doy otro trago a la copa, buscando algo que alivie el remolino de emociones que siento.

No me gusta Iván, eso es un disparate. Fer tiene que haberse fumado algo antes de venir para imaginarse eso siquiera. Puede que cuando era pequeña tuviera un diminuto momento de confusión... Pero fue algo muy tonto que nunca me molesté en decirle a nadie.

De nuevo, busco a Iván con la mirada. Me planteo acercarme otra vez, contarle el disparate que ha dicho Fer para que nos riamos juntos de ello, pero entonces veo algo que no me hace tanta gracia.

Natalia le rodea la espalda con los brazos y le da un abracito antes de ponerse a su lado y empezar a susurrarle algo a la oreja. El rubio solo ladea la cabeza y la mira, algo serio. Entonces, un segundo después, la castaña se pone de puntillas y le planta un ligero beso en la comisura del labio.

Me doy la vuelta tan rápido como puedo, sin querer ver nada más, pero es demasiado tarde. Una sensación agridulce hace que mi corazón comience a latir más rápido y que por mi cabeza se empiecen a suceder miles de imágenes.

Unas que recuerdo demasiado bien.

Unas que me hicieron entender por qué lo nuestro nunca iba a funcionar.

Siete años antes

—¡No me lo puedo creer! ¿Y luego qué pasó?

Vega mira expectante a Carola, esperando a que la pelirroja le responda.

—Me llevó a cenar a un sitio supercaro, de esos a los que solo van nuestros padres una vez cada mil años.

—¿Y luego? —insiste la morena.

—Me acompañó a casa y me besó.

Vega se pone a dar saltitos y grita de emoción, haciendo que varias personas se volteen a mirarnos.

Estamos en el bar al que venimos casi todos los viernes a tomarnos algo. La mayoría de la gente de nuestro curso y de otros institutos queda aquí los fines de semana porque hay dos por uno en bebida y la música que suena es muy buena, así que me topo con varias caras conocidas mientras les chisto para que bajen la voz.

—Qué fuerte, tía —exclama Vega—. Tienes que presentárnoslos cuanto antes.

—Claro. —Carola asiente un poco tímida, pero sonriente.

—Y ese tal Adrián... —pregunto entonces yo—. ¿No tendrá un hermano o algo? Porque parece don perfecto: cita romántica, flores, besos bajo la luna... Como si lo hubieran sacado de una novela de Nicholas Sparks.

La pelirroja niega con la cabeza.

—Es hijo único.

Vega resopla.

—¿Tú de qué te quejas? —la chincho—. Víctor bebe los vientos por ti.

—Sí, pero solo nos hemos liado un par de veces, aún no me ha pedido salir oficialmente ni ha hecho nada especial —confiesa triste.

Le doy un pequeño apretón.

—Lo hará, estoy segura. Y si no es así, ¡que le den! Hay miles de peces en el mar.

Le doy un trago a mi bebida.

—¿Y tú? —pregunta entonces Vega—. Últimamente no nos cuentas nada.

Me pongo tensa y sonrío, intentando que no se note mi nerviosismo.

Desde que celebramos el cumpleaños de la morena hace un par de meses, no he dejado de pensar en Iván y en el beso que nos dimos.

Es ridículo, no lo entiendo, pero no puedo sacármelo de la cabeza. Cada vez que me cruzo con él en clase, algo dentro de mí se remueve, el estómago me da un vuelco y noto como si una descarga eléctrica me atravesara la piel. Es horrible.

Ninguno hemos vuelto a hablar desde entonces, aunque no dejamos de lanzarnos miradas en el instituto y, a veces, cuando pasa por mi lado, no sé si son imaginaciones mías, pero noto como si rozara su cuerpo con el mío adrede.

Por las noches sueño una y otra vez con la forma en la que sus labios se posaron sobre los míos. ¿Por qué lo hizo? Tiene que haber una explicación. A veces me da por pensar que es porque puede que le guste, pero siempre acabo descartando esa idea. Estamos hablando de Iván... Y luego está el hecho que desde que pasó eso entre nosotros no lo he visto con ninguna chica.

No puedo evitar que mi corazón se encoja cada vez que pienso en la posibilidad de que sea porque siente algo mí.

Jamás me habría imaginado que me replantearía esto, pero ¿y si es verdad? Y, lo peor de todo, ¿y si es recíproco?

Me muerdo una uña, nerviosa, y al final contesto a las chicas:

—Es que no tengo nada que contar, no he conocido a nadie interesante últimamente.

En realidad no es mentira, a Iván lo conozco desde que tengo uso de razón.

Mis amigas aceptan mi respuesta y pasamos la siguiente hora charlando y bebiéndonos unos cuantos refrescos. El bar se va llenando más conforme avanza la noche y nos topamos con unos compañeros de clase con los que nos llevamos bien.

Justo cuando pensaba que ya no iba a aparecer por aquí, veo a Iván al fondo, junto a los baños.

Está charlando con unos amigos mientras se lleva un vaso a los labios.

Es tan mono... Bueno, solo un poco.

Algo dentro de mí (no sé si es la sensación que nubla mi corazón cada vez que lo miro o un lapsus mental) me pide que me acerque a él. Puedo decirle que hablemos, preguntarle qué es lo que pasó en el armario y qué significó para él que me besara. Quizá cuando sepa la respuesta, entienda un poco mejor qué es lo que siento, y en el fondo no puedo evitar desear que me diga que él también ha estado pensando en mí.

Me alejo de las chicas con la excusa de ir al baño y me dirijo hacia él.

Unos nervios se apoderan de mí con cada paso que doy, pero intento no hacerles caso. Me cuesta avanzar entre el cúmulo de gente que hay a estas horas en el bar y, cuando estoy a punto de alcanzarle, una melena castaña se me adelanta.

—Aquí estás, guapo... —Natalia separa a Iván del grupo y le da un beso—. Te he estado buscando toda la noche.

Me quedo petrificada en el sitio.

—Jolines, qué monos son. —Me parece que las que tengo al lado son las amigas de Natalia porque continúan—: No se despegan, ¿eh? Son una parejaza.

Observo cómo el rubio lleva las manos a la espalda de la chica y la estrecha contra él para profundizar más el beso.

Me limpio una pequeña lágrima que me cae por el rostro y, tratando de reprimir el vacío que se instala en mi pecho, salgo del bar tan rápido como puedo.

Sabía que no tendría que haber pensado que aquel beso había significado algo... Iván es un mujeriego y siempre lo va a ser.

Y yo soy tonta.

22

Me cierro el abrigo mientras regreso a casa con pasos rápidos.

No sé si las chicas se han tragado la excusa de que me encontraba mal, pero ahora mismo me da igual. Necesito poner distancia y reorganizar mis pensamientos.

Odio que la sensación que me invadió aquella noche en el bar cuando tenía quince años haya vuelto y me impacte tanto como en su día. Tendría que haberlo imaginado... No sé por qué pensaba que esta vez las cosas eran diferentes, no me gusta sentirme tan vulnerable y me cabrea que algo tan tonto como esto haga que me plantee todo lo que tenía claro desde el primer momento.

Que Iván se lie con Natalia no tendría que sorprenderme ni fastidiarme tanto, ha sido así siempre. Y entre él y yo no hay nada, nunca lo ha habido.

Por suerte, el sitio en el que estábamos no se encuentra muy lejos del piso, así que diez minutos más tarde llego y no tardo en cambiarme el vestido por un pijama y meterme en la cama.

Cierro los ojos, intentando obligarme a mí misma a dormir, pero es imposible.

La imagen de Natalia abrazando a Iván y pegándose a él se repite en mi cabeza una y otra vez al tiempo que se unen muchos de los recuerdos de cuando estaban juntos y el rubio se la traía con el grupo, nos los encontrábamos de fiesta, se veían en la entrada del instituto... Uf.

El sonido de la puerta me sobresalta y miro la hora en el móvil.

Son las tres de la madrugada, solo hace veinte minutos que me fui del local. ¿Qué hace Iván ya aquí?

Oigo sus pasos por el pasillo. Aguanto la respiración y agudizo el oído hasta escuchar cómo se mete en su habitación.

Pero no hace eso.

En cambio, la puerta de mi cuarto se abre con suavidad.

—Nuri... —susurra con voz cálida—. ¿Estás despierta?

Me planteo seriamente fingir que estoy en el quinto sueño y esperar a que se vaya, pero no sé si es por las copas que me he bebido o por la molestia latente que siento en el pecho que al final le digo:

—Vete.

Un suspiro se escapa de sus labios mientras cierra y se sienta en mi cama.

Estoy de espaldas a él, así que no puedo ver su expresión, pero no tardo mucho en notar su mano sobre mi hombro.

—Me ha dicho Vega que te encontrabas mal, ¿tienes fiebre? ¿Quieres que te traiga algo?

Odio la forma tan suave que tiene de hablarme y, sobre todo, la manera en la que mi corazón se calienta al descubrir que ha venido porque estaba preocupado por mí.

—Estoy bien, gracias.

—¿Seguro?

Me giro y lo miro a la cara.

—Seguro, así que tranquilo, puedes volver a la fiesta y seguir con lo que estabas haciendo.

A pesar de la oscuridad, percibo el gesto de sorpresa que se le dibuja en la cara y, también, que este torna a uno divertido.

—Rubita..., ¿acaso estás celosa?

Bufo.

—No flipes.

Me tapo la cara con la manta para dar por finalizada la conversación, pero Iván me la aparta.

—Estás celosa.

—¿Te has bebido un tanque de cerveza antes de venir aquí y sufres alucinaciones? Deja de decir tonterías.

Suelta una carcajada y pone los brazos a ambos lados de mi cabeza mientras sostiene la sábana.

—Me la he encontrado y he estado un rato charlando con ella, somos amigos.

—No me tienes que dar explicaciones, Iván.

Se encoge de hombros.

—Ya, pero quiero hacerlo.

Me quedo seria y algo pensativa; de repente me siento estúpida por todo esto.

—Vale, pero yo no quiero hablarlo —contesto.

—De acuerdo. Pero ¿eso de que te encontrabas mal era verdad o simplemente te has ido porque me odias?

Resoplo ante su tono divertido.

—Un poco de todo —acabo por decir.

Dibuja en su cara una sonrisa y pongo los ojos en blanco.

—Ahora ¿me dejas dormir, por favor?

—Claro.

Veo que empieza a desatarse los zapatos. Cuando termina, los deja a un lado y se quita la camiseta.

—¿Se puede saber qué estás haciendo?

—Irme a dormir —contesta sin más.

Me aparta a un lado con suavidad y se mete entre mis sábanas mientras yo suelto un quejido.

—¡Vete a tu cama!

—Has dicho que te encontrabas un poquito mal, no puedo dejar que pases la noche sola. ¿Y si de repente te da fiebre y te tengo que llevar al hospital? No me lo perdonaría.

—Deja de decir chorradas, sabes muy bien que estoy perfecta. —Lo empujo con las manos, pero es prácticamente una roca—. ¡Iván!

Se gira hasta quedar frente a mí y me mira.

—Vale, si me lo vuelves a pedir, me voy —responde entonces—. Pero quiero que sepas que me gustaría dormir contigo esta noche.

Descanso la cabeza en la almohada y lo miro.

—¿Por qué?

—Hay distintos motivos... —Hace como si se lo pensara durante unos segundos—. Oírte roncar en primera fila, ver tus pelos de loca por la mañana, escucharte hablar en sueños...

—Yo no hablo en sueños.

—Sí que lo haces —contesta divertido—. Pero la verdad es que no me apetece irme a mi habitación y dormirme sabiendo que estás a tan solo unos metros.

Mi corazón se salta un latido y mi pecho se infla un poco al oírle decir eso.

—¿Solo dormir?

Asiente.

—Solo dormir.

Me quedo un poco extrañada al principio... Yo nunca *solo he dormido* con nadie, normalmente eso pasa después de habernos enrollado y la mayoría de las veces, a no ser que sea muy tarde o esté cansada, ni siquiera eso.

Pero no puedo evitar que una sensación no del todo desconocida recorra mi piel y me caliente al pensar en pasar la noche con él.

—De acuerdo —murmuro.

—Vale —contesta él en un susurro.

Su aliento se entremezcla con el mío y su olor empieza a adueñarse de mi cama.

—Pero no te acerques mucho —digo entonces—. Tú en tu lado y yo en el mío.

Me pego todo lo que puedo a la pared y me acomodo.

El rubio se ríe.

—Con esta cama tan minúscula eso va a ser difícil.

—Menuda cara... —refunfuño—. No todos tenemos una habitación gigantesca con una cama kilométrica.

Su risa se cuela por mis oídos mientras se tapa hasta arriba y se acomoda para respetar el espacio que le he pedido.

Nos quedamos en silencio y dedico un rato a observar las sombras de su rostro mientras su respiración se vuelve más pausada.

¿Qué estamos haciendo? Esto no es normal.

Pero no tengo intención alguna de salir de la cama e irme a dormir a otro sitio, estoy demasiado a gusto ahora mismo y el calor que desprende su cuerpo hace que me vaya sumiendo en el sueño con rapidez.

Antes de caer rendida del todo, escucho que susurra:

—Buenas noches, Nuri.

Con mis últimas fuerzas, respondo:

—Buenas noches, Iván.

Cuando abro los ojos, lo primero con lo que me encuentro es con el rostro de Iván a pocos centímetros del mío, nuestras piernas enredadas y su mano sobre mi cintura.

Por un momento se me pasa por la cabeza despertarle y tirarlo de la cama de un empujón, pero hay algo hipnotizante en la forma en la que respira, con la boca ligeramente entreabierta, el mechón de pelo revuelto que le cae sobre la frente y la forma en la que su mano se sacude con pequeños espasmos de vez en cuando. Así que me quedo observándolo durante un tiempo que roza lo ilegal. Dios mío, parezco una acosadora. Pero es que no puedo parar.

Me dedico a contar las pequeñas pecas que le cubren la nariz y me relajo viéndolo dormir. En esta postura casi parece un chico bueno e inocente.

Con cuidado, le aparto el pelo de la cara e inspiro hondo.

Me sobresalto cuando noto su mano sobre la mía.

—Hey... —murmura desperezándose.

Parpadea y se frota los ojos, suelta un bostezo y me mira.

—¿Cuánto llevas despierta?

Me encojo de hombros.

—Solo un rato.

«Una hora por lo menos».

Estamos el uno junto al otro, ambos tumbados de lado. Nuestras piernas siguen en contacto y el pulgar de Iván me hace pequeñas caricias mientras va recuperando la consciencia.

—Has pasado el límite —dice con guasa señalando el centro de la cama.

—Has sido tú —respondo gruñona.

Sonríe.

—Lo que tu digas.

Bufo.

—¿Qué tal has dormido?

«Demasiado bien». La presencia de Iván en mi cama me ha gustado mucho más de lo que debería.

—Normal —contesto en su lugar.

—Yo genial —susurra—. ¿Tienes algo que hacer hoy?

Niego con la cabeza.

—Luego me pondré un rato con el TFG, tengo que avanzar.

—Puedo ayudarte, si quieres.

Iván se acomoda un poco más. Se le ha bajado la sábana y veo su pecho desnudo. Los músculos de su brazo derecho se contraen mientras se revuelve el pelo.

Trago saliva.

—Vale, gracias.

Parece que ninguno de los dos quiere levantarse, ni siquiera para desayunar algo. Deben de ser más de las once de la mañana, ya que el sol entra a raudales por la ventana y el sonido lejano de los coches se cuela en la habitación, pero ambos continuamos remoloneando en la cama.

—¿Puedo hacerte una pregunta? —dice entonces el rubio.

Asiento extrañada.

—Claro.

Se remueve.

—El piso que te ha encontrado Vega... ¿lo has aceptado?

No me sorprende que quiera saberlo, pero sí la manera en la que ha formulado la frase. Parece nervioso.

—No —respondo al cabo de unos segundos—. Le pedí que me ayudara hace un tiempo, cuando pasó... —Carraspeo—. *Eso* entre nosotros. Pero cuando me dijo que había encontrado algo, solo le pedí que me pasara la información, nada más.

—No te vayas —dice de repente. Flexiona el brazo y apoya la cabeza en su mano; ahora me mira desde arriba—. Sé que es injusto que te pida esto, sé que no debería, pero... no te vayas.

Un cosquilleo extraño me recorre el cuerpo al mirar su expresión. Me pierdo en sus ojos verdes y en la forma en la que me observan, en cómo me transmiten mil emociones mientras espera una respuesta.

—Iván... —dudo.

—No quiere decir nada —se apresura a contestar—. Pero ya no nos llevamos tan mal como antes, la convivencia contigo me gusta, aunque a veces seas la persona más desordenada del mundo y te dejes tus cosas por todos lados. Me he acostumbrado a llegar a casa y verte, y sé que tú también, aunque no vayas a admitirlo. Pero a mí me da igual decirlo en voz alta: no te vayas.

Algo dentro de mí se agita al notar el nerviosismo en su voz.

—Vale.

—¿Vale?

Asiento.

—Yo tampoco quiero irme... Bueno, me he acostumbrado a estar aquí y hacer otra mudanza es un rollo.

Decido no pensar mucho en la verdad: que me ha encantado que me pida que me quede porque no estaba muy contenta con la idea de irme.

—¿Puedo hacerte yo ahora una pregunta? —susurro.

El rubio me dice que sí y respiro hondo, dubitativa.

Siento como si ahora mismo, entre estas sábanas, solo existiéramos él y yo en el mundo y nada pudiera interferir entre nosotros, ni opiniones ajenas, ni pensamientos intrusivos, ni nuestro historial de enemistad..., ni siquiera el destino.

Aquí somos solo Iván y Nuri en su pequeña burbuja en la que todo puede pasar.

Así que aprovecho la oportunidad y le pregunto algo que me ha estado rondando la cabeza durante mucho tiempo.

—Aquella noche, la del cumpleaños de Vega..., ¿por qué me besaste?

Recorre mi rostro con sus ojos y suelta un suspiro antes de contestarme.

—No lo sé —confiesa—. Yo... solo sabía que quería, y lo hice.

Me da la sensación de que no me dice toda la verdad, pero no pregunto nada más.

—Estuve un tiempo enfadada contigo por ello —susurro—. Fuiste mi primer beso.

—Lo siento, no sabía que te había molestado...

Niego con la cabeza.

—No era eso. Yo siempre había pensado que sería algo normal, sin más. Con alguien que me gustara y ya está. Pero contigo... —Toso, nerviosa—. Fue distinto. Creo que me daba rabia saber que para mí había significado algo y para ti no.

Frunce el ceño.

—¿Cómo sabes eso?

—Porque tú ya lo habías hecho con un montón de chicas.

—Nuri..., tú también fuiste mi primer beso.

Agrando los ojos un poco.

—¿Qué? Eso es imposible.

Una sonrisa triste asoma por sus labios.

—Lo es, créeme.

—Pero Natalia...

—Lo de ella llegó después. Tú seguías odiándome, no me hablabas ni me mirabas, así que yo... supuse que no te había gustado.

Me quedo callada durante unos segundos.

—Pero significó mucho, Nuri —continúa en un murmullo.

—¿Y lo sigue haciendo?

Me mira dubitativo.

—¿De verdad quieres saber la respuesta?

Sí. No. No lo sé.

Trago saliva y lo miro.

Creo que en el fondo sé qué es lo que me va a decir, pero eso lo cambiaría todo, lo enrevesaría y complicaría, y... ¿para qué? Es imposible, siempre lo ha sido. Hablar de esto solo lo empeora. No sé por qué lo he preguntado, no puede ser.

Estoy hecha un lío, no podemos seguir comentando esto, pero tampoco quiero que se vaya ahora. Es algo incoherente y egoísta, lo sé. A pesar de ello, no puedo evitarlo.

Así que, en vez de contestarle, decido guardar todas esas dudas y todos esos pensamientos en una caja fuerte bien escondida dentro de mi cabeza y le digo lo único de lo que sí estoy segura ahora mismo:

—Bésame.

El rubio no necesita que añada nada para entender mi respuesta.

—Te dije que solo te tocaría cuando me lo pidieras, Nuri, por eso solo te lo voy a preguntar una vez. —Acerca su rostro al mío hasta que nuestras narices se rozan y nuestros alientos se entremezclan—. ¿Estás segura?

Asiento, acariciando su mejilla.

—Bésame —repito en un murmullo—. Pero ten en cuenta que no hay nada más entre nosotros, solo es sexo, ¿entendido? —añado.

No quiero que se malinterprete.

Sus ojos verdes me buscan, y miles de emociones se arremolinan en mi interior.

—Entendido.

Sus labios apresan los míos un segundo después, sin tregua, hambrientos.

Introduzco mi lengua en su boca mientras noto cómo sus manos me aprietan la cintura y me acercan aún más a él de manera que nuestros pechos se quedan pegados.

Nos acariciamos con ganas, soltando todo aquello que hemos estado reprimiendo estas últimas semanas.

Iván se deshace de mi pijama con una destreza que me pone muy cachonda y yo extiendo la mano, tratando de alcanzar el borde de sus pantalones para hacer lo mismo, pero me lo impide.

—Me lo has pedido, rubita —dice en un tono tan sensual que funde cada centímetro de mi piel—. Y pienso asegurarme de que lo hagas todos los días.

El muy mandón me acorrala con los músculos de su cuerpo y me besa el cuello. No me pienso quejar, estoy disfrutando tanto de sus caricias que ni siquiera me da tiempo a pensar en ello. Desciende con una lentitud agonizante por mi cuerpo, deteniéndose en lamer mis pezones y haciendo que suelte un gemido mientras agarra uno de mis pechos y lo aprieta suavemente.

Una risa baja escapa de su garganta al verme así, completamente rendida tras solo unas cuantas caricias suyas, pero es que no puedo evitarlo.

Continúa repartiéndome besos por cada rincón hasta que llega a mi punto más húmedo y hunde su boca en mí. Levanto las caderas y arqueo la espalda, incapaz de controlar el escalofrío que me sacude mientras Iván me lame sin piedad. Mi respiración se ha vuelto agitada y empiezo a removerme cuando noto que introduce un dedo en mí.

Odio la forma tan pausada con la que juega conmigo; sabe que me tiene a su merced y decide usarlo a su favor mientras añade otro dedo y los mueve a un ritmo que me vuelve loca.

—Iván...

—¿Mmm?

—No me jodas...

Una risa profunda sale de su garganta y retumba en mi

centro mientras aumenta el ritmo y a mí se me escapa un gemido antes de decir su nombre.

Eso parece surtir efecto en él porque me succiona con ganas el clítoris hasta que no aguanto más y el placer me atraviesa.

Respiro de forma agitada mientras se levanta y se limpia la boca con el dorso de la mano. Aprovecho ese momento para incorporarme y bajarle la cremallera de los pantalones al tiempo que atraigo su boca a la mía de forma urgente, saboreándome en su lengua. Quiero más.

Me besa y me acaricia la cara con una suavidad que contrasta con lo que ha hecho hace tan solo unos segundos. Mis manos exploran su pecho y bajan hasta su pene, se lo agarro, muevo los dedos sobre él y, entonces, un sonido gutural que me enciende aún más se le escapa de la garganta.

Separa su rostro unos centímetros del mío para recorrerlo con sus ojos verdes antes de bajar por mi cuello hasta llegar a mi cuerpo. Traga saliva y ahoga un gemido mientras le masturbo bajo su escrutinio.

Sin dejar de tocarle, Iván alcanza un condón que llevaba en los pantalones y lo abre.

Recuesta mi espalda sobre el colchón de nuevo, aparta con suavidad mis manos de él y se lo pone.

Cuando está encima y su pene roza ligeramente mi centro, un calor extremo se apodera de mí y me agito, deseando que se introduzca ya. Entonces me besa y dice:

—Eres especial, Nuri. —Me estremezco mientras se hunde en mí y acaricia mi pelo—. Siempre lo has sido.

No me da tiempo a registrar el significado de sus palabras.

Con la siguiente embestida nos sumimos en un caos de manos, besos y gemidos que hacen que pierda el sentido por completo.

Con Iván todo es más intenso de lo que jamás podría haber imaginado, indescriptible, único, electrizante. Siento como si fuera a explotar mientras se mueve sobre mí. Flexiono las piernas, nuestros pechos se rozan, cubiertos de sudor, y los labios de Iván se unen a los míos con urgencia mientras suelto un gemido.

Acaricia mi labio inferior y me lo muerde, su olor se cuela por mis fosas nasales y abro los ojos, queriendo disfrutar de él todo lo que pueda y no perder detalle.

Sus ojos verdes no se separan de los míos mientras me embiste una y otra vez, cada vez más fuerte, con más ganas, más rápido.

Clavo mis uñas en su hombro y jadeo.

No aguanto más, pierdo por completo el control sobre mi cuerpo.

Un cosquilleo me atraviesa con tanta intensidad que prácticamente me desplomo en la cama a la vez que Iván se deja llevar.

Roza su frente con la mía y acaricio su mejilla mientras ambos tratamos de recobrar el aliento.

—Solo sexo, ¿eh? —me obligo a recordarle mientras aún siento mi cuerpo sensible. Se me encoge el corazón, reacio a procesar todas las emociones que me embriagan cuando estoy con él.

—Solo eso… —Y suspira en mi boca.

23

—¿Comerte una cucaracha o meterte en una bañera llena de arañas? —pregunta Nico.

—¡Sabes que me dan asco los dos! —se angustia la morena.

—Esa es la gracia, tía —señalo.

Todos empezamos a reírnos y pedimos otra ronda de cervezas.

Es jueves por la noche y hemos quedado en el bar donde trabaja Gael para tomarnos algo y ponernos al día un rato. El novio de Carola ha terminado su turno y ahora suelta una carcajada mientras le pasa un brazo por los hombros a la pelirroja, estrechándola contra él. Por suerte, hemos hecho buenas migas con su compañero de trabajo y no para de traernos aperitivos y cosas para picar sin que su jefe se entere.

—Venga, contesta, enana —le insiste Nico a Vega.

Mi amiga medita durante unos segundos, como si de verdad su vida dependiera de ello y no llevásemos jugando a este juego media hora.

—¿La cucaracha está viva o muerta?

—¿Qué más da? —pregunto exasperada.

—¡No es lo mismo notar cómo se mueve en mi boca a comérmela frita! —se queja.

—Viva —responde Nico.

Ella suelta otro lamento, pero acaba diciendo:

—Las arañas.

—¿En serio? —cuestiona Carola—. Yo creo que la cucaracha; total, la voy a matar…

Empezamos a debatir entre todos cuál sería la opción más coherente y continuamos riéndonos un buen rato de las caras de angustia que Vega no deja de poner cada vez que lo piensa.

Iván, a mi lado, se lleva la cerveza a los labios mientras me mira con una sonrisa.

—¿Qué te hace tanta gracia?

Se encoge de hombros.

—Estoy imaginándome tu reacción si vieras a un bicho de esos por la casa.

—No me dan asco.

Más bien me provocan un pánico tremendo.

—Mentirosa —me murmura l oído.

—¿A ti te da miedo algún insecto?

Asiente con la cabeza mientras se reclina en la silla.

—Aquí donde me ves, aunque soy un tío fuerte que puede con todo…

—Ejem. —Finjo que toso—. Fanfarrón…

Sonríe.

—De pequeño me picó una araña y me tuvieron que llevar al hospital, desde entonces no puedo ni verlas —confiesa.

—¿Te pincharon en el culo? —pregunto para chincharle.

Asiente de nuevo.

Al recordarlo, se lleva la mano a la parte trasera y se lo acaricia poniendo una mueca de dolor.

—No se lo desearía ni a mi peor enemigo.

Suelto una carcajada al imaginarlo con los pantalones bajados.

—Yo odio las ratas —le confieso al cabo de un rato—. Aunque Remy, de *Ratatouille*, me parece muy mono.

—Otra película más a la lista que tenemos que ver —dice con seguridad mientras coge una patata y se la lleva a la boca.

Nos dirigimos una mirada cómplice y me sonrojo un poco.

Sus ojos son un reflejo de todo lo que se esconde detrás de esa propuesta, la promesa de pasar una noche de lo más interesante que no tiene nada que ver con la película de Disney. Trago saliva, acalorada de repente.

—¡Venga, Nuri! —me anima Gael con su característico acento y me devuelve a la realidad—. Es tu turno.

Bebo un trago de cerveza para refrescarme y les hago un gesto con la mano.

—Adelante.

—¿Qué preferirías? —piensa Carola—. Comerte un plato lleno de caca...

Pongo cara de asco.

—Menos mal que eres la amiga inocente —ironizo.

—O... ¡darte un beso con Iván! —termina la morena.

Creo que mi cuerpo entero entra en colapso y que mis pulmones dejan de respirar automáticamente.

—¿Qué?

Todos empiezan a reírse al ver mi cara de horror.

—Siempre dices que es lo peor del mundo y que antes muerta que tocarle con un palo.

Me hundo un poco en la silla y noto cómo el calor vuelve a subir por mis mejillas al percibir la mirada del rubio puesta sobre mí.

—Más quisiera ella tener una oportunidad conmigo.

Será... El tío se está descojonando.

Le dedico un gesto aniquilador que solo consigue sacarle otra carcajada.

—Venga, responde —insiste Nico, realmente intrigado—. No me digas que en serio preferirías lo del plato de diarrea antes que darle un beso.

Me inclino en la silla y me muerdo el labio como si lo sopesase durante unos segundos, aunque la realidad es que sé desde hace un rato mi respuesta.

—Está claro. —Le dirijo una mirada de suficiencia a Iván, quien no pierde detalle de mi rostro con una sonrisa fanfarrona dibujada en la cara—. El plato.

Escucho un montón de abucheos procedentes de mis amigos y vuelvo a apoyar la espalda en la silla.

El rubio se acerca un poco a mí con disimulo y murmura:

—Eso ya lo veremos esta noche...

Uf, lo estoy deseando.

—¿Qué toca hoy?

Iván me da la espalda, ocultando lo que tiene entre manos.

—Venga, no te hagas el interesante —insisto.

Intento mirar, pero me lo vuelve a impedir.

Bufo.

—Es sorpresa.

—Huele a tomate —trato de adivinar—. Y a queso... ¿Pizza?

Niega con la cabeza.

—¿Macarrones?

Se ríe.

—Eres desesperante —me pico.

Voy a darme la vuelta cuando me agarra con el brazo desde atrás y me pega a su pecho.

—Impaciente... —me murmura al oído.

—Dímelo.

Una risa gutural escapa de su pecho y vibra en mi espalda.

—Canelones —acaba diciendo.

Mi estómago ruge en respuesta, estoy hambrienta.

—¿Y queda mucho para que estén listos?

—Solo unos minutos. —Deposita un beso sobre mi nuca y me suelta.

Sigo molestando a Iván mientras cocina. Le escondo algunos ingredientes y cambio la temperatura del horno solo por oírle suspirar exasperado y reírme un rato. Para cuando la cena está lista, ambos nos tumbamos en el sofá y el rubio le da al *play*.

Decido no pararme a pensar en por qué he elegido quedarme un sábado por la noche con Iván en vez de ir a la fiesta a la que me han invitado unos amigos. Ni por qué ha sido así las pasadas tres semanas. Este último mes ha sido distinto en muchos sentidos.

Lo cierto es que empezar una relación puramente física con él ha hecho que le conozca más de lo que jamás creí posible. No solo se reduce a saber que tiene un lunar con una forma muy graciosa escondido en la parte baja del abdomen o que le gusta escuchar a Harry Styles mientras se ducha. Tampoco a la manera en la que me hacen reír esos ruiditos que se le escapan de la boca cuando está muy cansado y se duerme.

Son muchas otras cosas. Ahora sé que Iván adora el café, pero nunca se toma uno después de las tres de la tarde porque, si no, no puede dormir; también que algunas mañanas se levanta de mal humor y la única forma que hay de animarlo es llevarlo a tomar unos churros con chocolate en el Retiro después de haber ido a correr. Adora los animales, pero si un gato se le acerca muy rápido, parece que le está atacando un oso panda; su comida favorita es la tortilla de patatas, aunque si está muy cuajada probablemente te la tire a la cara.

También sé con precisión la forma en la que su corazón late cada vez que está cerca de mí.

Y, lo más importante, cómo lo hace el mío.

Por eso no puedo evitar que una tristeza repentina y algo confusa me invada de vez en cuando. Sé que lo nuestro no puede ser y también que me prometí que no sentiría nada tan grande por nadie porque no estaba destinado a acabar bien. Aun así, a veces no puedo evitar soñar con ser otra persona, una Nuri capaz de dar su corazón sin miedo.

Terminamos de cenar y nos acomodamos en el sofá mientras seguimos viendo la película.

La mano de Iván busca la mía y la acaricia con suavidad. Es un movimiento automático, sus ojos siguen puestos sobre la pantalla y su otra mano se encuentra tras su cabeza.

Pero es algo íntimo.

Demasiado.

Sin embargo, no lo rechazo. En su lugar, le devuelvo el gesto.

Gira la cabeza y clava en mí sus ojos verdes.

Seguimos acariciándonos las manos sin decir nada, callados, con nuestras miradas enredadas. Es un movimiento tan simple pero al mismo tiempo tan sensual que prácticamente se me entrecorta el aliento cuando sus dedos avanzan un poco más y llegan a mi antebrazo.

Con lentitud, me levanto y me pongo frente a él, entre sus piernas.

No decimos nada, en realidad no hace falta. La forma en

la que nos observamos el uno al otro, sedientos, con ganas, lo dice todo.

Me quito la camiseta sin prisa y la tiro al suelo. Iván traga saliva y recorre mi pecho sin ningún pudor. Me acaricio los pezones frente a él y desciendo hasta llegar a los pantalones de pijama que llevo.

Un calor abrasador se apodera de mí cuando veo el fuego que cubre sus ojos al mirarme completamente desnuda.

Se quita los pantalones mientras sigue sentado y agarra un envoltorio del bolsillo. Respiro hondo cuando lo veo, grande, imponente, preparado para mí. Se acaricia con suavidad antes de ponerse el condón.

Nuestras piernas se rozan cuando doy un pequeño paso hacia él y me siento a horcajadas sobre su cuerpo. Recorro con suavidad su pecho con la yema de los dedos y él pone una mano sobre el mío, provocando que una descarga eléctrica me sobrepase. Es imposible, pero siento como si con tan solo esto pudiese correrme. Hay algo indescriptible en la forma en la que me mira mientras explora cada centímetro de mi piel.

Aparto con cuidado un mechón de pelo que tiene sobre la frente y me levanto un poco, lo suficiente para colocarme sobre su pene y rozar con él mi clítoris con suavidad. Creo que me voy a volver loca.

Me hundo en él y ambos soltamos un gemido.

—Nuri...

Vuelvo a moverme y se introduce un poco más en mí.

—Chisss —le pido—. No digas nada.

Pero eso es imposible, porque cuando sus labios se clavan en los míos, siento que me dice todo lo que se está callando.

Nuestras lenguas se encuentran y nos besamos con ganas, pegados hasta no dejar ni un centímetro del otro al descubierto.

Me muevo sobre él con agilidad. Sus dedos se enredan en mi pelo y tiran de él con suavidad, provocando que suelte un jadeo y yo le muerdo el labio inferior.

Siento como si con cada embestida algo dentro de mí se rompiera un poco más, como si con cada caricia me quitara un peso de encima y lo sustituyera por algo totalmente distinto, más liviano. Casi me parece oír que las puertas de mi corazón se abren, dejando que todo Iván se cuele en su interior, impregnando cada recoveco que, con tanto cuidado, yo había mantenido oculto durante mucho tiempo.

No puedo dejar que eso pase, no puede convertirse en algo más.

Iván me agarra y me aprieta más contra él, baja un dedo y lo mete entre nuestros cuerpos rozando mi clítoris y provocado que cierre los ojos mientras suelto un suspiro ahogado.

—Mírame, Nuri.

Su voz se cuela en mis oídos como un hechizo.

Observo sus iris verdes mientras me muevo con más urgencia. Todo desaparece a nuestro alrededor, ahora solo estamos Iván y yo, nada más.

Y mientras un orgasmo me atraviesa el cuerpo y gimo su nombre, no puedo evitar pensar que estoy perdida.

24

Toso de nuevo y agarro el pañuelo que me tiende Marina.

—Tía, ¿seguro que te encuentras bien?

Me sueno la nariz y bebo un trago de agua.

—Sí, solo es un catarro.

—Un catarrazo, mejor dicho.

Pongo los ojos en blanco.

—Venga, sigue. Que te has parado en la mejor parte.

Hemos quedado a comer en un sitio vegano nuevo que han abierto fuera de la oficina para que a ella le dé tiempo a volver al trabajo. La verdad es que no echo nada de menos tener que estar ahí todas las mañanas, pero sí que añoro un poco pasar más tiempo con ella.

Marina me cuenta todos los detalles de su último ligue y me entretengo escuchando los cotilleos que hay sobre mis antiguos compañeros.

—¿Y tú qué tal? —pregunta mientras pagamos y caminamos hacia la puerta del periódico—. ¿Volviste a cometer ese error garrafal y te liaste con ese chico?

La ironía en su voz hace que esboce una mueca.

—Algo así.

Se para en medio de la calle, provocando que varios transeúntes se quejen.

Toso de nuevo y la morena rebusca en su bolso más pañuelos.

—Lo sabía —dice sonriente—. Te estás enrollando con él.

—Es solo sexo —aclaro.

Una carcajada sonora sale de su garganta.

—Eso no te lo crees ni tú. ¿Por qué te cuesta tanto aceptarlo? No lo entiendo.

Suelto un poco de aire y me muerdo el labio, nerviosa.

No soy capaz de explicarle a Marina por qué no quiero tener nada con nadie, especialmente con Iván, porque eso conllevaría contarle todo lo que viví en mi infancia. ¿Cómo le explico que el verdadero motivo es porque me aterra el amor? Sé que es algo muy bonito, no niego su existencia y sé que, incluso con sus baches ocasionales, todo el mundo se merece experimentarlo, como Vega y Carola. Es solo que creo que todos tenemos un cupo, un máximo de veces en las que nuestro corazón puede sentir y romperse, y mi padre las gastó todas hace mucho tiempo.

No quiero una relación porque eso significaría tener que abrirme del todo y, si lo hago, puede que luego la otra persona no esté dispuesta a quedarse con alguien con tantas heridas y tan desconfiada como yo. Por eso prefiero las relaciones efímeras y los rollos de una noche. Ahí no hay conversaciones incómodas ni sentimientos de por medio, todo es más seguro.

Tener algo con Iván conllevaría poner en riesgo toda esa seguridad y esa coraza que tanto tiempo me llevó construir, y si consigue colarse entre las grietas y luego las cosas no funcionan, no sé si seré capaz de volver a levantar cabeza. Soy fuerte, eso lo sé. Pero no sé si tanto como para volver a vivir una sensación similar a la que tuve cuando la persona que supuestamente más debía quererme se marchó.

Porque yo no era suficiente, porque no le merecía la pena quedarse.

Porque no era lo que él quería.

Pero ahora mismo soy incapaz de terminar lo que tengo con él. Lo disfruto tanto y me hace sentir... tan bien. Por eso prefiero que las cosas se queden así, sin etiquetas. Porque si no las pongo, cuando se acabe no sentiré que he perdido algo, ya que nunca fue nada.

O eso espero.

—No es que no lo acepte —respondo entonces—. Es que eso es lo que es y él está de acuerdo, así que todos contentos.

Marina me dirige una mirada recelosa, no termina de creérselo del todo. Por suerte, no tenemos que seguir hablando de esto; mi amiga se va a trabajar en cuanto le suena la alarma y yo me dirijo al metro.

Llego a casa tan cansada que ni siquiera tengo fuerzas para meterme en mi habitación. En su lugar, me tiro en el sofá y vuelvo a toser mientras cojo una manta y me la echo sobre los hombros. Cierro los ojos diciéndome que solo van a ser unos minutos, pero cuando las llaves de la puerta me sobresaltan, me doy cuenta de que he perdido toda la tarde.

—Mierda —murmuro.

Se suponía que hoy iba a entregar varias cosas del TFG.

—¡Hola! —La voz cantarina de Iván se cuela por mis oídos de forma estruendosa y hago una mueca.

—Hola... —susurro.

—¿No es un poco tarde para despertarse de la siesta? —me chincha mientras deja varias cosas en la encimera.

Con dificultad, me siento en el sofá y cierro los ojos de nuevo.

—Supongo.

Algo en mi tono de voz debe de alarmar a Iván porque, tan solo un segundo después, lo tengo frente a mí.

—¿Estás bien?

—Claro —respondo mientras empiezo a levantarme—. Creo que he cogido un resfriado...

Me tambaleo un poco y las manos de Iván me sujetan, firmes. Posa una de ellas sobre mi frente y suelta una maldición.

—¿Como que un resfriado? Estás ardiendo.

Niego con la cabeza y trato de apartarme.

—Estoy bien.

—Estás enferma.

—Yo nunca me pongo mala.

Suspira.

Toso de nuevo y paso por su lado con la intención de llegar a mi habitación esta vez, pero a medio camino un mareo horrible me hace parar y agarrarme a lo primero que encuentro.

Un músculo definido y calentito.

—Creo que voy a vomitar... —murmuro.

Iván me acompaña al baño y me sujeta el pelo con cariño mientras vierto todo el contenido de mi estómago. Me da asco que él me vea así, sudorosa, sucia y con restos de vómito por la barbilla, pero no parece importarle.

Cundo he terminado, me ayuda a incorporarme y me toma en brazos con cuidado. Un momento después deposita mi cuerpo sobre sus sábanas y me tapa hasta arriba. Me limpio la cara con una toallita que me tiende y casi enseguida siento que pone sobre mi frente un paño húmedo que me alivia un poco.

—Es solo...

—Como me digas otra vez que es solo un resfriado, te

mato —dice rotundo. Me coloca un termómetro bajo la axila y unos segundos después suelta un sonido molesto—. Joder… Nuri, tienes casi cuarenta de fiebre.

—¿Eh? No puede ser.

El propio sonido de mi voz me irrita, pero no más que mi garganta. Trago saliva a duras penas, haciendo una mueca de dolor al notarla hinchada; un martilleo constante sacude mis sienes.

—Tienes que ir al hospital.

Niego con la cabeza tan rápido que vuelvo a notar arcadas y la habitación empieza a darme vueltas.

—No —le pido—. No quiero hospitales.

—Nuri, no puedo cuidarte sin el diagnóstico de un médico —se frustra, preocupado.

—Por favor…

Suelto un lamento.

No me gustan los hospitales, nunca lo han hecho. De pequeña las pocas veces que enfermaba mi madre siempre me llevaba; odiaba ver a la gente sobre las camillas y el olor a antiséptico que recubre los pasillos.

Pero lo que más odiaba era el problema que eso causaba en mi padre. Cuando me ponía mala, era como si algo dentro de él colapsara, nunca estaba a mi lado para darme las medicinas ni cuidarme cuando no podía dormir a causa de la fiebre. Era algo superior a él.

—No quiero ir. —Ni tampoco que Iván me vea así, pero no lo puedo evitar.

El rubio me dedica un gesto confuso, pero al final asiente.

—De acuerdo —se rinde—. Voy a traerte algo para que te sientas mejor.

Durante las siguientes horas no me entero mucho de lo que está sucediendo ni del paso del tiempo. Un frío horrible se apodera de mis extremidades y, por más que me tape con la manta, no consigo deshacerme de él.

Iván me trae un pequeño cuenco de sopa y me ayuda a tomarlo a sorbos mientras yo temo por mi vida. ¿Me estoy muriendo? Porque siento como si así fuera. Ahora mismo no hay ni un centímetro de mi cuerpo que no esté resentido y dolorido.

No sé cuánto llevo metida en la cama de Iván cuando una voz algo lejana que no reconozco se adentra en la habitación.

—Siento haberte hecho venir, pero lleva así desde esta tarde y la fiebre no le baja…

—No te preocupes —le responde el sin nombre.

—Gracias, tito.

Ah, vale.

Noto cómo las manos del tío de Iván me tocan la frente. Hago caso de sus indicaciones y abro la boca. Me examina por completo y unos minutos más tarde se levanta.

—Tiene un virus de campeonato, va a estar así varios días —afirma, y suelto un quejido—. Debes darle esta medicación y vigilarla. Si la fiebre no disminuye en veinticuatro horas, la llevas a un hospital.

Iván se despide de su tío y no tarda mucho en volver a estar conmigo.

Quiero decirle algo, lo que sea, pero me duele tanto la garganta que lo único que consigo articular es un mísero balbuceo.

—Chisss —dice con suavidad. Sus dedos me acarician el pelo con calma—. No te preocupes, estoy aquí.

El sonido de su voz se cuela en mis oídos y consigue que me relaje. A pesar de lo mal que me encuentro, eso hace que sonría un poco.

Y así, con los susurros lejanos de Iván, consigo dormirme.

Los siguientes tres días los paso enferma en la cama.

Iván no se separa de mí ni un segundo, está atento a darme las medicinas que me mandó su tío, que más tarde supe que también vive en Madrid y trabaja como médico de urgencias, y me cambia el paño húmedo de la cabeza cada hora.

Poco a poco me voy encontrando mejor, pero no tanto como para salir de la cama y hacer vida normal.

Después de darme una ducha y de ponerme una sudadera gigantesca y muy cómoda que me ha dejado el rubio, vuelvo a la cama.

—Estoy harta de la sopa —me quejo cuando me pone un cuenco por delante—. Estoy harta de estar mala y de quedarme aquí encerrada.

Él me dedica una sonrisa conforme me ayuda a comer un poco.

—Y estoy harta de tenerte aquí, obligado a cuidarme. —Toso un par de veces—. No tienes por qué estar a mi lado todo el tiempo, Iván, puedes irte…

Un gesto ofendido se dibuja en su cara.

—No estoy obligado a cuidarte —responde seguro—. Y no pienso irme, me gusta estar cuando lo necesitas.

Lo dice con una naturalidad que me abruma, como si fuera lo más obvio y normal del mundo cuando en realidad no es así. No en la mía, al menos.

—Gracias… —le digo entonces, sincera.

—No me las tienes que dar.

Se sienta al borde de la cama y me toma de nuevo la fiebre. Por suerte estos días ha bajado lo suficiente para no tener que ir al hospital. Su mano sobre mi piel hace que un pequeño escalofrío me atraviese. Puede que sea el virus, no lo sé.

—Yo creo que sí —acabo contestando—. Nunca nadie había hecho esto por mí.

Un gesto tierno se apodera de su rostro. Sus ojos verdes me miran fijamente, haciendo que me pierda un poco en ellos.

—La fiebre debe de haberte subido, no me puedo creer que me estés diciendo esto —responde—. Va a ser que estás enferma de verdad y que esto no era una forma de llamar mi atención.

Bufo y toso.

Pongo los ojos en blanco y me tapo hasta arriba con la manta.

—Idiota —le digo entonces.

Me sonríe.

—Esa es la Nuri que conozco.

25

—Y si te dieran cien euros, ¿lo harías?

Finge que se lo piensa durante unos segundos.

—No.

—Menudo aburrido.

—Para salir en pelotas a la calle y ponerme a bailar la Macarena, me tendrían que dar por lo menos diez mil euros, Nuri. —Se ríe.

Suelto un bostezo y me desperezo.

Iván acaricia suavemente mi cadera y me pega de nuevo a su cuerpo desnudo, tratando de retrasar todo lo posible el momento de salir de la cama.

—No tengo tanto presupuesto, Iván, dime cantidades más realistas.

—¿Y para qué quieres verme en bolas? Ya lo haces todos los días —murmura inclinando la cabeza y besándome la parte baja del cuello.

Cierro los ojos y me permito disfrutar unos segundos de sus caricias.

—Porque los memes que saldrían serían muy divertidos.

—Te gusta demasiado reírte de mí... —Baja y empieza a besarme el pecho.

—Es mi actividad favorita del mundo. —Le agarro del pelo y le obligo a que me mire—. Iván, tienes clase.

Niega con la cabeza.

—No es importante.

Bufo y trato de zafarme de su abrazo, pero el tío es tan fuerte que se me hace imposible.

—Sí que lo es. Ya has recuperado la asignatura que suspendiste, ¿quieres que te quede otra?

Suelta un quejido mientras me da un beso breve en los labios y, al fin, se aparta.

—Ahora la aburrida eres tú.

Me encojo de hombros y me levanto.

Encuentro el pijama que llevaba anoche tirado por el suelo y me visto.

—No quiero que luego me eches la culpa si eso pasa —confieso.

—Rubita... —Se acerca de nuevo a mí, todavía desnudo, provocando que trague saliva al mirarle—. Yo nunca haría eso. Más que nada porque entonces tendría que culpabilizarte de todas las noches que he pasado en vela por tus ronquidos y que han causado que prácticamente me quede dormido en clase.

Le doy un pequeño puñetazo en el pecho, indignada.

—¡Que yo no ronco!

Mientras Iván se viste y prepara sus cosas para ir a la universidad, hago un poco de café y varias tostadas para desayunar.

Ha pasado una semana desde que me puse tan enferma que casi me muero, aunque Iván no para de decir que soy una exagerada. Pero el tono preocupado y los cinco días que se pasó encerrado en casa cuidándome las veinticuatro horas del día me indican todo lo contrario.

Ahora tengo que ponerme las pilas con el dichoso TFG si

quiero terminarlo, la fecha de entrega está a la vuelta de la esquina y, a parte de un par de exámenes, es lo único que me queda para acabar la carrera de manera oficial. Lo cierto es que sigo bastante agobiada al pensar en qué hacer después, he estado sopesando algunos másteres que parecen interesantes e incluso me he planteado cambiar de rumbo y hacer algo totalmente distinto, no lo sé.

Lo he hablado varias veces con Iván y la verdad es que me ha ayudado mucho a verlo todo desde otra perspectiva. Nadie está seguro de lo que quiere hacer a sus veintidós años, o casi nadie, al menos.

¿Acabo la carrera y me meto de lleno en un trabajo mal pagado? ¿Me dedico a seguir estudiando para tener más papelitos tontos de esos que indiquen que soy válida para que me contraten en una gran empresa?

¿Cojo una mochila y me voy a ver mundo para encontrarme a mí misma?

Ni idea.

De momento estoy centrada en terminar, y lo que pase luego ya se verá.

El rubio sale por fin de su habitación, se sienta a la mesa mientras yo agarro el móvil para ver si alguna de las chicas quiere quedar para comer. Esta noche es el desfile de Vega y tiene que estar supernerviosa, seguro que le viene bien despejarse un poco.

Tomo un sorbo de café, ya sentada junto a Iván, y empiezo a teclear un mensaje cuando una llamada entrante me interrumpe.

Me quedo congelada en el sitio.

—¿Quieres más café?

Me muerdo el labio y contemplo la pantalla durante más tiempo del que debería.

—¿Nuri?

Cuelgo y dejo el móvil boca abajo sobre la mesa.

—Que si quieres más café —pregunta Iván, extrañado.

—Eh... No, gracias.

—¿Ocurre algo?

Niego con la cabeza.

—¿Seguro?

—No insistas más, Iván, ya te he dicho que no.

El rubio se queda callado, confundido ante mi tono irritado, pero no insiste.

Hacía meses que no recibía una llamada de mi padre. Estaba convencida de que mamá habría hablado con él y le habría dicho que no intentara contactar más veces conmigo, como le pedí en Navidad. Pero está claro que o me equivocaba o a él eso le da igual y sigue siendo un egoísta que hace lo que le da la gana y solo piensa en sí mismo.

Unas ganas repentinas de llorar se apoderan de mí. ¿Por qué hace siempre lo mismo? Odio que siga haciéndome sentir tan mal cuando ni siquiera es alguien importante en mi vida. Ahora tiene a su nueva novia, que pronto será su mujer, y luego seguro que traen un par de críos al mundo. ¿Qué pinto yo en todo eso? No me apetece ver cómo rehace su vida con otra persona y tiene con ella lo que nunca tuvo con mamá y conmigo.

¿Es que no éramos suficientes? ¿Yo no era lo que él esperaba?

Por más que de pequeña trataba de hacer todo lo posible para que me quisiera, siempre acababa yéndose con alguna excusa barata.

Dejo el café en la mesa, enfadada.

—Eh —me dice Iván con voz suave—. Dime qué te pasa. ¿Es porque me vas a echar de menos mientras estoy en clase? —pregunta con guasa—. Ya sé que no puedes vivir sin mí, pero...

—No es eso, Iván —respondo molesta—. Deja de decir tonterías.

Alza las manos en señal de derrota.

—Vale, ahora sí que está claro que te pasa algo.

Bufo, cansada.

—Mira, no tienes que decírmelo si no quieres, pero hablar las cosas siempre viene bien, o despejarse. Esta tarde podemos ir a dar una vuelta, si quieres, y luego...

—Deja de hacer planes así, Iván.

—¿Planes cómo?

Me llevo las manos, algo temblorosas, a la cara.

—De novios.

Se queda callado unos segundos, asimilando lo que le he dicho.

Se levanta de la silla de golpe, alzo la cabeza y me topo con sus ojos verdes. Lo que pasa es que esta vez no me miran con el cariño ni con la suavidad que los caracterizan, sino con frustración.

—¿Y qué más da si es así? ¿Eh? —dice molesto—. Estas semanas no es que precisamente hayamos estado haciendo cosas de «solo sexo».

—Claro, eran también de compañeros de piso. —La mentira sale de mi boca y me envenena.

Sé que no es así y que en el fondo Iván lleva razón; puede que haya llegado el momento de que todo esto explote. Siempre supe que llegaría, pero no sabía que el detonante sería una de las llamadas de mi padre. Ha sido una señal, un recordatorio.

¿Esto adónde va? A ningún lado, es imposible, inviable.

—Eso no te lo crees ni tú, Nuri. —Se revuelve el pelo y anda de un lado a otro, impaciente—. Desde que viniste a vivir aquí nada ha sido algo normal entre dos compañeros de piso, y lo sabes.

—Tienes que dejar de idealizar tanto las cosas. —Me levanto y me pongo frente a él—. ¡Desde el principio dijimos que solo sería sexo, sin sentimientos!

Niega con la cabeza, enfadado.

—Eso lo dijiste tú. Quedamos en eso, pero yo no te prometí nada de mis sentimientos.

—Pero ¡si tú mismo dijiste que solo había atracción! —exclamo exasperada.

—¡No puedo controlarlo, joder! —se molesta—. Al principio es lo que quería porque sabía que tú no ibas a darme más. Siempre te cierras en banda y no dejas que nadie entre. Fue un mecanismo de defensa y me equivoqué, joder. ¿Atracción? Y una mierda. Hay mucho más, y me siento como un idiota por conformarme con ello solo por pasar un rato contigo.

Me quedo sin palabras, anonadada.

Mi corazón late más y más rápido conforme las palabras de Iván calan en mí. No es un sentimiento de sorpresa, creo que en el fondo sabía que estaba surgiendo algo entre nosotros, pero escucharle decirlo es algo que me remueve de una forma que jamás habría creído posible.

—No, Iván... —Un temblor sacude mi cuerpo—. Tú y yo nos odiamos, siempre lo hemos hecho.

Resopla y se revuelve el pelo. Da una zancada y se pone frente a mí, acerca su rostro al mío y me toma la cara con ambas manos.

—Nunca nos hemos odiado, Nuri.

—Sí que lo hemos hecho. —Ahogo un sollozo.

Me dedica una sonrisa triste.

—No es verdad. —Toma una gran bocanada de aire—. Nos hemos peleado, sí. Hemos hecho que el uno quiera matar al otro con nuestras jugarretas tontas y nuestros comentarios hirientes, pero ambos sabemos que en realidad nunca nos hemos odiado. Al menos, yo nunca lo he hecho.

Varias lágrimas empiezan a empañar mis ojos, aunque impido que caigan.

—¿Por qué?

—Nunca he sido capaz —confiesa—. Incluso cuando nos insultábamos con diez años solo podía pensar en lo preciosa que estabas con esas trenzas mal hechas. Y tú siempre me ponías malas caras, desde el momento en el que nos conocimos, y entendí que la única manera para tener un mínimo de contacto contigo era sacándote de tus casillas. No hace falta que me digas que es una tontería, lo sé, pero era pequeño y fue lo único que se me ocurrió entonces. Nunca he sentido el más mínimo desprecio por ti, Nuri. En todo caso, te he admirado siempre.

Traga saliva y baja la cabeza hasta rozar su frente con la mía.

—Reconozco que he hecho cosas mal. Te besé en la fiesta de Vega porque lo vi como el único momento que tendría en mi vida de probar tus labios. Quería que mi primer beso fuera tuyo, pero no dijiste nada y luego pasaste de mí. Natalia siempre fue una buena amiga con la que me enrollaba de vez en cuando; ella siempre ha sabido que no quería nada romántico con ella, y así ha sido... Intenté con todas mis fuerzas que mis amigos no se fijaran en ti, a veces charlaban de lo guapa que eras y a alguno se le escapaba que estaba coladito por ti. —Bufa al recordarlo—. Me ponía enfermo pensar que ellos tenían una posibilidad contigo y yo no. Y Fer... Es uno de mis mejores amigos, pero cada vez que te ponía ojitos, juro que me creía capaz de asesinar a alguien. Así de idiota soy cuando estoy contigo, Nuri.

Continúo callada, asimilando todas sus palabras.

—De modo que no me sueltes el rollo de que nos odiamos porque no es verdad. Desde que pusiste un pie en este piso, no he sido capaz de respirar con normalidad. Me quitas el aliento. Accedí a todo ese rollo de solo sexo porque creí que podría con ello, pero no puedo —susurra—. Ya no.

Clava en mí sus ojos verdes, esperando una respuesta. Limpia una lágrima que ha caído por mi rostro con mimo.

—Iván, no puede ser —digo con la voz rota.

—¿Por qué?

Porque no soy capaz de volver a pensar en que alguien me abandone. No soporto la mera idea de dar mi corazón y que lo hagan añicos; en su día ya di todo de mí y la persona que supuestamente más me tenía que querer en el mundo me abandonó y me hizo sentir que no era suficiente para él. Porque sé que en cuanto me conozca de verdad, con mis luces y mis sombras, verá todo lo que hay dentro de mí y no se querrá quedar.

Porque me da pánico pensar que quererle significará que cuando se vaya me quedaré destrozada.

Y un corazón no puede romperse dos veces sin que acabe por destruirte.

—Tú y yo... Es imposible.

Se aparta de mí dolido.

—¿Y eso cómo lo sabes?

—Simplemente lo sé. —Ahogo un sollozo—. Una relación no puede empezar así... Te crees que sientes algo, pero no es así. Seríamos una bomba a punto de explotar, no es coherente.

—No me des lecciones de amor, Nuri, no tienes ni idea de lo que siento.

Lo miro, triste.

—Usa la cabeza, Iván —le pido—. ¡Esto no tiene sentido!

—Nunca se me ha dado bien usar la cabeza cuando está en juego mi corazón.

Le observo agarrar su chaqueta del colgador y dirigirse a la puerta.

Con cada paso que da algo dentro de mí se rompe aún más, pero no le impido irse. Esta situación la he creado yo, no podía esperar otra cosa. Es normal que quiera marcharse, yo también lo haría.

Mi padre ya lo hizo.

26

Nueve años antes

—No hagas esto.

—Amelia, no puedo quedarme.

—¡Sí que puedes! —escucho a mi madre sollozar—. Por una vez en tu vida haz un esfuerzo y quédate.

Voy de puntillas por el pasillo y, tratando de ser silenciosa, me asomo al salón.

—No —responde mi padre mientras agarra una bolsa y se encamina hacia la puerta.

Sus ojos se topan con los míos y se detiene de golpe, sorprendido.

No se esperaba verme aquí. Normalmente cuando pasa esto, mamá me obliga a quedarme en mi habitación y ponerme algo de música. Pero hoy la discusión ha sido tan fuerte que ni siquiera eso ha podido evitar que los escuche.

—¿Ya te vas? —le pregunto con un hilo de voz.

Papá se revuelve el pelo, agobiado, y se detiene delante de mí.

—Sí, pequeña...

—Ya no soy pequeña —me quejo—. Tengo trece años.

Hace un amago de sonrisa.

—Lo sé. —Traga saliva.

—Esta vez te has quedado menos tiempo —le digo con ganas de llorar.

Mamá se acerca a mí y me da un beso en la frente.

—Cariño, ve a tu habitación.

Trata de apartarme de papá, pero me zafo, enfadada.

—¿Por qué?

Él mira a todos lados buscando una vía de escape rápida para no tener que darme una respuesta.

—El trabajo... —empieza mamá.

Pero niego con la cabeza.

—Eso no es verdad —la corto—. Papá, ¿por qué te vas?

Agarra con más fuerza la cuerda de la bolsa. Da un paso atrás y suelta un suspiro, cansado, pero no responde.

—¿No me quieres?

La pregunta me sale sola, pero cuando lo hace me doy cuenta de lo mucho que necesito una respuesta.

Ya no soy pequeña y entiendo perfectamente las cosas, aunque mis padres no quieran reconocerlo. Sé que no es normal que a un mecánico lo llamen tanto por «viajes de trabajo», sé que algo no va bien cuando llega a las tantas pensando que no nos enteramos, ni que mis regalos de cumpleaños incluyan una tarjeta escrita por mi madre que demuestran que no ha sido él quien lo ha comprado.

Aun así, necesito que me dé una explicación. Porque puede que todo tenga un motivo y yo aún no sepa cuál es.

—Nuri... —empieza a decir—. No es eso.

Siento como si una flecha impactara justo en mi corazón y lo atravesara.

—¿No somos suficientes para ti? —pregunto sin aguantarme las lágrimas—. ¿No lo soy?

Silencio.

Un silencio tan desbordante que mis pulmones empiezan a colapsar y me cuesta respirar.

—¡Puedo portarme mejor! —digo entonces—. Sacaré mejores notas, ayudaré más en casa, tendré mi habitación ordenada.

Mi madre me aprieta el hombro con cariño mientras se agacha y me da un breve abrazo.

—Tú no haces nada malo, cielo. —Su voz está completamente rota—. Eres perfecta.

—¡No es verdad! —Me separo y miro a papá—. ¡Quédate! —le pido—. Por favor...

Mis palabras parecen surtir el efecto contrario en él. Da otro paso hacia la puerta y aparta la mirada, evitando el contacto con nosotras y sin decir nada, como si ni siquiera mereciésemos que se tomara el esfuerzo de darnos una explicación.

De explicarme por qué no quiere quedarse conmigo.

Eso hace que algo dentro de mí se rompa por completo. Casi noto los pedazos de mi corazón partirse y caer al suelo uno por uno, incapaces de volver a su sitio.

Dejo de llorar al instante, me seco las lágrimas y doy un paso hacia él. Lo miro con todo el odio que soy capaz de sentir en este momento y trato de transmitírselo como puedo, haciéndole consciente de lo que ha perdido hoy. Le importe o no.

Paso por su lado y soy yo la que se marcha esta vez.

Salgo corriendo y hago caso omiso de las llamadas de mi madre. No me dirijo a ningún lugar en concreto, solo corro, corro y corro hasta que mis piernas resentidas me piden a gritos que pare.

Cuando lo hago, respiro con dificultad y reparo en que he llegado a casa de Vega.

Dudo durante unos segundos, pero al final llamo al timbre.

No me pasa desapercibida la cara de estupefacción que pone

su madre cuando abre ni cómo se le reviste de pena al ver mis ojos hinchados de tanto llorar, pero no comenta nada.

—Hola, ¿está Vega? —pregunto tratando de mantener una pose de normalidad.

—Claro, cariño, en su habitación.

La veo coger el móvil mientras me dirijo al pasillo. Probablemente llame a mi madre y la avise de que estoy aquí, pero no me importa, ahora solo necesito a mis amigas.

—¡Tía! —exclama Vega cuando me ve—. ¿Qué te ha pasado? ¿Estás bien?

Por una vez, niego con la cabeza y me dejo abrazar.

—¿Puedes llamar a Carola? —le pido.

Vega no tarda ni un segundo en hacerlo y, treinta minutos más tarde, después de que su madre nos haya traído algo para picar, la pelirroja aparece por la puerta.

Las tres nos fundimos en un abrazo.

Me dan mi espacio y no me obligan a hablar de nada, solo me ofrecen su apoyo y tratan de animarme como pueden. Pero esta no es una de esas veces en las que me niego a hablar de lo mucho que echo de menos tener un padre presente o de lo triste que me siento cuando escucho a mi madre llorar cuando él la llama.

Esta vez necesito hablarlo, porque sé que cuando lo diga en voz alta será totalmente real y no habrá vuelta atrás. Sé que, para mí, cuando se lo cuente a las chicas, habré condenado a mi padre para la eternidad y aceptado que no me quiere.

Y yo no soy de las que dicen algo en vano y luego cambian de opinión.

—Mi padre se ha vuelto a marchar —suelto al cabo de un rato—. Y espero que no vuelva.

Ambas me miran, anonadadas por lo que acabo de revelar.

No les hablo de la envidia que siento cuando las veo siempre con sus padres y noto la admiración que ambos les tienen.

No les hablo del vacío que siento al saber que no he sido lo bastante buena para que mi padre haya querido quedarse con nosotras o, al menos, darnos un motivo real de por qué se iba. Tampoco les cuento que a veces desearía no haber nacido, porque eso solo le ha traído problemas a mi madre.

Me callo todo eso y me limito a decirles, por una vez, que estoy triste y que las necesito.

Me desahogo con ellas. Al menos todo lo que estoy dispuesta a hacer; no he soltado ni una lágrima desde que he llegado porque he decidido que mi padre no se merece ni una más. Así que me dejo consolar con las palabras de preocupación y cariño de mis amigas.

—No tengo una familia —añado al cabo de un rato.

—Sí que la tienes —me dice Vega con suavidad.

—Mi madre es la mejor persona que hay en el mundo —sigo—. Pero le he destrozado la vida.

—Eh —interviene Carola—. Eso no es verdad, sabes que tu madre te quiere más que a nada.

Trago saliva.

—Además, una familia no es solo tener un padre y una madre —continúa la pelirroja—. También son los amigos.

Bufo.

—Eso es lo que se dice siempre.

Ambas niegan con la cabeza, tristes al ver mi negativa.

—Nuri, para mí eres como una hermana. —La morena me obliga a mirarla—. Las dos lo sois.

Me trago el nudo de emoción que se crea en mi garganta y asiento. Eso me hace sentir un poco mejor.

—Dadme vuestras manos —nos pide Carola.

Ambas la miramos extrañadas.

—Hacedlo —insiste.

Las tres, sentadas con las piernas cruzadas en el suelo, ponemos nuestras manos frente a nosotras y formamos un pequeño círculo con ellas. Entonces la pelirroja nos guía y entrelazamos nuestros meñiques.

—¿Esto que es? —pregunto confusa.

—Parecerá una tontería —responde Carola—, pero hace un tiempo lo vi en una película y creo que significa mucho más que unas palabras de consuelo o un abrazo. Es algo nuestro, una señal de fuerza y de apoyo.

—¿Como un código secreto? —pregunta Vega.

La pelirroja se encoge de hombros.

—Algo así. —Entonces me mira—. Para mí esto es una promesa, Nuri. Puede que tu padre no se dé cuenta de lo increíble que eres, pero nosotras sí, y vamos a estar siempre para recordártelo.

—Eso es. —Vega sonríe, y ambas aprietan un poco más el agarre.

No sé si son imaginaciones mías, si es algo psicológico o una alucinación, pero de repente siento como si una ola de calor me sobreviniera e hiciera que la presión que me oprimía el pecho disminuyera un poco.

No les digo nada más, sé que no hace falta. Me limito a devolverles el gesto y a trasmitirles con él lo mucho que las quiero.

Al día siguiente, cuando vuelvo a casa, mamá me está esperando con tortitas recién hechas.

Nos sentamos y trata de hablar conmigo y hacerme entender que no es culpa mía. Me da un largo abrazo y me repite una y otra vez que me quiere. También menciona algo de ir a ver a alguien que me puede ayudar a sobrellevar esto, aunque no le hago mucho caso.

Porque yo solo puedo pensar en que, por primera vez, siento alivio al ver que la chaqueta de mi padre no está colgada en la puerta.

Porque no lo necesito.

Ya no.

27

Mis piernas se quejan, resentidas, pero no les permito parar y sigo corriendo.

Mi cuerpo me ha pedido a gritos irme del piso después de Iván. Solo hace unas horas que hemos discutido, pero siento como si hubieran pasado días. La casa estaba demasiado fría, demasiado vacía, demasiado... Sin él.

Así que me he puesto mi ropa de deporte con la esperanza de aliviar el nudo que tengo en el pecho y, para ser sincera, también quería retrasar todo lo que pudiera el momento de volver, porque no sé lo que me esperará cuando lo haga ni cómo va a reaccionar él cuando nos veamos de nuevo.

Aunque me puedo hacer una idea.

Lo más normal es que pase de mí y no quiera volver a verme ni en pintura, y lo peor es que no podría reprochárselo. Que yo haya creado esta situación no significa que no me duela porque, en realidad, estoy devastada. No deseo perder a Iván, me da igual si se queda como amigo o enemigo, no quiero que se vaya de mi vida, y sospecho que esta semana me va a pedir que me vaya del piso y que no vuelva a hablarle nunca más.

Es culpa mía. Todo lo es. Sabía que esto iba a acabar mal

desde el principio y no lo frené. Soy una idiota y me dejé llevar sin pensar en las consecuencias.

He estado engañándome a mí misma una y otra vez, diciéndome que solo era sexo y que no había nada más, pero era mentira. Porque lo que ha ocurrido entre Iván y yo no se ha limitado solo a eso; ha habido muchos momentos que no se reducían solo al contacto físico, sino a algo emocional, pero no me permití verlo y ahora hemos llegado a este punto. La he cagado.

Recorro el Retiro con varias gotas de sudor bañando mi cuerpo. Apenas hace frío. Es uno de esos días calurosos ocasionales de abril que te avisan de lo que te espera en los próximos meses. Mi respiración es irregular. Trato de acompasarla para que no afecte a mi rendimiento, aunque se me hace difícil. Si no paro y descanso unos minutos seguramente me cueste mucho emprender el camino de vuelta.

Freno al cabo de unos metros, me llevo la mano a la frente y me inclino hacia delante con las piernas un poco flexionadas y procurando inspirar y espirar de manera adecuada.

Apoyo mi cuerpo en la estatua que tengo al lado y, unos minutos después, me incorporo y alzo la cabeza.

Ver la estatua del ángel caído es como un puñetazo en el estómago. El recuerdo de la carrera que hice con Iván hace unos meses vuelve a mí con fuerza y hace que reprima un sollozo. Es como si el universo estuviera burlándose de mí.

Me aparto de allí enfadada y triste, pero mantengo esos sentimientos a raya y troto con suavidad hasta la salida del parque.

Entro en una cafetería y me pido un café para llevar. Doy vueltas por la calle sin sentido, en un intento de retrasar el momento de volver al piso. En parte porque me da miedo que Iván esté allí y me mire sin emoción alguna, enfadado y resentido. Pero también porque me aterra aún más que no esté, que evite verme.

Me repito a mí misma unas mil veces que tengo que ser fuerte. Soy Nuri, la chica con las ideas claras (a pesar de que últimamente algunas se hayan desdibujado), fuerte y decidida que no se deja hundir, aunque a veces sea ella misma la que provoque la quiebra de su bote salvavidas.

Intento calmar mis nervios mientras observo a las personas que caminan de aquí para allá sin parar, algunas preocupadas, con prisas, agobiadas por llegar a algún sito en concreto. Otras van con calma, disfrutando de esta tarde de viernes. Veo parejas que hacen que se me revuelva el estómago, amigas tomándose un café y contándose historias que estoy segura de que han escuchado miles de veces, pero que aun así comentan y se ríen como si fuera la primera vez.

Giro a la derecha en una calle adoquinada y doy un último trago a mi café antes de tirar el vaso a la basura.

Cuando alzo la vista, dispuesta a seguir mi camino, mi cuerpo entero se paraliza.

El nudo que lleva asentado en mi pecho todo el día se aprieta hasta casi dejarme sin aliento en el momento que mis ojos se posan sobre mi padre.

A pesar de llevar años sin verle, lo reconozco al instante. Tiene el pelo un poco más canoso que la última vez, pero sigue intuyéndose el castaño que siempre le ha caracterizado. Ha ganado algo de peso, se le ve más sano e incluso la ropa que viste es más formal, no como los vaqueros descuidados y las camisetas viejas que solía llevar siempre. Ahora lleva unos pantalones marrones y un jersey azul del mismo color que sus ojos.

Del mismo color que los míos.

Sin embargo, no es lo que impacta de lleno en mí. Ojalá fuera solo eso.

Está en la puerta de una tienda de chuches con una bolsa en la mano y no para de sonreírle a la mujer que tiene a su lado. Charlan sin darse cuenta de que a unos metros de ellos mi mundo se ha puesto patas arriba y que mi corazón, magullado después de todo lo que ha pasado con Iván, acaba de romperse por completo.

Sabía que iba a casarse, mamá me avisó, pero lo que no me esperaba era verlo con un niño.

Uno al que coge en brazos mientras le hace carantoñas, uno que le devuelve el abrazo y se ríe a carcajadas, acostumbrado a esas muestras de afecto.

Uno al que mira como nunca me miró a mí.

Doy un paso atrás y choco sin querer con alguien, que suelta un quejido.

Murmuro el intento de una disculpa.

Los ojos del hombre que me dio la vida se alzan y se topan con los míos. La sonrisa se le borra de la cara al instante, sustituida por un gesto de sorpresa y reconocimiento. Da un paso hacia delante en un amago de acercarse, pero no se lo permito.

Echo a correr, alejándome todo lo posible de él. No sé hacia dónde voy, aunque no me importa, solo sigo, sigo y sigo hasta que ya no puedo más. Es entonces cuando me siento en la escalera de un portal y oculto mi cara entre las piernas.

Trato de controlar mi respiración.

«No dejes que te afecte», me digo. «No se lo merece».

Pero cada vez me cuesta más y más llevar aire a mis pulmones. Empiezo a ver puntitos negros y la vista se me nubla.

Cojo el teléfono con manos temblorosas, incapaz de mantenerme cuerda.

Busco entre los números hasta que doy con el que quiero, con el que necesito.

Es posible que no conteste, no me extrañaría si así fuera, pero no puedo evitar sentir la necesidad de verle en este momento. Por primera vez dejo todo a un lado y llamo a la persona con la que ahora mismo más me apetece estar, independientemente de lo que haya pasado entre nosotros.

Le doy al botón de la llamada y, entonces, no es la voz de Vega ni la de Carola la que escucho cuando descuelga.

—¿Qué pasa? —El tono preocupado de Iván al otro lado del teléfono me indica lo extrañado que está porque le llame. Nunca lo hago.

Sabe que si lo he hecho es porque ha pasado algo, y no ha dudado ni un segundo en contestar.

Ese gesto no hace más que oprimirme aún más el pecho.

—Iván... —Me cuesta hablar—. Necesito que vengas a por mí.

—¿Dónde estás? —contesta sin dudar—. Sea donde sea, voy para allá.

No mentía. Apenas ocho minutos más tarde, en los que yo he estado sumida en una especie de letargo, aparece en la ubicación que le he mandado subido a un taxi con un conductor malhumorado, supongo que cabreado por las prisas que le habrá metido.

Me acuna la cara con las manos y me susurra palabras tranquilizadoras mientras me levanta y me mete en el coche.

El trayecto no es muy largo, pero lo hacemos envueltos en un silencio que Iván llena con caricias en mi pelo. Sé que está preocupado, debe de estar pensando cualquier disparate, imaginando miles de cosas distintas que hayan podido causar que yo me encuentre así ahora. Pero no me insiste, me da mi espacio y se limita a abrazarme.

Cuando llegamos al piso, me siento en el sofá con él a mi lado.

No he soltado ni una lágrima. Hace años que me prometí que no volvería a hacerlo, no por mi padre, y pienso cumplir esa promesa. Aunque eso no evita que mi cuerpo entero se queje, queriendo soltar toda la tensión y los sentimientos acumulados que se remueven en mi interior.

Me siento fatal.

Odio haber reaccionado así, no debería importarme. Pero lo de hoy, verlo con ese niño... Una parte de mí no deja de preguntarse por qué con él sí y conmigo no. ¿Qué diferencia hay? ¿Qué ha cambiado?

El dolor que siento en el pecho se intensifica. Aun así, trato de tragármelo y suelto un suspiro.

—¿Estás bien? —pregunta Iván con voz amable.

Esto es por lo que también me siento mal. No debería haber llamado a Iván, pero no podía evitarlo. Era como si todo mi cuerpo me pidiera a gritos tenerle a mi lado en ese momento, como si fuera la única persona en el mundo que pudiera consolarme cuando ni siquiera sabe nada de mi historia con mi padre.

No quiero contársela, no estoy preparada para ello, y menos cuando me siento así.

Después de todo lo que ha pasado entre nosotros, él ha venido sin dudarlo como si nada hubiera ocurrido. Soy la persona más egoísta del mundo.

—Sí —murmuro al cabo de un rato—. Perfectamente.

Intento sonreírle.

—Nuri, has tenido un ataque de ansiedad —responde serio.

Me muerdo el labio inferior hasta casi hacerme sangre.

—No pasa nada.

Bufa cansado.

—¿Quieres dejar de hacer eso?

—¿El qué? —pregunto.

—Fingir —aclara—. No estás bien, y no pasa nada por no estarlo.

—Pero es que lo estoy.

—No es verdad.

Ladea su cuerpo hasta quedar frente a mí.

Sus ojos verdes irradian preocupación y angustia, pero también decisión y fortaleza. Casi parece que quiere transmitirme algo de fuerza para que esté mejor con una simple mirada, pero no puede. Nadie puede.

Si algo está roto, lo está y punto.

—No tienes que contarme lo que ha pasado. —Su voz suave se cuela por mis oídos—. No si no estás preparada, pero has de desahogarte de alguna manera y dejar salir todo lo que llevas dentro.

—¿Cómo quieres que lo haga? —Me cuesta hablar, el nudo en mi garganta está tan apretado que la voz me sale contenida—. No hay manera, no puedo ponerme a romper cosas ni a chillar como una loca... Ya se me pasará.

Suspira y pega su frente a la mía.

Sus manos me acarician los brazos con mimo.

—Llora, Nuri.

Lo que dice me impacta de lleno y ahogo un gemido.

—No lloro.

—Hazlo.

Me separo un poco de él de manera que nuestros ojos se encuentren y se enreden entre ellos hasta perderse por completo.

—No puedo —confieso—. No quiero.

La comprensión baña su cara, pero no da su brazo a torcer.

—Llorar cura.

Odio que haga esto.

Lo odio porque su voz es como un hechizo mágico que provoca en mí lo que quiere, como si sacase a relucir una parte de mí que tenía oculta para todo el mundo y de la cual solo él posee la llave. No puede ser tan simple, no puede desestabilizarme tan solo con dos palabras, no puede ser que la promesa que me hice a mí misma hace tantos años se vea comprometida por un momento de vulnerabilidad como este.

Y sin embargo, lo hace.

—¿Cómo va a curar algo que viene de una reacción fisiológica al dolor? —pregunto, y procuro mantener la poca compostura que me queda—. Es imposible que sane algo que procede de una cosa tan horrible. Solo hará que me regodee en algo que sé que no puedo solucionar, que recuerde todos esos sentimientos que intento ocultar.

Inspiro hondo, tratando de reprimir las lágrimas que han empezado a formarse en mis ojos.

—Llorar no cura, llorar hace que me hunda en la miseria —termino.

Iván niega con la cabeza.

—Te limpia, Nuri

—¿El qué?

—El alma, tu corazón —me explica mientras sus manos se posan en mis mejillas—. Llorar te ayuda a romper todos esos muros que has construido hasta volverse tan altos que ya ni siquiera ves el final. Quizá no solucione tus problemas, pero hará que ese nudo que tienes en el pecho se deshaga un poco. No has de aguantarlo todo sola, puedes apoyarte de vez en cuando en alguien. Eso no te quita fuerza, Nuri, ni te hace débil. En todo caso, solo te hace más valiente.

Lo miro algo confusa.

—¿Por qué? —pregunto.

—Porque abrirte y poner tus sentimientos a merced de alguien es una de las cosas más difíciles que se pueden hacer.

—¿Y tú lo eres? —susurro, y sus pulgares acarician la piel de mi rostro con cariño—. ¿Puedes ser esa persona?

La pregunta me sale rota, destrozada.

Noto cómo me derrumbo poco a poco, incapaz de sostenerme yo sola más tiempo.

—Yo ya lo soy desde hace mucho tiempo.

La convicción de sus palabras me cala tan hondo que no consigo detenerlo a tiempo.

Un sonido dolido escapa de mi garganta y me apoyo en su hombro. Iván me envuelve entre sus brazos mientras siento cómo cada parte de mi cuerpo deja escapar todo el dolor y la tensión que lleva acumulando durante años. No paro, soy incapaz. Una vez que las lágrimas brotan de mis ojos, fluyen sin parar, haciendo que me pregunte cómo es posible albergar tantas en mi interior. Es como si las hubiera estado almacenando todas y ahora por fin salieran: las del día en el que me di cuenta de que mi padre no me quería, todas las que ahogué en mis cumpleaños viendo que no aparecía, también las que reprimí los días del Padre y las que he ahogado hace tan solo una hora en medio de una calle.

Lo suelto todo, sin miramientos. Cada poro de mi cuerpo se queja, pero también se libera.

E Iván me sostiene todo el tiempo sin dudarlo.

28

—¿Le pasa algo a tu vestido? —me pregunta Vega al ver que me lo vuelvo a estirar.

—No, qué va. —Intento sonreír y dejo quietas las manos—. Es perfecto.

Estamos en la fiesta del desfile en el que la morena va a hacer su debut. Empezará en apenas una hora, y la pobre está tan nerviosa que parece que se va a quedar sin uñas si se las sigue mordisqueando así.

Después de lo que ocurrió la semana pasada, no tenía el mejor ánimo del mundo para venir aquí y fingir que estoy bien, pero es algo especial para mi amiga y no podía fallarle de esa manera.

Iván consiguió que me desahogara hasta el punto de quedarme totalmente vacía, y eso ha hecho que algo en mí cambie. No es fácil aceptar que tienes un problema, que no estás bien. Me ha costado tanto tiempo asumirlo que me parece increíble que el rubio lo lograra en media hora. Aunque creo que no ha sido solo por eso, puede que durante este año lo que ha pasado entre nosotros haya abierto una herida que creía cerrada, lo que ha hecho que todas mis dudas y mis ideas cobren más fuerza que nunca y se hayan apoderado de mí como nunca creí posible. Puede que el detonante fuera ver a mi padre aquella tarde en la calle, pero sé que eso solo fue la punta del iceberg.

Había mucho dolor, dudas, inseguridad y miedo a que me vuelva a pasar lo mismo.

Y todo eso no se ha esfumado, ni muchísimo menos.

Los sentimientos siguen ahí, latentes. A la espera de otro momento en el que me rompa para salir e inundarme de nuevo. Iván solo me ayudó a abrirme lo suficiente para dejar salir aquello que llevaba reprimiendo tanto tiempo, pero sé que no puedo poner sobre él el peso de sostenerme y cuidarme siempre que me pase porque no es justo, aunque él se ofrezca una y otra vez y esté dispuesto a ello.

Miro a mi alrededor sin parar, buscando desesperadamente su cabellera rubia. Intento que mi humor no fastidie la noche y charlo con las chicas un rato. Vega nos habla de los diseños que ha preparado. Para que todo sea más especial aún, hace unos días nos dio a Carola y a mí dos de ellos para que nos los pusiéramos en la fiesta, y son increíbles.

La pelirroja lleva un vestido negro cogido al cuello que deja la espalda descubierta y le da un aire oscuro que no me cabe duda de que volverá loco a Gael esta noche. La morena se ha puesto un traje de dos piezas, compuesto por un top y una falda larga hasta el suelo, de un tono morado que resalta su color de piel y hace que destaque entre el tumulto de gente que hay aquí esta noche. A mí, en cambio, me ha diseñado un vestido rojo pasión satinado, largo también, pero con un escote en pico tan bajo que casi me llega al ombligo y dos tirantes tan finos que apenas se ven.

Le doy un trago a mi cerveza y vuelvo a mirar a mi alrededor.

—¿Qué pasa? —me pregunta Carola.

—Nada.

Ambas me observan extrañadas.

—Tía, llevas toda la noche muy rara. ¿Necesitas hablar? —ofrece Vega.

Niego con la cabeza.

—No digas tonterías, Vega. Es tu noche, hoy tú eres el centro de todo. No te preocupes, estoy bien.

Mis dos amigas se miran y, acto seguido, me cogen cada una de un brazo y me arrastran afuera.

—¡Eh! —me quejo—. ¡Que está a punto de empezar el desfile!

—Esto es más importante —señala la morena cuando por fin cruzamos una puerta y nos paramos.

El sonido de la música se escucha a través de las paredes, pero no con tanta fuerza como antes. Estamos en uno de los pasillos del personal, aunque no hay nadie ahora mismo.

—Vale, desembucha —suelta entonces Vega—. Te hemos dado tiempo porque creíamos que era lo que necesitabas, pero ahora ya no estamos tan seguras.

—¿Qué quieres decir?

—Nuri... —empieza Carola con voz suave—. Desde el día en el que nos escribiste e hicimos esa quedada urgente estamos un poco preocupadas por ti. Te vimos muy mal... Y no queremos forzarte a que nos lo cuentes, son tus cosas y las respetamos.

—De hecho, pensábamos que estas últimas semanas estabas mejor —señala Vega.

Carola asiente, dándole la razón, y continúa:

—Pero hoy te vemos otra vez tristona y despistada. No es propio de ti y creemos que es mejor que lo sueltes.

—No tienes por qué gestionar sola lo que sea que te esté pasando —dice Vega en tono cariñoso.

Las miro emocionada.

—Joder... —Me llevo las manos a los ojos tratando de

impedir que las lágrimas que han empezado a acumularse en ellos arruinen mi maquillaje. Parece que esto de llorar va a convertirse en una costumbre—. Pero, Vega, es tu noche...

Hace un gesto con la mano para restarle importancia.

—¿En serio crees que me importa más un desfile que el bienestar de mi amiga? —se molesta—. Porque si es así, no me conoces nada.

Le sonrío.

—Nuri... ¿Es por tu padre?

Miro a Carola sin poder controlar ya el llanto y sin fuerzas para guardármelo más.

Asiento.

—Es... Por todo. —Suspiro—. Madre mía, vais a flipar.

La siguiente media hora la paso relatándoles todo lo que ha ocurrido con Iván estos últimos meses. No me dejo ni un detalle. Les cuento cómo empezó nuestra convivencia y lo del desayuno con Natalia, la noche de los juegos de mesa y lo que pasó después, la no cita que tuvimos en Navidad y el trato de «solo sexo» que hicimos.

Cuando llego a la parte de la discusión y les explico lo de las llamadas de mi padre, la tarde en que le vi, el ataque de ansiedad que me dio y cómo me siento respecto a todo ello, mi rímel ya es historia y parezco un mapache deprimido.

—Estoy alucinado —dice Vega entonces—. Tú e Iván... Nunca lo habría imaginado. ¡Y no nos contaste lo del beso en mi cumpleaños! No te voy a perdonar nunca que me privaras de un salseo tan jugoso.

Me río un poco.

—Tonta.

—Centrémonos en lo importante —pide Carola—. Nuri, la situación con tu padre nunca ha sido la ideal, y que conste que no te estoy diciendo que le perdones... Pero ¿no crees que deberías buscar ayuda? Cuando yo viví la peor experiencia de mi vida por Adrián, ir a terapia me sirvió de mucho.

Asiento.

Tener un ataque de ansiedad es algo muy serio, lo sé. Y creo que no puedo seguir fingiendo que no pasa nada y que no necesito terapia.

—¿No te parece que te convendría hablar con él y cerrar esa herida? Para bien o para mal, podría ayudarte a empezar a dejar atrás esa etapa de tu vida —añade Vega.

—Pero si ya está superado, solo necesito... aprender a gestionarlo todo.

Niega con la cabeza.

—Viéndote así, no lo está —dice con suavidad—. Y mucho menos si te limita tanto en tu vida... ¿Qué sientes por Iván?

La miro sin comprender.

—Ya os lo he explicado —me quejo—. No puedo sentir nada, no es posible.

—No te he preguntado qué puedes hacer o no, sino qué sientes. Sin pensar en las consecuencias ni en esas creencias tuyas de que el destino no quiere que estés con nadie. ¿Qué sientes cuando estás con él?

Inspiro hondo y la miro derrotada.

—Todo. —Cierro los ojos—. Es como si a su lado el corazón me fuera a explotar, incapaz de sentir tantas cosas al mismo tiempo. Le detesto, me río con él y me gusta divertirle, me enfada y me alegra a partes iguales, me saca de mis casillas pero también me apacigua. Cuando lo miro, tengo una necesidad horrible de besarle y al mismo tiempo le sacudiría cuando saca esa pose fanfarrona tan suya. Le odio y le quiero.

Vega ahoga un gritito al escuchar mi confesión, hasta me parece ver cómo se limpia una lagrimita.

—Pero yo ya he vivido un abandono —continúo—. Y sé que cuando me conozca más, se va a cansar. Dice que siente cosas por mí, pero no tiene ni idea. ¿Qué pasará si nos peleamos? Se marchará, seré yo la que se quede con el corazón roto, y no puedo soportarlo. Además, estamos hablando de Iván y yo. Venga ya, ¿cuántas probabilidades hay de que no acabemos matándonos el uno al otro?

—Ay, Nuri... —dice entonces Vega—. Hace tres años yo pensaba lo miso que tú, pero me di cuenta de que el amor es todo eso y mucho más. No hay nada seguro y, al mismo tiempo, es lo más seguro del mundo cuando es con la persona correcta. Hay que cuidarlo día a día, habrá ocasiones en las que le quieras matar, pero también otras en las que te lo querrás comer a besos. Iván ya te conoce, os habéis visto crecer y habéis vivido muchos momentos juntos, buenos y malos, y aquí estáis.

—No existen garantías en el amor —añade la pelirroja—. Ni puedes huir de él cuando no las encuentres. Que tu padre no fuera un buen ejemplo no significa que no te merezcas que te quieran y ser feliz, Nuri. Tienes que permitirte sentir y dejar que Iván te demuestre que él no es así.

—Eso es fácil decirlo... —Me sorbo la nariz—. Pero me aterroriza.

— Lo sé —sigue Vega—. Pero ¿no te has parado a pensar que Iván ya ha visto una parte de ti que creías horrible y no ha huido? Se ha quedado a tu lado, por lo que nos cuentas, y no ha dudado en ser para ti la persona que necesitas.

Ambas se acercan a mí y me estrechan entre sus brazos.

Tienen razón.

Iván y yo no hemos vuelto a hablar de la discusión que tuvimos esa mañana. No hemos comentado las cosas que le dije ni la mirada dolida que me dirigió. Tampoco hemos hablado sobre lo que me confesó sobre sus sentimientos, y no es que yo no haya querido hacerlo, simplemente no sé cómo abordar la cuestión porque no sé cómo salir del bucle en el que siempre he estado metida y que me decía una y otra vez que no merecía ser querida.

No como él me quiere.

Iván me ha demostrado lo equivocada que he estado con respecto a él todo este tiempo. La forma en la que me acogió en sus brazos cuando me rompí, la manera en la que no ha dejado que lo que pasó se interponga entre nosotros... Él no lo sabe, pero ha hecho que me dé cuenta de lo mucho que le quiero en mi vida.

Porque no me ha forzado a hablar del tema ni ha vuelto a sacar sus sentimientos a colación. Ha aceptado lo que le dije, y si creía que eso haría que él se alejara y me tratara mal, es que estaba completamente loca. No me ha pedido que me vaya del piso ni me mira con rencor, sigue siendo el chico amable y algo creído que he ido conociendo mejor durante estos meses.

Quiero hablar con él, pero aún no sé cómo. Aunque sepa lo que siento, quitarse los miedos no es algo fácil ni rápido. Es un proceso.

—Las cosas que de verdad valen la pena son las que más miedo nos dan —susurra Carola.

—Por eso es bueno tener un colchón sobre el que caerte si alguna vez lo necesitas —añade Vega—. Y ahí estaremos nosotras siempre para recogerte.

—¿De verdad? —gimo.

Nos agarramos del meñique y me dedican una pequeña sonrisa mientras se separan y me miran a los ojos.

—De verdad.

Volvemos justo cuando la mayoría de las luces se apagan, dejando la sala sumida en la semioscuridad.

Vega se despide de nosotras corriendo, tiene que ir a revisar que está todo bien con las modelos y las prendas de ropa, y poco después la música empieza a sonar.

Los focos se encienden e iluminan la pasarela. Al fondo veo a Nico que, vestido con vaqueros y una camiseta negra donde pone RED VELVET, empieza a tocar su característica guitarra mientras todo el mundo aplaude.

El desfile comienza y los proyectos de los alumnos van saliendo consecutivamente. Son todos increíbles, la verdad, cada uno con un concepto distinto.

—Aquí estáis —nos sobresalta Gael.

—¿Dónde os habíais metido? —pregunta Carola.

Iván se une al irlandés y me pongo nerviosa al instante.

—Hemos pedido un taxi para venir más rápido y resulta que había tráfico. Al final hemos tardado el doble —le explica su novio.

La pelirroja me mira con una pregunta en los ojos y yo asiento de manera imperceptible.

—Acompáñame a por algo de beber —le pide a Gael.

—Pero si casi es el turno de Vega —se extraña este.

Entre quejidos, la pelirroja lo arrastra a la barra del fondo para dejarnos a Iván y a mí a solas.

Me muerdo el labio inferior en un ataque repentino de timidez. Llevo toda la semana bien con Iván, charlamos sin problemas y él me trata genial. Pero ahora algo ha cambiado. Hablar con las chicas ha sido lo último que necesitaba para terminar de abrir los ojos y ver lo que tengo delante.

—Son increíbles —apunto mirando los diseños para intentar entablar conversación.

El rubio asiente.

—Aquí hay mucho talento.

Me remuevo en el sitio.

—Iván, yo... —Carraspeo—. Quería hablar de la semana pasada. No de cuando me recogiste en la calle totalmente colapsada, sino de... lo de por la mañana.

—No digas nada, Nuri, por favor. —Posa sus ojos verdes sobre mí. Madre mía, está tan guapo que casi me quita el aliento. Lleva una camisa blanca desabrochada a la altura del cuello y unos pantalones negros—. Te debo una disculpa.

—¿Qué? —pregunto extrañada.

Se rasca la barbilla y me mira con ojos tristes.

—Fui injusto contigo. Me dejaste muy claro desde el principio que no habría nada más entre nosotros. El idiota he sido yo por cargar sobre tus hombros unos sentimientos que no te corresponde asumir. —Da un paso hacia mí—. No quiero que ahora te sientas incómoda conmigo ni que pienses que me debes nada. Si deseas irte del piso porque no estás a gusto conmigo allí, lo entenderé... Pero que sepas que no tienes por qué hacerlo; no voy a molestarte más, te lo prometo.

El tormento que veo en sus ojos hace que una presión en mi pecho me impida respirar con normalidad.

Me podía esperar todo de Iván, pero en ningún momento se me ha pasado por la cabeza que fuera a hacer esto. Pedirme disculpas. Querer arreglar las cosas y no hacerme daño cuando está claro que yo sí se lo he hecho a él.

Algo dentro de mí se derrumba por completo. De pronto, me doy cuenta de la razón que tienen las chicas. He estado tanto tiempo sintiendo rencor por mi padre y regodeándome en el abandono que no me he permitido ver que lo que tenía justo delante de mí no era nada parecido a aquello que un día tuve.

Acorto la distancia que hay entre nosotros y rodeo su

cuello con mis brazos estrechándome todo lo que puedo contra él.

Iván, sorprendido, me devuelve el abrazo y hunde su cara en mi cuello con cariño.

—Gracias... —le susurro al oído.

—¿Por qué? —pregunta confuso.

Me separo de él unos centímetros y lo miro a los ojos.

—Por hacer que me dé cuenta —le digo simplemente.

La confusión baña su rostro, pero yo solo sonrío y continúo:

—No acepto tus disculpas porque no has hecho nada malo.

—Pero...

Niego con la cabeza, interrumpiéndole.

—Me han pasado cosas —le digo—. Cosas que han hecho que me dé miedo tener algo con alguien, empezar una relación y que me conozcan de verdad... Que me conozcas de verdad. Creí que si lo hacías te asustarías de todo lo que llevo a mi espalda y te irías. Pero me has demostrado que no eres así, has hecho que me dé cuenta de lo equivocada que estaba y lo siento, porque he alargado tanto esta situación que he acabado haciéndote daño a ti.

Inspiro hondo.

—Aquella mañana solo fuiste sincero, no fuiste egoísta ni me cargaste con sentimientos que no me correspondían. Me abriste los ojos, Iván, aunque yo no lo viera en ese momento. Quiero ponerle solución a esto, a mis problemas. No va a ser fácil ni rápido, pero tienes que saber que todo lo que dijiste aquella mañana era recíproco, aunque haya tardado un poquito más que tú en reconocerlo y aceptarlo.

El rubio me mira algo emocionado y con una pequeña sonrisa asomando a sus labios que le devuelvo enseguida.

—No quiero que te agobies ni que sientas que me debes

nada, Nuri —responde entonces—. Te entiendo, y me parece genial que desees arreglar todas esas cosas que te han impedido dejarte llevar, pero también necesito que sepas que puedes cambiar de opinión durante el proceso y que no pasa nada si es así. —Acaricia con mimo mi mejilla—. No quiero que tengas prisa ni sentir que me debes nada, solo quiero que estés bien. Y, cuando lo consigas, que sepas que estaré esperándote.

Una lágrima cae de mis ojos y me la limpia con el pulgar.

—Gracias —respondo conmovida.

Siento que me he quitado un peso enorme de encima. Ahora veo todo lo que tengo frente a mí de una forma distinta, sin barreras ni impedimentos.

Puedo hacer lo que quiera y no voy a refugiarme en el destino, en las estrellas ni en el daño que me hizo mi padre para evitar el dolor. Ahora solo voy a ser yo la que decida lo que deseo en mi vida.

—¡Ya es la hora! —exclama el irlandés cuando vuelven y nos tiende unas cervezas.

La pelirroja le da un apretón cariñoso en el brazo y me mira.

Asiento indicándole que está todo bien, y me sonríe mientras se pone a mi lado.

Llega el turno de Vega y todos nos giramos y observamos el escenario, expectantes.

Unos segundos más tarde, Nico empieza a entonar una de las canciones favoritas de su novia para tener un pequeño detalle con ella, y pronto las modelos van saliendo una a una.

Lo que ha creado nuestra amiga me deja sin palabras. Con cada diseño nuevo que vemos refuerza más la buena decisión que tomó al dejar Derecho para dedicarse a esto. Lo lleva en la sangre, tiene un talento natural que la conducirá tan lejos como ella quiera. Carola y yo nos limpiamos un par de lágrimas, felices al ver el triunfo de nuestra amiga y los halagos que no dejamos de escuchar por parte del público. Por el rabillo del ojo veo a Bruno y a Tara; han venido a animar a su amiga igual que nosotros, y las sonrisas de sus caras me indican lo orgullosos que están de ella.

No mucho después la morena sale y le sonríe nerviosa a su novio, quien le dedica un gesto con la guitarra para animarla a que camine por la pasarela y disfrute del gran aplauso que está recibiendo.

Lo ha conseguido, ha logrado uno de sus sueños, y este es solo el principio.

Miro a Iván y le observo aplaudir a su mejor amiga.

Yo también he conseguido algo esta noche...

Darme la posibilidad de enamorarme.

29

No es fácil dejarte llevar cuando has estado toda tu vida reprimiendo una parte de ti.

Es como si cogieras a una persona con vértigo y le pidieras que subiera al edificio más alto del mundo. Da miedo, no sabes lo que va a pasar ni cómo repercutirá en tu vida. Son dudas y momentos difíciles en los que te planteas si has tomado una buena decisión al querer arreglar esa parte de ti que estaba rota en lugar de quedarte cómodamente en tu rutina de siempre.

Tampoco es un camino sencillo ni rápido.

Son noches de despertarte de madrugada y de tener pensamientos intrusivos que infectan tu mente cada vez que encuentran una oportunidad. Son conversaciones en el sofá tratando de abrirte a alguien, pero incapaz de encontrar las palabras correctas para expresarte.

Son momentos malos en los que te sientes perdida y no sabes qué hacer.

Pero todo esto también es necesario para poder sanar, y yo lo estoy consiguiendo.

Después de la noche del desfile, Iván y yo no hemos sido los mismos. Hemos dejado atrás los momentos incómodos y las palabras no dichas entre nosotros. Las cosas están adoptando otro tono, uno al que aún no le ponemos nombre porque no me siento preparada para ello, pero que nosotros entendemos.

Y con eso basta.

A veces me enfado conmigo misma al pensar en todas las cosas que no he vivido por haber tenido tanto miedo a dejarme sentir, pero me consuelo pensando en el tiempo perdido que estoy recuperando y en todas las cosas buenas que me están pasando.

Hace una semana que hice los exámenes y expuse el TFG. Oficialmente he acabado la carrera, e Iván también. Esa noche salimos a celebrarlo, nos compramos un par de pizzas en un sitio cercano y nos las llevamos al Retiro. Nos las comimos mientras veíamos el anochecer y charlábamos de la vida. Iván, tras toda esa apariencia fanfarrona que yo creía ver, es la persona más cariñosa y atenta que he conocido en mi vida.

Llevamos un par de meses saliendo cuando nos apetece, haciendo planes juntos y, a veces, yéndonos a dormir a su cama porque me niego a seguir durmiendo en ese rectángulo minúsculo en vez de en la de Iván, rodeada por sus brazos.

Ir a terapia me ha servido mucho más de lo que yo pensaba. Al principio fue duro, no lo voy a negar. Algo dentro de mí, un resquicio de la Nuri con miedo y reacia a hablar de sus cosas, se sentía muy incómoda al sentarse frente a una psicóloga para contarle toda su vida, con sus luces y sus sombras.

Pero después de varias sesiones empezó a convertirse en algo indispensable para mí. Descubrí herramientas que no conocía para aprender a gestionar mis emociones y sacar todo lo que llevaba dentro sin dejar que me rompiera por el camino. Aun así, hubo tardes complicadas en las que volvía llorando a casa como una descosida, pero Iván siempre me esperaba y me daba un abrazo reconfortante. Nunca me obligaba a que le contara nada.

Sé que sospecha que mis traumas tienen algo que ver con mi padre. Al fin y al cabo, nunca ha sido un secreto que no tuve una familia como la de los demás. Pero el rubio me respeta y no hace preguntas, solo me sostiene cuando lo necesito.

Sin embargo, y me hace muy feliz decir esto, últimamente no hace falta.

He aceptado mi pasado. He curado algunas heridas y aún estoy poniéndole solución a otras, pero estoy en ello. También hablé con mi madre, y está muy contenta de que por fin haya pedido ayuda psicológica; la pobre lo intentó varias veces en su día, aunque yo no quise.

Supongo que a veces tienes que tocar fondo para darte cuenta de que ya no puedes bajar más, que solo te queda subir.

Por eso hoy vuelvo al piso con nervios, pero a la vez contenta y decidida.

La sesión ha ido mejor, y mi psicóloga me ha dicho que puedo empezar a venir cada quince días y no todas las semanas. Eso es señal de que estoy avanzando, y me hace feliz.

He decidido que por fin me voy a abrir con Iván, le desvelaré partes de mí que nunca creí que sacaría y que me daba miedo mostrar. He llegado a considerarme una persona prescindible, sustituible, reemplazable, y esa era una de las cosas que me impedían dejarme llevar con él porque la posibilidad de enamorarme y que luego me abandonara me daba más miedo que cualquier otra cosa.

Pero ahora sé que no es así.

Me lo repito una y otra vez mientras entro por la puerta y dejo en la nevera varios helados de esos horribles con sabor a fruta que al rubio le gusta tomarse de vez en cuando.

«Valgo, soy suficiente».

—Hola —me saluda—. ¿Qué tal ha ido?

Me dirijo al salón y me siento sobre sus piernas.

—¿El sofá no es lo bastante confortable para ti? —pregunta con guasa.

Me encojo de hombros.

—Sí, pero tú lo eres más.

Una risa grave sale de su garganta mientras acaricia mi cintura.

—Quiero hablar contigo —le digo entonces.

Conecta sus ojos con los míos comprendiendo al instante a lo que me refiero y asiente con la cabeza.

—¿Estás segura? —pregunta solo por hacerme sentir cómoda.

Lo que no entiende es que estar con él me hace sentir bien, como si algo dentro de mí hubiera encajado por fin, y quiero que me conozca por completo.

—Sí.

Sonríe.

—Te escucho, entonces.

Paso la siguiente hora contándoselo todo. No me dejo ni un detalle.

Le explico cómo me sentía cada vez que mi padre volvía, pero también cuando se iba. Le cuento todas las noches en vela que me quedé mirando las estrellas preguntándome sin parar qué tenía de malo, también aquellas que oía a mi madre llorar y las llamadas incómodas que recibía de mis abuelos de vez en cuando. Le comento que mi padre ha intentado ponerse en contacto conmigo y el motivo por el que lo rechazaba; sabía que no podía solucionar nada, ya no, y solo me removía todo el dolor que me causó en su día. Hablo y hablo y hablo sin parar, e Iván escucha sin perder detalle de lo que le digo al tiempo que me acaricia la piel de la cintura con mimo.

También le cuento lo que he sentido por él todo este tiempo, por qué intentaba odiarle y cómo me di cuenta de que era una simple barrera para no abrirme.

Lo suelto todo, sin reparos ni medias tintas.

Me expongo al completo y, cuando acabo, solo le digo:

—Estoy lista, Iván. —Pongo una mano sobre su mejilla—. Estoy lista para dejarme querer y para querer. Y estoy preparada para darte mi corazón, aunque creo que hace mucho que lo tienes.

Iván me mira emocionado.

Aprieta las manos sobre mi piel y ahoga un gruñido.

—Si hubiera sabido todo esto… —La voz le sale contenida y veo varias lágrimas en sus ojos—. No te mereces el daño que te ha hecho, Nuri. Si hubiera podido evitarlo, si hubiera estado más atento…

—No podías —le interrumpo—. Y tampoco era tu papel… Solo yo podía gestionar esto.

Suspira.

—No te imaginas lo increíble que eres. —Roza su nariz con la mía—. No te haces una idea del impacto que causas en los demás, del impacto que causas en mí.

Sonrío.

—Sí que lo sé, soy increíble —bromeo.

Suelta una pequeña risa.

—Me alegro.

Su aliento se entremezcla con el mío y ambos nos miramos con mil emociones rebosando en nuestros ojos. Iván me ha dado mi espacio en todos los sentidos. Desde que empecé la terapia y le expliqué cómo me sentía, no ha habido nada físico entre nosotros. Ni un beso en los labios ni sexo… Nada.

Porque quería estar bien y preparada para ello, quería sentir que cuando eso sucediera no fuera a medias ni con palabras no dichas. Quería que me conociera entera y recuperada, y quererme para poder quererlo a él.

Pero ya ha llegado el momento, aunque vaya a seguir con la terapia y aún me queden cosas por resolver. Ahora siento que puedo darle lo mismo que él me ofrece a mí.

Un amor sano.

—Puedes besarme —le digo en un susurro divertido.

—¿Me das permiso?

Finjo que me lo pienso durante unos segundos.

—Siempre.

Sus labios se apoderan de los míos y hacen que flote.

Mi corazón da un vuelco y pongo mi mano sobre su pecho para notar sus latidos, tan acelerados como los míos.

Y, por primera vez en mucho tiempo, siento que esto es lo correcto.

Me siento segura.

—Eres un miedica —chincho a Iván.

—No es verdad.

—¡Has tirado las palomitas del susto!

—¡Del que me has pegado tú cuando has brincado en el asiento aterrorizada!

Soltamos una carcajada mientras mete la llave en la cerradura y entramos en el piso.

Hemos ido a ver una película nueva de miedo y luego a cenar. Después de dar un paseo largo por las calles de Madrid de noche, hemos decidido que ya era de volver a casa. Me encanta andar por la ciudad cuando hay menos gente y me imagino que todo está bañado por la luz de la luna y las estrellas. Porque, claro, las farolas no es que dejen ver gran cosa del cielo nocturno.

Pero tiene un encanto especial, y hacerlo con Iván, aún más.

—Reconoce que no te gustan las películas de terror, Nuri —insiste el rubio, divertido—. ¡Te dan pánico!

—No pienso hacerlo porque no es verdad.

Coloca un brazo alrededor de mis hombros conforme entramos y acerca sus labios a los míos.

—Vale, pues podemos hacer un maratón de las de Stephen King, si quieres.

—Eeeh —titubeo—. A ver, no hace falta, si no te apetece. En fin..., no quiero que tengas pesadillas y eso.

El idiota suelta una carcajada y le doy un puñetazo en el hombro mientras trato de zafarme de su agarre.

—¡Reconócelo!

—¡No! —respondo indignada.

Acabamos en el sofá enredados y peleándonos a base de cosquillas, pellizcos y besos hasta que los dos estamos exhaustos y simplemente nos quedamos un rato abrazados.

—¿Te queda algo que meter en la maleta? —me pregunta Iván.

Asiento.

—Solo un par de cosas.

Mañana por la tarde salimos a Murcia para pasar allí las vacaciones de verano. Tengo muchas ganas de ver a mi madre; después de todo lo que ha ocurrido, creo que me vendrá genial hablar con ella y pasar un rato juntas. Mi psicóloga me ha dicho que podemos seguir con las sesiones de manera online, si quiero, así que continuaré la terapia estos meses sin problema.

Los padres de Iván aún no saben que estamos juntos. Se propone darles una especie de sorpresa porque asegura que me adoran, por lo que iremos a comer a su casa esta semana después de pasar la mañana haciendo algo de surf.

Me levanto y entro en mi habitación con la intención de terminar el equipaje. Me llevo solo lo esencial, también tengo ropa en Murcia y de momento Iván y yo no sabemos si volveremos el año que viene a Madrid o no. Como todavía nos queda un mes de contrato, tenemos tiempo para pensarlo.

Estoy guardando mis cosas de aseo en el neceser cuando oigo mi teléfono sonar desde el salón.

—¡Iván! —gritó—. ¿Me traes el móvil, porfa?

Unos segundos más tarde entra por la puerta.

—Gracias... —Alzo la cabeza y veo su mirada seria.

No hace falta que me diga nada para saber lo que pasa. Observo la pantalla y, en efecto, veo un número que no tengo guardado y que seguramente pertenezca a mi padre.

—No tienes que cogerlo si no quieres —me dice mientras me estrecha entre sus brazos—. Puedes elegir.

Asiento en su pecho y cojo el teléfono.

Me muerdo el labio inferior, aún algo dudosa.

—Creo... —Suspiro—. Creo que voy a responder.

Sus ojos verdes se posan sobre los míos y me acaricia un poco el pelo con ternura.

—Pase lo que pase, estaré aquí para apoyarte.

Le doy un pequeño beso en los labios para agradecérselo y me aparto.

Cierro los ojos. Unos nervios se asientan en mi pecho y hacen que tiemble un poco con cada movimiento, pero no noto el nudo que tenía hace unos meses ni cómo el aire se escapaba de mis pulmones hasta sentir que colapsaba.

Ya no soy la de antes, estoy avanzando y, para poder seguir, lo mejor es intentar cerrar viejas heridas.

Con un último suspiro, descuelgo y me llevo el móvil a la oreja.

—¿Papá?

30

Mis piernas empiezan a temblar conforme me voy acercando al bar donde he quedado con mi padre, como si tuvieran miedo de lo que pueda pasar cuando llegue y quisieran evitar esa situación.

Inspiro hondo y trato de calmarme mientras recuerdo todas las herramientas que me dio la psicóloga para no derrumbarme en situaciones como esta, aunque no puedo evitar estar nerviosa.

Llego y miro a mi alrededor. No lo veo en ninguna mesa, así que me siento y me pido un refresco solo por tener algo entre las manos mientras espero. ¿Cómo voy a reaccionar? No tengo ni idea. En la llamada él parecía amable y estaba dispuesto a quedar esta mañana, ya que en unas horas sale mi tren a Murcia. Me pregunto cómo habrá llegado a Madrid, si vive aquí o solo está de paso, si sigue trabajando de mecánico o si ahora se dedica a otra cosa.

Si me mirará con esos ojos vacíos o veré algo en ellos.

—¿Nuri?

Vuelvo la espalda y ahí está.

Lleva unos vaqueros y una camisa a rayas, como si hubiera intentado arreglarse para quedar conmigo.

Claro, porque para él esta es una ocasión especial; es un padre que lleva años sin ver a la hija que abandonó.

Me trago el nudo que ha empezado a formarse en mi garganta y asiento.

—Hola.

No hago el amago de levantarme y de darle dos besos. No me sale y no quiero forzarme a parecer amable. Todavía sigo flipando con haber accedido a hablar.

A él no parece molestarle. Se sienta enfrente y clava en mí esos ojos azules tan claros como los míos, y un pequeño escalofrío me recorre el cuerpo.

—Qué guapa estás... —Sonríe con cariño—. Y qué mayor.

Me pongo tensa al instante.

—Los niños crecen, supongo que después de estar nueve años sin verlos es un shock para cualquiera.

No lo digo como ataque, es la realidad, aunque reconozco que sueno un poco resentida.

Pero él no se inmuta, solo sigue mirándome con esa sonrisa en los labios. Es como si hubiera venido preparado para todas estas críticas y simplemente las aceptara.

—Gracias por acceder a quedar conmigo —dice entonces.

Le doy un trago a mi refresco.

—Después de tantas llamadas e insistencia, tampoco tenía otra opción, ¿no?

Eso sí que lo digo como un reproche. Aunque haya venido porque he querido y porque siento que es el momento de dejar esto atrás, me sigue pareciendo increíble el acoso telefónico que he estado sufriendo por su parte. No sé por qué no lo he denunciado; supongo que, en el fondo, a algún resquicio muy oculto de mí sigue importándole.

—Lo siento... —Suspira—. Solo quería hablar contigo, después de hoy te dejaré en paz, si me lo pides.

—Pues empieza —le digo.

Finjo una mirada desinteresada, pero la verdad es que no puedo evitar preguntarme qué quiere comentar conmigo.

—No sé lo que te ha contado tu madre…

—¿Que te vas a casar? —digo, y asiente con la cabeza—. Sí, lo sabía.

Traga saliva, nervioso.

—¿Era la mujer con la que te vi aquel día? —pregunto entonces, aunque ya supongo la respuesta.

—Sí.

No me duele ni me impacta que me lo confirme él mismo, pero lo siguiente que le pregunto sí que me remueve por dentro.

—¿Y el niño?

—Es suyo, pero lo voy a criar como mío.

Eso sí que me hiere. Es como un balazo entre las costillas, intenso, desgarrador.

Debe de verlo en mi gesto, porque añade:

—Lo siento. Sé que os he hecho sufrir y que no he sido un buen padre…

—No has sido un padre directamente —apunto con la voz algo rota.

—Entiendo que estés enfadada conmigo y que me odies, yo también lo hice durante mucho tiempo.

—Entonces ¿por qué querías verme?

Se frota la cara y me mira triste.

—Porque nunca es tarde para enmendar un error o para intentarlo, al menos —explica—. No espero que me perdones, ni siquiera que desees volver a quedar conmigo. Dejaré de llamarte y de pedirte que nos veamos, pero quiero que sepas que he cambiado. Ya no soy el mismo de antes, y si necesitas algo, estoy aquí.

Reprimo las ganas de llorar y asimilo sus palabras poco a poco.

—¿Qué hice mal? —pregunto—. ¿Qué había en mí tan horrible para que no me quisieras ni hicieras un esfuerzo por quedarte?

Me dirige una mirada llena de pena y arrepentimiento.

—Nuri, yo te quise y te quiero con todo mi corazón, no dejes que mis errores te hagan creer que hay algo malo en ti.

—Es bastante tarde para decir eso —le recrimino.

Asiente abatido.

—Yo era muy joven, no sabía lo que hacía. Un día era libre y al otro tenía una hija y una mujer a la que mantener. Me agobiaba pensar en hacerlo mal, me estresaba la rutina. No estaba preparado. Cada vez que te ponías mala me decía que era porque yo había cometido algún error al darte la comida o algo. Te parecerá una tontería, pero es que eras tan pequeña... Sentía que te podía romper en cualquier momento y consideraba que estaba mejor alejado de vosotras.

Inspira hondo y sigue:

—Volvía porque me creía preparado, quería intentarlo. Pero luego resultaba que no era así. No hice las cosas bien y no espero que me perdones, pero necesito que sepas que ya no soy el que era.

Una lágrima rebelde escapa de mis ojos y me la limpio con rapidez.

Ya está, he aguantado veinte minutos y ya no puedo más, así que me levanto y dejo lo que vale el refresco en la mesa.

—Nunca vas a ser un padre para mí —estallo—. Y quiero que dejes de llamarme constantemente.

Asiente, aceptando lo que le digo.

—Fuiste un cobarde —añado mientras cojo mi bolso y me lo cuelgo del hombro—. Solo espero que no lo seas con ese niño, nadie se merece vivir lo que yo pasé contigo.

Mis palabras le duelen, lo sé por la mueca que plasma en sus labios, pero las acepta sin rechistar.

—No creo que vaya a perdonarte nunca. —Suspiro—. Pero... puedes guardarte mi móvil y mandarme un mensaje de vez en cuando, aunque no sé si te responderé o acabaré bloqueándote. Solo te pido que me respetes, si al final decido hacerlo.

—Lo haré.

Antes de darme la vuelta e irme me dice:

—Estoy muy orgulloso de ti.

Suelto algo de aire y me marcho sin contestar.

Mientras vuelvo a casa no puedo evitar pensar que he quedado con él buscando zanjar una herida que creía abierta para permitirme a mí avanzar, pero me he dado cuenta de que en realidad ya había encontrado la paz hace tiempo.

A lo mejor solo necesitaba cerciorarme de ello en persona.

Sin embargo, sí que siento como si me hubiera quitado un peso enorme que he llevado sobre los hombros durante demasiado tiempo. Ahora camino más ligera, más curada, y me siento mejor.

Ha sido una conversación dura, pero me ha permitido ver que no necesito a un padre en mi vida, no a uno como él, y no creo que nunca vaya a olvidar todo lo que hizo. Me siento completa con la vida que tengo, con mi madre, mis amigas y mi novio.

Tengo más de lo que jamás creí posible. Ojalá pudiera volver atrás y decirle a la Nuri rota que miraba a través de la ventana que sí se merece que la quieran, que todo estará bien y que vale mucho.

Que es suficiente.

Al menos ya lo sé, y no dejaré que nada ni nadie me haga opinar lo contrario.

En cuanto entro por la puerta me hundo en los brazos de Iván.

Acaricia mi pelo con la mano derecha mientras me estrecha contra su cuerpo y suelto un suspiro.

—Ya está —le digo en su pecho—. Ya está cerrado.

Alzo la cabeza.

—Estoy muy orgulloso de ti.

Sonrío.

—No lo habría conseguido si tú no hubieras aparecido.

—Bueno, llevo aquí toda la vida.

Le doy un pequeño codazo.

—Idiota, tú ya me entiendes.

Le doy un beso en los labios y nos sentamos en el sofá.

—Iván... —Tomo aire y busco sus ojos con los míos—. Gracias por estar a mi lado, no sé si lo habría logrado sin ti.

Sonríe.

—Sabes que sí.

Me río.

—Es cierto, pero quería hacerte sentir mejor —le chincho, y vuelvo a mirarlo a los ojos—. Y, bueno...

Me mira, interrogante, esperando a que termine la frase.

Suelto un suspiro.

—También creo que te quiero.

—¿Crees?

Me encojo de hombros.

—Estoy casi segura, aunque seas un tocapelotas y un insufrible.

Plasma una sonrisa amplia y contagiosa en sus labios.

—¿Se puede saber de qué te ríes? —le digo fingiendo estar molesta.

—Tenía razón.

—¿En qué? —pregunto extrañada.

Me da un breve beso en la nariz y se levanta de un salto. Lo veo desaparecer por el pasillo, supongo que va a su habitación, y me parece escuchar cómo rebusca en sus cajones.

Un par de minutos después aparece de nuevo, esta vez aún más sonriente si eso es siquiera posible, y vuelve a sentarse junto a mí.

—¿Qué pasa? —Lo miro confusa.

Entonces observo lo que trae en sus manos: una caja pequeña de terciopelo azul que me parece haber visto antes.

—No puede ser… —digo anonadada.

Claro que recuerdo esa caja, lo que no entiendo es qué hace aquí.

Seis años antes

—¡¿Dónde estás?! —pregunto furiosa mientras me adentro en el jardín.

Sé que le he visto por aquí, será…

Solo al idiota de Iván se le iba a ocurrir colarse en la fiesta de mi diecisiete cumpleaños para joderme, como lo pille…

—Vaya, Nuri, te noto un poco tensa —escucho que dice a mi espalda —. Lo de cumplir años no te sienta bien.

—Te voy a matar —gruño antes de lanzarme a por él.

El rubio echa a correr, y nos enzarzamos en una pelea como el gato y el ratón.

Las chicas siguen en el interior del local donde me han organizado la fiesta sorpresa, así que no se han dado cuenta de que el insufrible ha llegado. Y mejor, porque no me apetece nada que lo inviten a quedarse.

Alcanzó a Iván y le agarro de la camiseta con furia, haciendo que se detenga.

—Has tardado bastante, estás en baja forma —me chincha.

Varios mechones de pelo se arremolinan en su frente y observo su respiración, tan agitada como la mía.

—¿Se puede saber qué haces aquí? —pregunto molesta.

—Ah, ¿es que no estaba invitado? —Se lleva la mano al pecho fingiendo estar ofendido.

Creo que echo humo por las orejas.

—Resulta que no, así que puedes irte por donde has venido.

Una sonrisa socarrona asoma a sus labios.

—Bueno, ya que estoy aquí... —Trata de pasar por mi lado—. Creo que voy a quedarme.

Le impido dar un paso más.

—A ver, rata de cloaca... —Le devuelvo una sonrisa irónica—. Es mi cumpleaños y no me apetece verte el careto.

—Me duele que no me incluyas en tu lista de amigos, Nuri. —Mira hacia el fondo, donde está local—. ¡Si hasta has invitado a Fer!

—Porque él me cae bien —respondo con guasa.

—Ah, así que es eso...

Bufo.

—¿El qué?

Fija en mí sus intensos ojos verdes.

—No me has dicho que viniera no porque no me consideres amigo tuyo..., sino porque estás loquita por mí y no puedes remediarlo.

Creo que la carcajada que suelto a continuación es tan ruidosa que la ha escuchado todo el barrio.

—Iván, Iván.... Nunca te cansas de decir tonterías, ¿verdad?

Se encoge de hombros.

—Te había traído esto como regalo de cumpleaños. —Saca

una pequeña caja de terciopelo azul de su bolsillo—. Pero creo que prefiero guardarlo y dártelo en otro momento.

Pongo los ojos en blanco.

—¿En cuál?

Da un paso en mi dirección hasta quedar peligrosamente cerca.

—Cuando reconozcas que sientes algo por mí.

Me pongo un poco nerviosa, pero no dejo que él lo vea.

—Creo que te vas a llevar una decepción, porque lo único que siento es pereza.

Sonríe.

—El tiempo lo dirá.

Nos quedamos unos segundos con las miradas enredadas en una lucha por ver quién la aparta primero que me entretiene y embauca demasiado.

Finalmente, el rubio es quien da un paso atrás.

—Feliz cumpleaños, rubita.

Mientras veo cómo se marcha, le grito por última vez:

—¡Tendrás que llevármela a la tumba! Jamás va a suceder.

Se voltea y me dedica una sonrisa.

—Ya lo veremos.

Vuelvo al cumpleaños con una mezcla de enfado y confusión en el pecho.

Sin embargo, también con una sonrisa.

Será idiota...

—Hace años te dije que te daría esto cuando confesaras lo que sentías por mí...

—Que entonces era rechazo y pereza —lo interrumpo divertida.

—No hace falta que sigas fingiendo. —Me guiña un ojo—. Lo hice porque me apetecía, en parte porque me encantaba picarte, pero también porque después de nuestro primer beso supe que lo que había entre nosotros no era odio.

Trago saliva, repentinamente inquieta.

—Después de eso llegué a pensar que a lo mejor me había equivocado, pero había algo que no me cuadraba... Disfrutaba demasiado con nuestros piques y sabía que tú también, aunque no lo admitieras.

—Por eso me dijiste que lo guardarías... —recuerdo en voz alta—. Incluso entonces ya querías salirte con la tuya.

Nos sonreímos.

—Tenía la esperanza de poder dártelo algún día, sí.

Me tiende la caja con cariño.

—Reconozco que también quería demostrarte que soy irresistible y que caerías rendida en mis brazos —lo dice con guasa, y suelto una pequeña carcajada, pero noto el nerviosísimo en su voz.

Uno que yo también siento y que se ve reflejado en mis manos temblorosas cuando abro la cajita.

En ella, sobre una pequeña almohada, hay una cadena finísima de oro únicamente decorada por dos signos del zodiaco entrelazados: aries y leo.

—Iván... —digo algo emocionada.

—Yo también te quiero, Nuri —me corta mientras saca el colgante de la caja y me lo abrocha con suavidad en el cuello.

Me llevo las manos a este mientras las suyas acarician con suavidad la piel de mis hombros.

—Puede que, como siempre dices, las estrellas nos mandaran un montón de señales, pero hemos tardado un poco más de la cuenta en querer verlas todas.

Lo miro con cariño. Este colgante demuestra que la que tardó más de la cuenta fui yo. Iván siempre estuvo atento a mí, incluso cuando yo no me percataba, aunque supongo que también éramos muy pequeños para afrontar un sentimiento tan grande.

Sin embargo, ahora estoy preparada para ello, ansiosa por vivir todo lo que el futuro me depara junto a él. Porque sé que le quiero y que eso nunca va a cambiar, y no pienso perder más tiempo sin estar a su lado.

—Gracias por aparecer —le digo mientras una lágrima recorre mi mejilla.

—Gracias por dejarme estar.

Posa sobre mis labios un beso tierno mientras aprieto con fuerza el collar, que no pienso quitarme nunca.

Hace unos meses no pude evitar preguntarme cuál era mi hogar, el sitio al que pertenecía. Estaba perdida y confusa. Pero ahora me doy cuenta de que no es una ciudad o un barrio en concreto, es una persona, y está aquí conmigo.

Aquí es donde quiero estar.

31

—¿Es en serio? —pregunta Gael.

—Os habéis fumado algo, estoy seguro —sigue Nico, y le dirige una mirada sospechosa a su novia—. ¿Qué estáis tramando? Algo pasa.

Vega resopla molesta mientras le da un pequeño manotazo en el hombro.

Hemos venido a un bar de Malasaña a tomarnos algo y, por primera vez desde la noche del desfile, estamos todos. Así que, como era de esperar, los chicos han flipado mucho; Iván aún no les había dicho nada.

—¡No es ninguna broma, idiota! —La morena nos señala y pone ojos enamoradizos—. Son ideales.

—Si lo piensas bien, siempre han estado hechos el uno para el otro —añade Carola con un suspiro emocionado.

Iván y yo nos miramos y reímos, incapaces de no disfrutar al ver las caras totalmente anonadadas de los chicos cuando nos observan, sentados el uno junto al otro, con las manos entrelazadas.

—¿Estáis de coña? —sigue el castaño—. Pero ¡si se matan!

Apoyo la cabeza en el hombro del rubio.

—Ya sabes lo que dicen, del amor al odio...

Nico sonríe y niega con la cabeza. Todavía está flipando.

—¿Y cuándo pasó? —pregunta el irlandés.

Nos ahorramos los detalles y les contamos que, aunque hemos tenido algún que otro encontronazo durante el año, fue solo hace unas semanas cuando decidimos estar juntos de manera oficial.

Sé que luego van a interrogarlo y pedirle más explicaciones, pero de momento se conforman con lo que les hemos dicho y no desperdician la oportunidad de chincharnos y gastarnos algunas bromas cariñosas.

La que más perjudicada sale de todo esto soy yo. Me llueven los chistes e imitaciones (muy malas, debo decir) mientras se burlan de las mil veces que llamé a Iván «rata de cloaca» o que le critiqué diciendo que era insoportable.

—Eh —me quejo—. En eso no he cambiado, sigue siéndolo.

Me gano un pellizco en el muslo y suelto un alarido de dolor.

—Y tú sigues siendo igual de cabezona.

Trato de devolverle el gesto, en parte de guasa, pero también picada, aunque el rubio lo evade con facilidad y suelta una carcajada.

—Joder, ¿cómo no lo hemos visto antes? —se queja Nico—. Son unos ñoños.

—Yo tampoco lo entiendo —le da la razón Vega—. Sabían ocultarlo demasiado bien, los canallas.

—Pues anda que las broncas que nos tuvimos que tragar cuando salíamos a tomarnos algo e Iván se venía... Exijo una indemnización por daños morales —propone Carola.

—Si mi pelirroja la requiere..., ¡justicia! —bromea Gael levantando el puño.

Le doy un trago a mi cerveza mientras niego con la cabeza.

—Sois unos exagerados.

Lo digo por chincharlos, claro. En realidad, yo también alucino con la cantidad de cosas que han pasado este año y la forma en la que todo ha cambiado. En fin, empecé en un piso asqueroso con unos compañeros insoportables y acabé yéndome a vivir con la última persona en el mundo con la que creía que eso pasaría. Y ahora ya he terminado la carrera, mi archienemigo ha resultado ser una de las mejores cosas que me han pasado en la vida y una de mis mejores amigas se va a ir a ver mundo durante Dios sabe cuánto.

Esto último aún me parece flipante.

—¿Y cuándo os vais? —le pregunto a Carola por cambiar de conversación.

La pelirroja también ha terminado la carrera y ha llegado el momento de viajar que tanto ella como Gael han estado esperando. Nunca pensé que vería a mi amiga así. Bueno, sí que la imaginé yéndose a cumplir por fin su sueño, pero jamás se me ocurrió que sería con un cañonazo irlandés que está hasta las trancas por ella y con una única mochila con lo esencial como equipaje. A Vega por poco le da un ataque cuando se enteró.

—En dos semanas —contesta mi amiga, emocionada—. Empezaremos por México.

—La comida de allí es increíble —añade Gael—. Lo iremos probando todo y visitando las ciudades. Cuando sintamos que ya nos hemos saciado de un sitio, nos largaremos al siguiente.

—Qué fuerte —continúa Vega—. Podríais hacer un videoblog o algo, seguro que así sacáis un dinerillo extra.

—De momento con lo que hemos ahorrado vamos bien —le explica nuestra amiga—. Pero cogeremos trabajillos aquí y allá para no quedarnos sin blanca.

—Me dais un poquito de envidia —reconoce la morena.

—Habló aquí —me quejo—. La que va a salir en una revista de moda.

Vega sonríe, y un ligero rubor empieza a cubrirle la cara mientras Nico le da un beso tierno en la mejilla.

Después del desfile, todos teníamos claro que llegaría muy lejos y al final no fuimos los únicos. Al día siguiente nuestra amiga recibió una llamada para ofrecerle hacer un reportaje sobre ella y sus diseños; al parecer están intentando dar voz a generaciones nuevas de diseñadores con mucho potencial. Sale dentro de unos días, y todos estamos muy emocionados por ella; va a ser un escaparate enorme para que la gente vea que nuestra Vega viene pisando fuerte en el mundo de la moda.

—Solo son un par de páginas... —susurra.

—En una de las revistas más importantes del país —le recuerda con cariño Carola.

Me encanta verlas así, tan felices.

Están consiguiendo todo lo que se proponen y no me puedo sentir más orgullosa de ellas. He hablado de esto también en mis sesiones con la psicóloga, de lo extraña que me siento al haber sido siempre la que presumía de tener las ideas claras y se dejaba llevar sin importar el futuro, y el gran trastorno que me causa que todo se haya puesto del revés y ser ahora la que no sabe muy bien qué hacer con su vida.

Sigo amando el periodismo, pero mi experiencia en el periódico digital y las investigaciones que he hecho sobre las empresas y salidas parecidas a esa han hecho que me dé cuenta de que no es el camino que quiero tomar. Me he planteado hacer algún máster, pero aún no tengo claro si lo uso como excusa para seguir esperando a que una luz ilumine mi próximo destino o porque de verdad me interese.

Pero bueno, me he dado cuenta de que tampoco tengo prisa en descubrirlo.

Pasamos un rato más recordando anécdotas graciosas del primer curso, cuando vinimos a Madrid y no teníamos ni idea de todo lo que iban a cambiar nuestras vidas. Nico no puede evitar meterse con Vega, al fin y al cabo, su inicio no es que fuera precisamente tranquilito; se chinchan el uno al otro mientras menciona ese trabajo de clase que hicieron juntos y los incontables encontronazos que tuvieron. Carola sonríe al mirar a Gael y dice con sinceridad que él fue un antes y un después en su vida. Todos nos burlamos de ellos por su ñoñería y la pareja se da un beso tímido. Son tal para cual, y no puedo evitar alegrarme al saber que mi amiga ha encontrado por fin a una persona que la cuida y que no la consume.

En cuanto a mí... Madre mía.

Me parece increíble todo lo que ha pasado. Han sido cuatro años muy intensos y, a pesar de autoproclamarme siempre la menos sensiblona del grupo, necesito contener una lagrimita al darme cuenta de que esta etapa se acaba.

Las chicas y yo nos buscamos con los ojos, sonrientes, mientras nuestros novios charlan ajenos a nuestro cruce de miradas.

Acercamos las manos las unas a las otras y enredamos nuestros meñiques.

Ahora viene un nuevo comienzo, uno mejor.

Y estemos donde estemos, siempre seguiremos juntas.

Epílogo

Siete años más tarde

Últimamente no puedo dejar de pensar que la vida son momentos.

Y no es una frase cutre que he sacado de una galleta de la fortuna o de alguna revista, es la verdad.

La vida son situaciones que, de una forma u otra, te definen. Son días malos en los que no ves la luz al final de túnel y te apetece desaparecer, pero también días increíbles que deseas con todas tus fuerzas que se repitan una y mil veces.

La vida son cenas con tus mejores amigas en las que cotilleáis sobre el mismo tema del que habéis hablado cientos de veces hasta las tantas. Son domingos lluviosos en los que la melancolía se apodera de ti y prefieres quedarte leyendo un libro mientras el sonido del agua inunda tu habitación. Son viernes de salir de fiesta y acabar haciéndote mejor amiga de una completa desconocida en el baño, y también pasar semanas encerrada en casa estudiando esa asignatura que te lleva de cabeza y que hace que te plantees si ganar dinero vendiendo fotos de tus pies es una profesión digna.

Pero también son corazones rotos, conversaciones incómodas, decepciones... Y hay que ser consciente de que simplemente es parte del proceso.

Puede que esté filosófica y algo melancólica, pero hoy me lo voy a permitir.

«Somewhere Only We Know», en una versión acústica especial grabada por Red Velvet única y exclusivamente para este día (ya que hace años que el grupo se disolvió), llena la sala, decorada con miles de flores y lucecitas, mientras Nico y Vega bailan sin apartar los ojos el uno del otro e incapaces de contener la sonrisa.

Está tan guapa... Parece una princesa con su vestido blanco de palabra de honor y el pelo largo moreno ondulado a la espalda.

Carola me tiende un pañuelo y se lo agradezco con un pequeño apretón en el hombro. ¿En qué momento hemos llegado aquí? Hace nada estábamos jugando en el patio del colegio y ahora nos encontramos en la boda de nuestra mejor amiga llorando como unas descosidas.

Aceptar que has crecido y que la vida ya no consiste en llegar a casa a tiempo para merendar mientras ves tu serie favorita en Disney Chanel es algo difícil. Pero es una etapa nueva, ni mejor ni peor, solo distinta.

Aunque eso no significa que no puedas sentirte un poco triste al decirle adiós.

—No me puedo creer cuánto han cambiado las cosas... —reflexiono en voz alta—. Siempre supe que llegaría este momento, pero creo que en el fondo no estaba preparada para que de verdad pasase. Es raro.

La pelirroja se limpia una lágrima y me mira.

—Crecer es extraño en general. Un día te preguntas qué quieres en la vida y en un pestañeo ya han pasado varios años y estas en otro punto totalmente distinto.

—Pero juntas —termino por ella.

—Claro. —Sonríe.

—Siempre supe que llegaríais alto —le digo entonces—. Bueno, llegaríamos.

—¿Lo sabías por ti misma o porque te lo dijo el horóscopo?

Suelto una carcajada baja.

—Un poquito de ambas cosas.

Enredamos nuestros brazos y apoya la cabeza sobre mi hombro en un gesto cariñoso.

—Te voy a echar mucho de menos —le digo al cabo de unos segundos.

La oigo suspirar.

—Y yo a ti.

Esbozo una sonrisa melancólica.

Después de pasar tres años viajando sin parar tras terminar sus estudios, ella y Gael volvieron y se instalaron en Madrid para trabajar y ahorrar tanto como pudieran.

Ambos siguen igual de felices, cada vez más enamorados el uno del otro, si eso es siquiera posible. Tenían claro su futuro juntos y han estado luchando por él hasta que lo han conseguido. En apenas unas semanas se van a vivir a un pueblecito al sur de Italia que les encantó cuando lo visitaron y del cual no han podido dejar de pensar desde entonces. Unos meses atrás al fin les concedieron el crédito que necesitaban para comprar la casa de sus sueños a orillas de un lago y así poder convertirla en lo que siempre han querido: un hotel rural pequeño y especial con restaurante.

Suelto un suspiro. Se me hace extraño pensar en que ya no tendré cerca a una de mis mejores amigas. Bueno, a las dos, porque la morena sigue en Madrid.

Nico y Vega alquilaron hace poco un piso más grande en la capital, aunque ya están pensando en comprarse una casa. Ella está trabajando en una marca de lujo como diseñadora, pero tiene en mente abrir su propio local para vender sus diseños. Y Nico está en un bufete distinto, donde se ha convertido en un gran abogado.

Que me dé tristeza pensar que no las voy a tener cerca no quita que esté feliz por ellas. He visto todas sus etapas, sus luces y sus sombras, al igual que ellas las mías, y saber que todas nosotras estamos alcanzando todo lo que siempre quisimos es una sensación increíble.

Cuando acabé la carrera, al final decidí hacer un máster en Psicología deportiva, algo que al principio me daba un poco de vértigo porque no tenía mucho que ver con el periodismo. Sin embargo, sentía que era lo que me iba a hacer más feliz, y no me equivocaba.

Tras ello tomé la decisión de marcharme de Madrid e instalarme en Murcia.

Bueno, tomamos, porque Iván se vino conmigo sin dudarlo ni un segundo y, por supuesto, seguimos viviendo juntos. Nuestros piques constantes hacen demasiado interesante la convivencia como para renunciar a ella.

El rubio hizo un máster en Biología marina y está trabajando de lo que le gusta. Sigue vistiendo sus típicas camisetas con dibujos de animales acuáticos y siendo el mismo insufrible de siempre, pero me encanta verlo tan feliz. Yo, en cambio, abrí un local dedicado a ayudar a personas que no estén en su mejor momento combinando el deporte con la salud mental. Evidentemente no soy terapeuta, pero ir a terapia me ha ayudado tanto que quería buscar una manera de normalizarlo y facilitarlo para que la gente no tardara tanto en acudir a un profesional, así que contraté a una psicóloga que conocí y con la que conecté al segundo, y ahora ambas trabajamos allí.

Por suerte me va muy bien y es un trabajo que me hace muy feliz. Organizamos maratones, retiros y actividades para conectar con uno mismo. Sin embargo, no he dejado de lado el periodismo. Por más que las salidas laborales que tuviera no me llenaran del todo, sigue encantándome estar al día, dar mi opinión y divulgar información, por lo que lo hago por vocación propia en mis redes sociales. Y, ¿quién sabe?, a lo mejor algún día monto mi propia revista digital.

La vida es demasiado corta para ponerte límites.

—Aquí estáis —nos sorprende entonces Gael.

Ambas nos volvemos, y Carola no tarda mucho en desenredar su brazo del mío para lanzarse a la bola de pelo que hay junto al irlandés. Hood, con un collar que parece una pajarita, le lame en respuesta y me parece escuchar un quejido procedente del rubio sobre cómo puede ser que la pelirroja siga escogiendo a su perro antes que a él.

Todos nos reímos cuando nos enteramos de que la pareja se lo traería a la boda, pero tampoco nos sorprendimos mucho. Aunque esté un poco mayor, Hood los sigue a todas partes e incluso se lo han llevado a muchos de sus viajes. Observo cómo mi amiga se levanta a los pocos segundos y besa a su novio con cariño.

—Vaya, rubita, no sabía que las bodas te emocionaban tanto.

Mis ojos se topan con Iván y finjo un bufido. Está de escándalo con ese esmoquin negro que se ajusta a sus hombros a la perfección y el pelo rubio algo peinado hacia atrás. Observa mi gesto y automáticamente esboza una sonrisa contagiosa.

—Solo porque es la de Vega —me excuso.

Se acerca y me rodea la cintura con el brazo.

—Ya decía yo, después de los miles de discursos que me has dado sobre que el matrimonio solo es un trozo de papel y que no hacía falta que nos casáramos...

Noto el tono bromista que utiliza y pongo los ojos en blanco.

Iván y yo hemos hablado del tema varias veces y sé que él está de acuerdo conmigo, aunque tenía claro que no dejaría pasar la oportunidad de chincharme esta noche con eso. No es que esté en contra de las bodas, me gustan mucho, de hecho. Es solo que me parecen algo que no necesito a nivel personal para saber que quiero pasar el resto de mi vida con él. Entiendo que a mis amigas les guste tanto la idea del casamiento y todo eso, pero yo no quiero un contrato entre Iván y yo que diga que estaremos juntos de por vida y que nos ayudaremos en todo, porque es algo que sin duda ambos nos vamos a dar libremente por lo enamorados que estamos.

Al fin y al cabo, si alguien se va a ir, lo hará haya un anillo de por medio o no. Puede que el pensamiento venga a raíz de las secuelas que sigo tratando por la situación que viví de pequeña con mi padre o puede que sea algo que va con mi personalidad y ya está, no lo sé.

Pero si algo tengo claro es que quiero a Iván y lo voy a hacer siempre, sin necesidad de que se arrodille ante mí y me ponga un diamante en el dedo.

—En realidad lloraba por los trozos de tarta que aún no me he podido comer. ¿Quién se inventó esa tradición tan tonta de que hasta que los novios no la corten los invitados no pueden probarla? Es una especie de tortura.

El rubio suelta una carcajada.

—No cuela, pero buen intento.

Interrumpe el inicio de mi protesta posando sus labios sobre los míos y estrechando mi cuerpo contra el suyo con mimo.

—Te queda muy bien ese vestido —murmura.

Llevo un diseño largo que Vega ha hecho especialmente para mí. Es satinado de color dorado y se agarra al cuello por unos tirantes finísimos, dejando así mi espalda al descubierto.

—Gracias... Tú tampoco estás mal. —Recorro con una de mis manos su hombro hasta llegar a la nuca y acariciar su pelo con suavidad—. Te doy, mmm..., un ocho.

Mentira, es un diez andante, con esos ojos de un verde claro tan intenso y esos labios carnosos que tengo la suerte de besar todos los días... Aunque sigue siendo un creído al que de vez en cuando hay que bajarle los humos, y me encanta picarle.

Me dedica un gesto burlón.

—No vale que me quites puntos porque prefieras verme desnudo.

Lo que yo decía... Un chulo.

Aunque razón no le falta.

Suelto una carcajada mientras niego con la cabeza. Entonces acerca sus labios a mi oreja y murmura:

—Yo no soy capaz de ponerte un número, eres perfecta.

Tiemblo un poco al notar su aliento en la piel de mi cuello.

—Y estoy deseando llegar a casa para quitarte ese precioso vestido.

Alza la cabeza y volvemos a besarnos mientras nos balanceamos en un baile íntimo.

A día de hoy me sigue pareciendo increíble que estemos así de bien, juntos, apoyándonos en todo el uno al otro y luchando por nuestros sueños cogidos de la mano.

No me gusta decir que mi relación con Iván es perfecta porque no considero que haya nada así. No es que sea negativa, simplemente es la verdad.

Pero si realmente existe la perfección, lo nuestro se acercaría bastante. El rubio y yo seguimos igual que siempre, nos peleamos, nos picamos y chinchamos sin parar, pero todo con una connotación de cariño a la que me he vuelto adicta. Iván es atento, cuidadoso, afectuoso... Y todo eso sin dejar de ser un creído. Es parte de su encanto especial, supongo.

Pero, además, es mi pilar fundamental.

Estoy enamorada de él, no tengo ninguna duda de ello.

—Te quiero —le digo mientras le beso—. Aunque seas un tocapelotas de campeonato.

Ríe.

—Yo también te quiero, aunque no admitas que soy lo mejor que te ha pasado en la vida.

Pongo los ojos en blanco solo por fastidiarle.

Estoy a punto de rebatírselo cuando la música termina y todos empiezan a aplaudir a la pareja mientras se da un último beso antes de separarse. Las luces tenues pasan ahora a unas un poco más coloridas, y observo que Vega nos busca con la mirada.

«Dancing queen», de ABBA, empieza a sonar a través de los altavoces cuando la morena nos encuentra y se levanta un poco el vestido, dejando al descubierto sus tacones rosas cubiertos de brillo (porque decía que ir solo de blanco era demasiado aburrido) para acercarse corriendo con una amplia sonrisa impresa en los labios.

—¡Es nuestro turno!

Separa a Carola de Gael, que estaban bailando tan solo a unos metros de nosotros, y pronto noto su mano sobre mi brazo.

—Lo siento, Iván, ¡te la robo! —le dice sin un ápice de disculpa en los ojos.

El rubio suelta una carcajada y nos mira con ternura mientras me dejo arrastrar al centro de la pista.

La canción suena con fuerza e inunda la sala, y las tres nos agarramos de los meñiques a la vez que empezamos a bailar en corro sin dejar de reírnos.

—¡Me he casado! —exclama Vega con alegría.

—Aún no me lo puedo creer —sigue Carola.

—Es increíble —concluyo yo.

Nos fundimos en un abrazo sin dejar de movernos.

—Gracias por estar aquí, chicas —dice la novia, algo emocionada.

—¿Por quién nos tomas? Estemos donde estemos, siempre nos vamos a tener para lo que necesitemos, incluso si he de coger un avión urgente porque a Nuri le ha dado una paranoia con el horóscopo —me chincha la pelirroja.

—¡Eh! —me quejo con cariño—. Son emergencias reales, y lo sabéis.

Nos sonreímos con cariño.

—Las Supernenas se hacen mayores —reflexiono entonces en voz alta.

—Pero siempre seguirán juntas —termina Vega.

Agradecimientos

Aunque pueda parecer muy típico, nunca creí que llegaría este momento.

Lo he soñado despierta miles de veces. Me imaginaba a mí misma yendo a una librería y viendo ahí mis libros, firmando ejemplares y conociendo a gente con la que conectar a través de mis historias. Por eso me parece surrealista estar aquí, escribiendo los agradecimientos de mi tercera novela y, lo más importante, que tú los estés leyendo después de haber terminado mi trilogía.

De la mano de Carola, Vega y Nuri he aprendido mucho. Me han acompañado en cada paso de este camino y han hecho que todo cobre sentido una vez he concluido sus historias. Siento que estos personajes se han colado en mi corazón y han dejado una huella latente que jamás podré quitarme de encima.

No quiero dar las gracias, de nuevo, a todas esas personas que me han apoyado en este sueño porque ellas ya saben quiénes son y les consta que siempre les estaré agradecida por haber estado a mi lado: mi familia, mis amigas, mi pareja, mi editora, mi correctora y la gente del mundo de los libros que he conocido gracias a las redes sociales. Son los mejores y los quiero muchísimo por no haber dejado que me rinda.

Sin embargo, esta vez quiero pararme un poquito más en otras personas: mis lectores y las seguidoras que me han estado apoyando día a día.

Creo que tú, lector o lectora, no te haces una idea de lo que significa para mí levantarme por las mañanas y leer tus mensajes de ánimo, ver que has comprado mi libro y te has tomado la molestia de escribirme unas palabras emocionadas porque te lo has leído en un día. Jamás pensé que conocería a gente tan maravillosa a través de las redes, pero personas como tú habéis hecho que me dé cuenta de que es posible conectar con alguien a través de una pantalla y alegrarte por sus logros. Así que, hoy más que nunca, gracias de corazón.

Lo digo siempre, pero en los libros he encontrado un sitio en el que por fin me siento cómoda, y con la escritura he descubierto lo que de verdad quiero en la vida.

Así que si estás dudando y no sabes si lanzarte a por tu sueño, desde aquí te animo a que lo hagas. ¿Qué es lo peor que puede pasar? Las dudas y las inseguridades son nuestro peor enemigo, desgraciadamente lo sé por experiencia, pero te prometo que cuando consigues dejarlo a un lado y luchar por lo que deseas, todo se ve de forma distinta. Porque salga bien o salga mal, lo habrás intentado.

Me da mucha pena despedirme de mi trilogía y de esta experiencia tan increíble, pero sé que después de estas vendrán muchas más. No concibo un futuro sin libros ni palabras escritas.

Gracias por haber estado a mi lado. Seas quien seas, nos conozcamos o no, que estés leyendo esto significa mucho para mí y me llena el corazón.

Y gracias a Las Supernenas: habéis hecho que cumpla mi sueño, y ahora me toca seguir luchando por él.